KABYLIE TWIST

COURANTS NOIRS

Une collection dirigée par Thierry LEFÈVRE

Dans la même collection

Ami, entends-tu…, Béatrice NICODÈME, 2008
Attaques nocturnes, Thierry LEFÈVRE, 2008
Fleurs de dragon, Jérôme NOIREZ, 2008
L'Empire invisible, Jérôme NOIREZ, 2008
Zoo criminel, Nicolas CLUZEAU, Thierry LEFÈVRE, Béatrice NICODÈME, Jérôme NOIREZ, Patrick WEBER, 2009
Rouges Ténèbres, Nicolas CLUZEAU, 2009
Le Shôgun de l'ombre, Jérôme NOIREZ, 2009
Le Marteau de Thor, Patrick WEBER, 2009
Noire Lagune, Charlotte BOUSQUET, 2010
L'Œil de Seth, Béatrice ÉGÉMAR, 2010
Chasses olympiques, Nicolas CLUZEAU, 2010
L'Étoile noire, Lilian BATHELOT, 2010
Les Gentlemen de la nuit, Béatrice NICODÈME, 2010
Princesses des os, Charlotte BOUSQUET, 2010
Les Noces vermeilles, Béatrice ÉGÉMAR, 2011
Lame de corsaire, Nicolas CLUZEAU, 2011
Le Bouclier de Gergovie, Gérard STREIFF, 2011
Desolation Road, Jérôme NOIREZ, 2011
Les Poisons de Versailles, Guillemette RESPLANDY-TAÏ, 2011
Les Profanateurs, Martial CAROFF, 2012

Du même auteur (sélection)

Du Sable dans l'engrenage, Albin Michel jeunesse, 2001
Le Rire d'Olga, éditions Métailié, 2003
C'est l'Inuit qui gardera le souvenir du Blanc, Le Navire en pleine ville, 2006
La Théorie du K.O., éditions Jigal, 2008
Bleu blanc rouge, éditions Publienet, 2010

Illustration de couverture : Aurélien POLICE

ISBN : 978-2-35488-148-1
Loi 49-956 du 16 juillet 1949 sur les publications destinées à la jeunesse

COURANTS NOIRS

Lilian Bathelot

KABYLIE TWIST

Gulf Stream Éditeur

À Yo

Été 1960

SYLVIE

Juillet 1960, place des Lices, Saint-Tropez.

« Sensass !... » C'est le seul mot qu'ils avaient à la bouche avant de monter sur scène. Et maintenant ils frétillent comme des gardons dans l'huile bouillante. Le bon côté, c'est que ce soir leur twist swingue terrible. Avec une tendance rock'n'roll qui vous colle des fourmis dans les hanches. Et la place grouillante d'estivants s'est mise à vibrer autour de la terrasse du *Lulu's Bar*. Un vrai plat de gélatine déposé sur une machine à laver, au programme essorage.

« Sensass !... » Ils y croient, à la poupée qui tousse.

Les Fury's, ils sont vraiment doués pour la musique, pas de doute. Mais côté sens des affaires, il y a du chemin à faire.

Moi, ce type qui est venu les accrocher juste avant qu'ils ne commencent, il ne me revient pas. Mais alors pas du tout. Je ne croirai jamais un traître mot s'il sort de la bouche d'un gars qui porte des chaussures dans ce genre. Marron et blanc. Le blanc en agneau, le marron en croco. Mazette.

Je veux bien avoir une cervelle de moineau, comme

toutes les filles, surtout celles qu'on aime bien regarder et sur lesquelles on se retourne volontiers, soit dit au passage, mais je ne me trompe pas sur un homme.

Et celui-là, je n'aime pas du tout les airs *dans le coup* qu'il se donne, son aisance de *Prisunic* et ses belles paroles. Quoi qu'il raconte. Maison de disques ou pas maison de disques. En tout cas, il n'est pas timide. Avec sa bouche en cœur et son accent parisien, il propose seulement le contrat du siècle pour un 45 tours… et juste chez Philips, la plus grande des maisons de disques !

« Chante, cocotte », c'est ce que j'ai pensé tout de suite.

Mais les Fury's buvaient ses paroles dès qu'il ouvrait la bouche. Même Ricky. Je voulais pas le croire. Ricky Drums en personne. Enfin… C'est Richard qu'il s'appelle, en vrai. Ricky, c'est son nom de scène. J'ai beau l'avoir dans la peau, voir mon mec fondre comme une guimauve devant un type au bagout de camelot et aux chaussures de proxénète, quelle pitié.

Faut dire qu'avec son accent pointu, il ne lésinait pas sur la pommade :

– Les disques Vogue ont fait très fort en signant avec ce Johnny Hallyday. En deux 45 tours, ils sont en train de casser la baraque. Et c'est pas fini, vous pouvez me croire !

» Alors, Philips doit réagir très vite, s'il veut rester numéro un des musiques de jeunes. Avec des gars de votre trempe. C'est pour ça que j'ai carte blanche, pour aller vite. Alors, voilà, pour moi, y a pas de doute, la réponse de Philips à Johnny Hallyday, c'est vous. Vous, les Fury's. Je sens ces choses. C'est mon métier…

» Après le concert, venez me rejoindre, nous en parlerons. Je vous attendrai chez Brigitte, à La Madrague… Dites que vous venez voir Marc-Antoine… »

Chez Brigitte… Ils ont gardé les cochons ensemble avec la B.B. ? Bouh, qu'il me déplaît avec ses grands airs à la coule. Et le « concert »… Il a peur de rien pour faire reluire, le maquereau à la sauce Madrague. La vérité, c'est que Lulu a engagé les Fury's pour animer sa terrasse les mardis et vendredis de la saison. Je n'ose même pas dire combien d'argent il leur donne en échange. À tous les trois, ils en auraient tout juste assez pour se payer l'essence depuis Marseille. Pas futée, la Sylvie, mais c'est elle qui les trimballe dans sa décapotable, les cadors musicologues.

Bon, faut dire la vérité. Ils touchent peut-être trois scoubidous pour deux heures de musique, c'est vrai. N'empêche que les estivants, ils y ont tout de suite mordu, au twist aux herbes de Provence.

À la soirée inaugurale, le Tout-Saint-Tropez s'est enflammé dès les premiers accords de guitare. Tout le monde s'est mis à se trémousser, les vedettes parisiennes qui se cachent derrière leurs lunettes de soleil, comme les troupeaux de zozos qui essaient de les reconnaître.

Et dès que la musique se calme à la fin d'une chanson, quand ils arrêtent de secouer frénétiquement leurs popotins, faut les voir dresser l'oreille. Ils attendent les quelques mots que Gégé baragouine entre les chansons, en tirant sur le col de sa chemise blanche. Mais ils s'en fichent de ce qu'il raconte. C'est son accent qui les régale. Ils se marrent en douce. Jamais un Parisien ne pourra prendre au sérieux un gars qui parle avec l'accent de Marseille. C'est comme ça et pas autrement. On peut toujours essayer de me chanter le contraire…

C'est pour ça que j'arrive pas à y croire, aux belles promesses du gars aux chaussures de proxénète. On en entend beaucoup des accents à la Gégé sur Paris-Inter 1 400 mètres grandes ondes ? Non bien sûr. Dans le transistor, les seuls accents du Midi qu'on entende, c'est dans les réclames pour le pastis de Marseille. Ou alors c'est des comiques. Fernandel, par exemple. Jamais pour quelque chose de sérieux. Tu imagines le commentaire du couronnement de la reine d'Angleterre avec un accent à la Gégé de Marseille ? Impossible !

Ben, pour le twist, c'est la même chose. Ça vient du même genre de pays, non ?

Je me laisse sans doute un peu trop emporter par la colère, mais je sais bien pourquoi mon esprit s'échauffe. Il n'est pas franc du collier, l'imprésario, c'est le moins qu'on puisse dire.

Pourtant, faut reconnaître que, quand ils jouent de la musique ces trois-là, ça en jette vraiment. Quel jus ils balancent !…

Je ne dis pas ça parce que c'est mes copains, ou parce que je fricote avec le batteur du groupe. Faut les voir enflammer les foules. Mardi dernier, Yves Montand et Henri Salvador se sont même arrêtés pour les écouter jouer en passant sur la place.

Il a eu le nez creux, Lulu, de passer à cette fameuse surprise-partie du mois de mai, au Petit Alhambra de Marseille. Dieu seul sait pourquoi il passait par là et pourquoi il a poussé la porte… Mais dès qu'il les a vus mettre le feu à la salle, il a décidé de les engager séance tenante, pour la saison complète. Et dès que les Fury's ont entendu « Saint-Tropez », ça leur est monté à la tête. Ils ont foncé comme un seul homme et ils ont signé le contrat entre deux sets de chansons, sur la caisse claire de Ricky.

C'est sûr qu'il a du flair, Lulu. Et le sens des affaires, lui. Du coup, maintenant, sa terrasse n'a plus assez de places. Les gens s'entassent à deux sur la même chaise, une fesse pour chacun, les filles sur les genoux des garçons. Et il y a encore davantage de gens debout, qui doivent jouer des épaules pour commander leur Pschitt ou leur cuba libre. Et ils les sirotent là, serrés comme des sardines, en tortillant des fesses au rythme de la grosse caisse, les regards aspirés par les trois Fury's qui font brûler la scène.

Remarque, à voir tout ça, finalement, je me demande.

Et s'il y croyait vraiment à ses salades, le maquereau en veste blanche ? Et s'il les voyait vraiment en têtes d'affiche ? Et s'il pouvait vraiment les signer pour un disque ?

LOPEZ

Juillet 1960, concession Lambretta, 23, rue Parmentier, quartier du Plateau, Oran, département français d'Oran, Algérie.

La purée de nous autres, elle est là ! J'arrive pas à le croire. Elle est là, dans ma poche. Maintenant, devant tout le monde, je ne peux pas la sortir et la regarder encore. Mais je sais qu'elle est bien au chaud dans le portefeuille qui pèse dans la poche de ma chemisette.

Je ne peux pas la sortir pour la regarder encore – il me semble que je ne m'en lasserai jamais – mais qu'est-ce qui va m'empêcher de tapoter négligemment sur ma poitrine pour sentir mon portefeuille sous le bout de mes doigts. Elle est là, dedans. Avec ses bandes bleu, blanc, rouge qui barrent l'inscription en belles lettres noires : *Inspecteur Lopez, Police nationale, départements français d'Algérie*.

Faut pas croire que je brûlais d'envie de devenir flic. Je n'y pensais même pas. Parce que, quand on grandit avec une mère veuve dans un petit deux pièces du quartier arabe, à Oran, à compter les pièces blanches pour acheter le pain, eh bien, quand on a grandi comme ça, devenir fonctionnaire de police, ça ressemble à un rêve inaccessible.

Pas vraiment la misère, non. Mais assez fauchés pour qu'aux « trois jours[1] », mon dossier d'exemption du service militaire au titre du soutien de famille soit passé comme une lettre à la poste.

Je sais bien que pour beaucoup de monde, devenir flic, c'est assez proche du dernier stade de la déchéance humaine. Mais moi, même sans parler du côté fonctionnaire, qui est bien rassurant c'est vrai, je suis fier de servir la République, le bien et le juste, de combattre le mal, le crime, les malfaisants et tout ce qui empoisonne l'existence.

Fier. Bon, la vérité, on peut pas dire qu'être admis inspecteur de police soit d'une complication extrême en Algérie. Mais faut son bachot quand même. Et décrocher son baccalauréat, c'est pas gagné d'avance quand on vient d'où il vient, l'inspecteur Lopez. J'ai passé le plus clair de mon enfance à jouer dans la rue avec des petits Arabes qui n'auraient jamais la moindre idée de ce que peut être l'école.

Ma *baraka*[2] à moi, c'est que ça rentrait tout seul. Si j'avais dû m'accrocher, apprendre des leçons et trimer sur les devoirs, la lignée familiale aurait dû attendre que les poules aient des dents pour voir le premier Lopez inscrit sur les listes officielles des admissions au baccalauréat.

Mais voilà, c'est comme ça. Par la grâce de Dieu, c'est comme ça. Un bac philo en poche, un casier judiciaire vierge, et un formulaire déposé à la préfecture en trois exemplaires. Voilà comment on devient inspecteur de police, à Oran. Ensuite, il y a l'enquête de police bien sûr. Mais pour moi, elle a été vite faite. Dans tous les endroits

[1] Les « trois jours » : appellation populaire du conseil de révision qui décidait de l'incorporation des jeunes hommes au service militaire, suspendu en 1996.

[2] Baraka : chance, en arabe.

où j'ai traîné mes chaussures ou usé mes fonds de culotte, personne n'aurait pu dire quoi que ce soit de mauvais sur mon compte. Que ce soit au lycée, dans le quartier ou au boulodrome, Lopez, il a toujours été clair comme de l'eau de roche. Pas la moindre zone d'ombre.

Une semaine après ma demande, je recevais la lettre officielle pour l'entretien. Pas une semaine pataouète, non, une vraie semaine française, une semaine pile de sept jours.

Faut croire que cette année les bacheliers se bousculaient pas pour devenir officier de police en Algérie. Peut-être à cause des événements, des attentats et du reste. On entend dire que ça se gâte, de Gaulle nous aurait lâchés. J'ai du mal à y croire. Au fond, ici, personne ne veut y croire.

En tout cas, moi, je n'ai jamais respiré aussi librement de ma vie. À l'abri. À l'abri du besoin pour la vie entière. Quatre mois de stage à Oran pour apprendre les bases du métier ; le temps que le commissaire divisionnaire voie si je peux vraiment faire l'affaire et signe mon ordre de titularisation, puis je serai nommé sur ma première véritable affectation d'inspecteur de police. Dans un vrai commissariat.

On peut dire que je suis fier, oui. Il faut parfois savoir simplifier les choses. Et heureux, même : elle est là, dans ma poche, pendant que je regarde tranquillement les scooters Lambretta qui rutilent dans la lumière du magasin, bien alignés devant moi avec leurs chromes impeccables, leurs guidons disposés dans le même sens, comme s'ils étaient prêts à prendre la route. Je les regarde en rêvassant, en me demandant lequel je vais choisir. Parce que je vais en choisir un, ça tient qu'à moi. Qu'est-ce que c'est bon de pouvoir se dire ça.

La vérité, il va encore falloir attendre que mon premier salaire soit tombé sur mon compte pour pouvoir lancer l'achat à tempérament. Mais c'est recta, il va tomber.

Fonctionnaire de police… Maintenant, c'est comme ça pour Lopez : tous les matins, le jour se lève, et tous les mois, le salaire tombe. Quoi qu'il arrive. Héhé…

En plus de ça, même pas le temps de m'habituer à la carte tricolore toute neuve, que c'est déjà mon premier jour de congé. Elle est pas bonne fille, la République ?

Allez, je vais encore regarder les scooters un petit moment avant d'aller au boulodrome. Rouler en scooter, je dis pas que ça ne me fait pas plaisir bien sûr, mais c'est pas juste pour faire ma princesse. Si ma première affectation se confirme, ça sera pas du luxe.

Le département de Constantine, ça fait une sacrée trotte.

NAJIB

Juillet 1960, cinéma Le Glacier*, place Georges-Clemenceau, Djidjelli, département français de Constantine, Algérie.*

– Toujours en train de rire, celui-là…

C'est monsieur Corti qui a dit ça à La Muda[3]. Il venait d'entrer au tabac-journaux de la rue de Picardie, et moi, planqué derrière le tourniquet à revues, je pouvais les voir entre *Jours de France* et *Modes & Travaux*. C'est bien de moi qu'il parlait. Au début, je pouvais pas le croire, mais monsieur Corti désignait bien le présentoir à revues de son menton. Derrière son comptoir, La Muda a hoché la tête et, pour montrer qu'elle avait compris ce que monsieur Corti disait, elle a tiré les coins de sa vieille bouche ridée avec ses index pour fabriquer un grand sourire en lançant son regard dans ma direction, vers le présentoir qui me cachait. Elle savait que je la voyais. Ça s'est vu dans ses yeux qui brillaient. Elle m'aime bien, je crois. Et ça lui fait plaisir que Claveline m'aime bien aussi, il me semble. Claveline, c'est sa petite-fille.

[3] La Muda : la Muette.

– Ce Najib, c'est un sacré numéro ! a ajouté monsieur Corti en glissant son paquet de Gitanes dans sa poche.

Avant ça, je n'avais jamais remarqué que je riais tellement.

J'ai été surpris de l'entendre, surtout dans la bouche de monsieur Corti, qui est plutôt sérieux dans l'ensemble. Mais depuis, j'y ai fait attention.

Et tout bien réfléchi je peux pas dire le contraire. C'est vrai que je ris beaucoup. Presque tout le temps. Dès que je parle à quelqu'un, on pourrait dire.

Je ne sais pas pourquoi je pense à ça maintenant. Sans doute que je m'ennuie, allongé là, tout seul dans le noir, sur la cabine de projection du cinéma *Le Glacier*. Le temps me semble long. Mais au Glacier, c'est la seule façon de resquiller que j'ai pu trouver.

Vers une heure et demie, quand Karima a fini de faire le ménage, elle ouvre la petite porte de secours qui donne sur la ruelle pour vider le seau d'eau sale dans le caniveau. Ensuite, elle retourne dans le cinéma chercher la grosse poubelle remplie des emballages d'Esquimau et de bonbons La Pie Qui Chante que l'ouvreuse vend à l'entracte sur le petit plateau d'osier accroché à son cou d'un ruban tricolore.

Quand elle rentre dans le cinéma, Karima laisse la porte entrouverte pour pouvoir la pousser du pied lorsqu'elle reviendra encombrée de la poubelle. Il me suffit de profiter de ce moment pour me faufiler à l'intérieur. Fastoche.

Il suffisait juste de remarquer que chaque dimanche Karima sort la poubelle à peu près à la même heure. Et moi, je remarque. Je remarque plein de choses que les autres ne voient même pas. Et je les oublie pas. C'est grâce à ça que le dimanche, à une heure et demie, quand je pense que le film qu'il donne me plaira davantage que celui du Rio ou du Variétés, je resquille la séance du cinéma *Le Glacier*.

Une fois entré, je glisse dans le noir jusqu'au fond de la grande salle, tout en haut, jusqu'à la cabine de projection que j'escalade en me servant du gros tuyau de fer qui longe le coin de droite. Puis je m'allonge sur le toit de la cabine, bien tranquille dans la pénombre. Et j'attends.

Le problème, c'est qu'il faut attendre longtemps que les gens remplissent la salle et que la projection commence. Presque deux heures. J'ai tout le temps pour m'ennuyer. Mais c'est au Glacier qu'ils programment les meilleurs films de Djidjelli, alors, ça vaut le coup d'attendre. Monsieur Corti, c'est le patron du Glacier, il s'y connaît en cinéma. Moins que moi, évidemment, mais bien davantage que ceux qui programment *Le Rio* ou *Le Variétés*. D'ailleurs, avec monsieur Corti, on est les seuls à acheter *Les Cahiers du cinéma* chez La Muda. Elle le sait bien, elle. Le troisième numéro, qu'elle commande quand même pour ne pas rater de vente au cas où, il repart chaque mois avec les invendus.

N'empêche, deux heures dans le noir, c'est long. Des fois, pour passer le temps, je récite dans ma tête les fiches techniques que j'ai apprises par cœur dans la semaine. Y a des années que je fais ça, apprendre par cœur les fiches techniques. J'en connais des centaines. Tous les films français. En tout cas, tous les longs métrages, c'est certain. La plupart des courts aussi. Et les films étrangers, les italiens, les américains et tous les autres. Du moment qu'il en existe une version française.

Je n'ai pas appris tout ça dans *Les Cahiers du cinéma*, bien sûr. Il y a aussi les livres que monsieur Germain, l'instituteur de l'école des garçons, m'a offerts. Des gros livres, grand format, dont trois encyclopédies avec des reproductions d'affiches et des photos de tournage. Il les a fait venir directement de Paris, par commande spéciale à la grande librairie Vidal-Borg, à l'angle de la rue de Marsan. Il ne me les a pas offerts tous ensemble, bien entendu. Deux ou trois par an, depuis cinq ans. À la fin de chaque année scolaire. Chaque fois, il me dit que c'est pour me féliciter d'être un si bon élève. Je pense parfois que c'est aussi pour autre chose, peut-être, parce qu'il m'aimerait plutôt bien par exemple. Mais il ne m'a jamais parlé de ça, évidemment.

Comme ces livres-là étaient neufs quand je les ai reçus, je lui ai demandé si je pouvais les emporter avec les autres dans la brouette qu'Omar m'avait prêtée pour trimballer mes affaires le jour où j'ai dû quitter la salle désaffectée de l'école pour aller habiter dans la cabane du bout de la rue Betancourt, derrière la petite maison d'Omar justement.

– Bien sûr, Najib. Je te les ai offerts. Ils sont à toi maintenant, pour toujours. Il faut que tu les prennes avec les autres, avec le reste de tes affaires, m'a répondu monsieur Germain.

Ces livres, c'est ce que j'ai de plus précieux au monde, avec ma collection de *Cahiers du cinéma* et mes patins à roulettes évidemment. C'est rare qu'il se passe un jour sans que j'en ouvre un, même si je les connais tous par cœur de la première à la dernière page, adresse de l'imprimeur et date d'impression comprises, à cause de mon incroyable mémoire.

C'est à cause de ces trois choses – mes encyclopédies, mes *Cahiers du cinéma* et ma mémoire extravagante – que je connais les fiches techniques de tous les films en version française. Ça épate tout le monde. Quand les gens me croisent dans la rue, ils s'amusent souvent à me lancer un titre au hasard, comme ça : « Eh, Najib !... *Et Dieu... créa la femme*... » Aussi sec, je récite toute la suite. En riant, bien entendu. Sans même réfléchir : « Un film de Roger Vadim sorti en 1956, avec Brigitte Bardot, Jean-Louis Trintignant et Christian Marquant (qui est le beau-frère de monsieur Trintignant, soit dit au passage), adaptation et dialogues : Roger Vadim ; photo : Armand Thirard ; chef-opérateur : Louis Née ; musique : Paul Misraki. »

Je débite ça tout d'un bloc, ça sort tout seul, c'est automatique. Ceux qui veulent me coller sur un film, ils peuvent se lever de bonne heure. Des fois, y a un malin qui invente un titre qui n'existe même pas, juste pour me coincer. Alors, moi je réponds : « *Tonnerre du Capitole* ? Ben, il sortira peut-être en l'an 2000... » Et je ris, bien sûr.

Maintenant, je me rends bien compte que c'est systématique. Dès que je parle à quelqu'un, je ris. C'est pas que je sois particulièrement gai à ces moments-là, non. Ça me vient tout seul, même quand je suis plutôt triste au fond.

C'est bizarre cette manie de se parler à soi-même tout seul dans sa tête. Moi, ça s'arrête jamais. Je ne sais pas si c'est pareil pour tout le monde.

En tout cas, c'est utile. C'est en me parlant à moi-même que j'ai commencé à comprendre pourquoi je me crois toujours obligé de rire. Et de rendre service aux gens. Je crois bien que ça marche ensemble. Oui, sans doute que, finalement, se parler tout seul dans sa tête, c'est ce qu'on appelle aussi penser. Et je suis pas sûr d'aimer tellement ce que j'ai trouvé, cette fois, en pensant dans ma tête. Depuis cette sale discussion avec Ziad, la semaine dernière, tout se déglingue.

Ah, voilà... Ils éclairent la salle. J'entends enfin le frottement des pas des premiers spectateurs sur le tapis rouge.

Dans un quart d'heure, la sonnerie va couvrir le brouhaha de la foule, on va entendre les « Chut ! Chut ! Chut ! » piqueter la salle. Les lumières vont s'éteindre, le rideau des réclames va s'enrouler, remonter sur lui-même, l'écran blanc apparaître et Lucien va lancer la première bobine des actualités. Il va y avoir une espèce de « ah... » tout étouffé qui montera de la salle. Et moi aussi, j'aurai un petit soupir comme un « ah » qui sortira de ma poitrine parce que les images commenceront à bouger sur l'écran, au bout du cône de lumière qui découpera des tourbillons de fumée de cigarette dans l'obscurité de la salle.

SYLVIE

Juillet 1960, place des Lices, Saint-Tropez.

Combien de fois je les ai entendues, ces chansons ? Des dizaines ? Des centaines oui, depuis les premières répétitions. Elles devraient me sortir par les oreilles. Mais non. Au contraire, je crois que je les aime de plus en plus. Bien sûr, je ne risque pas de me déhancher comme ces midinettes qui mangent mon Ricky des yeux en agitant leurs fesses, mais la musique des Fury's me prend vraiment aux tripes. C'est peut-être ce que j'aime le plus au monde. Ce que j'aime le plus au monde… C'est quoi d'ailleurs, en vérité ? Écouter cette musique de dingues ? Rouler dans mon Aston Martin, pieds nus, et sentir le vent dans mes cheveux quand j'accélère ? Ou est-ce Ricky que j'aime le plus au monde ? Ou le cuba libre ? Ou le corydrane ? Ou le chocolat suisse ? Ou la gardianne de taureau de ma grand-mère ?

Oh, terrible ! Voilà ce qui serait vraiment extra ! Rouler très vite dans mon Aston, pieds nus et les cheveux au vent, avec Ricky qui passerait le bras autour de mon cou et du twist à pleins tubes sur la radio, en sirotant des cuba libre tout en avalant des plaquettes de chocolat suisse... En allant chez mémé manger une gardianne, tant qu'à faire !

Whaou... je déménage.

Au fait, elle avait pris du corydrane, Françoise Sagan, quand elle a eu son fameux accident ? Bu des cuba libre ? En tout cas, elle n'était pas avec Ricky, elle, ça c'est sûr. Nananère.

Bon, je dois reconnaître que c'est à cause de ces articles où Françoise Sagan racontait à qui veut l'entendre qu'il n'y a rien de mieux dans la vie que de rouler vite dans une décapotable, pieds nus et cheveux au vent, que j'ai attrapé le béguin pour cette bagnole.

Pfff, ils ont raison, les garçons... J'ai vraiment rien dans la tête.

Surtout que, si je veux être à peu près sincère, ce qui m'a vraiment décidée à tanner papa jusqu'à ce qu'il accepte de signer le gros chèque pour l'Aston, c'est surtout cette série de photos où on la voit, plusieurs semaines après son accident, dans un garage, près de sa voiture tout emboutie.

Elle est là, dans sa petite jupe de jeune fille sage et son chemisier clair, debout dans l'ombre à côté de l'épave de son auto qu'elle regarde pensivement, avec un sourire plein de mystère. Il y a deux mecs en costard un peu sport à côté d'elle, mais on dirait qu'ils n'existent pas, on ne voit qu'elle. Elle qui ne regarde que cette bagnole qui l'emportait à cent soixante à l'heure, et qui a bien failli avoir sa peau quand elle a fait plusieurs tonneaux dans un virage.

Sur la photo en noir et blanc, on entend presque le silence du garage. Personne ne parle, c'est sûr. Le regard de la femme se perd dans les replis de la tôle froissée, incertain, narquois peut-être, vaguement amusé en tout cas, avec l'air de s'en balancer royalement au fond, de la vie qu'elle a failli perdre, de la mort avec qui elle a dormi tous ces jours durant. Un regard qui semble dire : « Cette fois, tu ne m'as pas eue, petite folle… Mais on essaiera encore ! Qu'est-ce que je t'aime… »

Hou, là, là ! Je suis où, là ? Partie dans ma tête… En pensant à toutes ces bêtises, je regardais mon espadrille qui dessinait machinalement des arabesques sur le sable de la place. C'est le corydrane. J'ai dû prendre un peu trop de comprimés aujourd'hui. Je vais encore passer une nuit blanche, la cervelle à cent à l'heure.

Cent à l'heure… Quelle expression de vieille barbe ! C'est ridicule, cent à l'heure. Moi, c'est à plus de deux cents que je file, dans mon Aston Martin vert électrique… J'aime quand c'est électrique, quand ça va vite, les flippers, les juke-box, les Stratocaster, les night-clubs et le reste.

Encore une nuit blanche, avec les pensées qui traversent la tête comme des comètes. C'est les amphétamines. Il y en a dans le corydrane. Moitié aspirine, moitié amphétamines. Deux cent cinquante-cinq francs la boîte dans toutes les pharmacies. Un miracle en vente libre.

J'ai lu quelque part que Jean-Paul Sartre en croque toute la journée comme des pastilles Vichy. Au moins une chose que je fais comme Jean-Paul Sartre. J'espère bien que c'est la seule. J'aimerais pas me réveiller un jour avec une tête comme la sienne. Si c'est ça, être intelligent, ça a pas l'air drôle… Non vraiment, je préfère ma tête. Même pleine de vide. Du moment que je peux rire…

Et puis le jour où j'arriverai à poursuivre un de ces fichus débuts de roman que je tape sur ma petite Japy portative, peut-être que ça marchera aussi bien que les livres de Jean-Paul Sartre…

Bon, pour ça, faudrait d'abord que j'en termine un, c'est vrai.

Les débuts, ça me va bien, j'ai le chic pour ça. Ça swingue, ça donne envie de suivre… Et puis tout d'un coup, le robinet se coupe.

Mais au moins je n'ai pas la tête de Sartre.

En tout cas, demain, Sète. Voir les parents de Richard. Un genre d'invitation officielle. Grande première. Ils sont maçons aussi. Enfin, son père est maçon, comme papa. Je veux dire comme papa, avant, quand j'étais petite. Sauf qu'il n'est pas à son compte, le père de Richard. C'est pas lui qui encaisse. Et il n'a jamais construit les cités nord de Marseille non plus. Et donc, il n'a jamais fait fortune.

Oh, on n'était pas riches quand j'étais petite, non. Papa, je ne le voyais guère. Il trimait sur les chantiers, avec ses gars comme il disait. Il rentrait tard, crevé, et déchargeait la camionnette dans la nuit déjà tombée. Il me semble que j'ai grandi dans un terrain vague rempli de bétonnières, de planches de coffrage, de plateaux, d'échafaudages, de ferrailles à béton, de moellons de vingt, de sacs de plâtre briqueteur, de chaux, de ciment prompt et tout le reste. Il y en avait partout autour de notre petite bicoque, à Aubagne, celle où j'habite seule maintenant depuis que les parents ont construit en front de mer, à La Ciotat.

Non, on n'était pas riches. Mais un jour papa est rentré de bonne heure avec une bouteille de champagne sous le bras. J'arrivais juste de l'école. Un banquier avait accepté de lui ouvrir un crédit pour répondre à un gros appel d'offres pour la construction d'un ensemble de H.L.M., à Marseille.

C'était parti. Ensuite, quand t'as un pied dans la grosse galette, tout s'enchaîne. Du coup, c'est devenu compliqué pour moi de faire les comptes de l'entreprise. Mais je les ai tenus nickel chrome toutes ces années, le jeudi après-midi, sur la table de la cuisine. Et même après, je me suis occupée de toutes les paperasses avec les avocats : les contrats et le reste. Avec tout ça, j'en connais un rayon côté briques et briquettes. Ça nous fera des choses à raconter pour notre premier repas avec la famille de Richard.

Sète. Trois heures de route à partir d'Aubagne ? Quatre ? Sensass ! On va faire des bornes ! Mais faudra partir de bonne heure pour y être à midi.

Tiens, l'intro de *Twist à Saint-Tropez*[4]... Dernier morceau du set.

C'est vraiment une idée épatante de terminer sur celui-là. Composé spécialement pour les soirées du *Lulu's Bar*, ma chère. Cette chanson-là, elle fait un malheur. Et mon Richard, il est terrible, à se démener sur ses cymbales dans sa chemise ouverte. Mais qu'il est beau mon mec quand il transpire ! Il est tout au fond de la scène, mais c'est lui qui crève les yeux quand on les regarde. Je suis peut-être un peu gaga de mon homme. En tout cas, à eux trois, ils envoient une ambiance atomique !

Mais, qu'est-ce qui se passe là-bas ? De l'autre côté de la piste ? Ça chauffe... Mouais, ça chauffe, mais c'est pas la musique. Ça sent la bagarre. Qu'est-ce que c'est ?

Hum... trois blousons noirs, deux militaires. Ils s'asticotent. Ils n'en sont encore qu'aux préliminaires,

[4] À ne pas confondre aves le *Twist à Saint-Tropez*, des Chats sauvages, qui connaîtra un grand succès l'année suivante, en 1961.

mais ça va barder, c'est couru. Déjà, les gens reculent. Je te colle mon billet que dans moins d'une minute une fille va se mettre à crier.

Les blousons noirs, je les ai jamais vus. Ce doit être des estivants.

Les militaires, ils traînent dans le coin depuis cet après-midi. Quand on installait la sono, ils étaient déjà accrochés au comptoir chez Lulu. J'ai discuté un peu avec eux pendant que les garçons faisaient la balance des instruments. Ils m'ont payé un bébé-rose[5] en me parlant de Fréjus, mais comme j'écoutais qu'à moitié je sais plus s'ils sont vraiment de Fréjus ou si c'est juste leur base militaire.

En tout cas, c'est des gars du Midi, c'est sûr. Et c'est leur dernière permission avant de partir en Algérie. Ils sont plutôt sympathiques. Mais ils ont bu un tas de bières dans les bars de la place, et maintenant ils sont complètement bourrés. Noirs comme des téléphones. Il y en a un qui a perdu son calot.

Et voilà, ça y est… le cri de fille. Qu'est-ce que je suis forte ! Dès qu'il y a une bagarre, c'est recta. Y a toujours une minette pour faire ses vapeurs dès que ça s'agite.

Et maintenant je peux prédire tout ce qui va se passer. J'ai déjà vu le film. Plusieurs fois. C'est toujours le même. Je résume. Ils vont d'abord s'envoyer quelques coups de poing. C'est la moindre des politesses pour entamer toute bagarre qui se respecte. Jusqu'à ce qu'il y ait un peu de sang au coin d'une bouche (le plus chic) ou d'une narine (plus vulgaire). Le must, c'est une petite giclée bien rouge en travers de la chemise. À ce moment-là, l'un des blousons noirs va sortir un couteau à cran d'arrêt de sa poche. Quand il va l'ouvrir et que la lame va jaillir dans un éclat de lumière, il y aura un

[5] Bébé-rose : lait-grenadine.

« Oooh » qui montera de la foule, et le cercle va se reculer encore un peu plus pour faire de la place. Alors, le militaire va prendre son air le plus féroce et, d'un grand geste plein d'hormones terribles, il va casser sa canette de bière sur le coin d'une table. Là, des filles vont crier, encore. Même celles qui n'auront pas été éclaboussées par la giclée de bière tiède. Ensuite, les deux desperados vont tourner l'un autour de l'autre, à pas lents, les deux bras écartés, agitant doucement le couteau et le goulot de canette au bout de leurs mains, pendant au moins une minute. C'est le minimum réglementaire. Que le militaire ait bien le temps de se prendre pour John Wayne dans *Les Diables de Guadalcanal*, le blouson noir pour Marlon Brando dans *L'Équipée sauvage*. Puis d'autres filles se mettront à crier, encore, quand ils enverront des grands coups de couteau et de goulot de bouteille, qui ne fendront jamais que l'air, pardine ! Après deux ou trois de ces pas de danse, leurs copains viendront attraper les deux héros par-derrière pour qu'ils se calment. Et comme John et Marlon n'auront aucune envie de finir par se faire entailler la couenne, ils se laisseront faire. Pendant un moment, ils réussiront le tour de force de se débattre comme des diables pour la galerie, mais sans risquer d'échapper aux bras des copains quand même. Avec un peu de chance, tout ça peut finir autour d'une bière en se tapant sur l'épaule. Au pire, un des groupes s'éloignera dans les rues désertes en déversant des flots d'injures.

Voilà. C'est comme ça que ça va se passer. Je parierais bien une tournée générale de cuba libre… et y a du monde au *Lulu's Bar*, ce soir.

NAJIB

Juillet 1960, cinéma Le Glacier, *place Georges-Clemenceau, Djidjelli, département français de Constantine, Algérie.*

À la fin des actualités, Lucien a immédiatement lancé le court-métrage. *Laurel et Hardy à New York*. Une vieille copie usée, pleine de rayures et de sautes de lumière, mais la salle riait, et ces rires qui se mélangeaient en montant jusqu'à moi me gonflaient le cœur. J'étais heureux, à ce moment. Heureux d'être avec tous ces gens et de rire ensemble. Peut-être que j'avais une place à part, c'est vrai, et que je l'avais resquillée cette place, perché là-haut à plat ventre. Mais j'étais là, avec eux, ou presque.

J'avais réussi à mettre de côté toutes ces horreurs qui explosent dans ma tête depuis la visite de Ziad. Et je riais aussi. Je riais en silence, pour que Lucien ne risque pas de m'entendre. Le toit de la cabine de projection, c'est juste des planches. Les bruits passent au travers aussi bien que si c'était du papier à cigarettes.

C'est au moment où Laurel et Hardy entraient dans l'*Empire State Building* et passaient devant les tourniquets d'un kiosque à journaux que mon cœur a bondi dans ma poitrine. La phrase que monsieur Corti avait lancé à La Muda quand j'étais moi-même derrière son tourniquet à journaux est revenue toute seule dans ma tête. « Ce Najib, c'est un drôle de numéro quand même… » C'est le souvenir de cette phrase qui a serré ma poitrine, pas Laurel et Hardy, on s'en doute.

Tout d'un coup, j'ai compris que monsieur Corti m'avait bien vu, ce jour de l'été dernier où j'avais eu si peur de me faire prendre.

Je l'ai compris à ce moment, au milieu du court-métrage, et ça m'a presque coupé le souffle. Depuis tout ce temps, il sait donc que je me cache là presque tous les dimanches. Et il n'en a jamais rien dit. C'est bien à ça qu'il pensait en disant «… c'est un drôle de numéro quand même… », j'en étais sûr maintenant.

C'était au début d'octobre dernier, juste avant la rentrée des classes. Ce dimanche-là, monsieur Corti était venu dans la cabine de projection pour voir Lucien au début du film, regarder si tout se passait bien, s'il n'y avait pas de problème. Rien d'extraordinaire. Le film, c'était *Bonjour tristesse* (un film d'Otto Preminger, sorti en 1958, avec Jean Seberg, Deborah Kerr, David Niven, et la participation de Juliette Gréco ; scénario et adaptation : Arthur Laurents [d'après le roman éponyme de madame Sagan], photo : Georges Périnal ; chef-opérateur : Denys N. Coop ; musique : Georges Auric), je m'en souviens parfaitement. Tous les détails de cette séance sont gravés dans ma mémoire. Comme le reste. C'est comme ça. Je me souviens de tout ou presque, dans les moindres détails. Ça se fait tout seul, je n'y peux rien. Des fois c'est utile. D'autre fois, c'est un peu désespérant.

Bref. Monsieur Corti discutait avec Lucien, dans la cabine. À un moment, j'avais bougé ma jambe, la maigre, et ma sandale avait raclé contre la planche.

Sous mon ventre, la discussion s'était arrêtée net après le raclement. Ils avaient entendu. Un frisson m'avait traversé les reins.

Mais la conversation avait repris après quelques secondes comme si de rien n'était. « Ouf », je m'étais dit.

Pourtant, quand monsieur Corti était sorti de la cabine, tout doucement pour ne pas faire de bruit avec la porte, il n'avait pas filé tout droit vers les bureaux comme il faisait d'habitude. Il était d'abord resté à piétiner en silence autour de la cabine. Puis il s'était éloigné, comme s'il voulait trouver un meilleur angle pour regarder ce qui avait bien pu faire ce bruit.

Je m'étais aplati le plus possible, en cachant ma tête entre mes mains. Je ne voulais pas voir.

Quand les pas légers de monsieur Corti étaient arrivés aux quatre marches tendues de velours rouge qui montent au bureau, ils s'étaient arrêtés. J'étais foutu. Il allait me voir, c'était sûr.

Ce moment avait duré des heures. La tête enfouie sous mes bras, j'attendais d'être attrapé par la peau des fesses, transporté dans les airs à travers le cinéma comme un vieux chiffon et jeté au beau milieu de la place Clemenceau pleine de monde, noyé dans un torrent de honte. Pendant ce temps, la voix suave de Jean Seberg remplissait la salle où tournait un vertige.

Mais, après quelques secondes, j'avais entendu le claquement feutré de la porte des bureaux refermée avec délicatesse.

J'avais mis longtemps avant d'oser relever la tête. Je respirais fort, comme après une bagarre, et le sang battait dans mes tempes. Il n'avait pas dû me voir dans la pénombre. C'est ce que je me disais. Il me semblait revivre.

Mais maintenant, alors que les pitreries de Stan Laurel et Oliver Hardy remplissent la salle de vagues de rires qui montent vers la cabine, je vois parfaitement ce qui s'est passé ce jour-là.

Arrivé en haut des trois marches, il avait aperçu ma silhouette dans la lumière que l'écran reflétait dans la salle. « Mais tiens donc, qui se cache là-haut ?… » s'était-il dit dans sa tête. Il avait mieux regardé, et il avait reconnu mes jambes qui sortaient de mon short, la maigre surtout, il pouvait pas se tromper. « Mais, c'est le petit Najib qui me resquille… »

Alors, il avait hésité. Il aurait pu venir me prendre par la peau des fesses, oui, et me jeter à la rue. Mais il ne l'avait pas fait. Il avait haussé les épaules, souri peut-être, puis avait tranquillement repris sa route vers les bureaux.

Voilà à quoi je pense, pendant que tout le monde rit dans la grande salle sombre. Moi, je ne regarde même plus l'écran.

Oh, cette histoire n'est pas bien grave, finalement, je le sais bien. Et même plutôt sympathique sans doute, à cause de l'attendrissement de monsieur Corti pour le petit Arabe que je suis. Mais tout est devenu effrayant depuis cette fameuse discussion avec Ziad, le jour où il est venu me voir dans ma cabane.

Ce jour-là, moi, je n'ai pas dit grand-chose. J'étais sonné. J'écoutais ce que Ziad m'expliquait. Et je ne pouvais pas encore comprendre une à une toutes les choses qui allaient changer dans ma vie à cause de ce que j'entendais, parce que les mots tournaient dans ma tête comme des vautours au-dessus d'une charogne.

Mais je sentais bien que ces paroles prononcées par mon ami dans ma cabane avaient déjà tout changé, au moment même où elles avaient franchi ses lèvres. Elles lui écorchaient la bouche, ces paroles. C'était son devoir d'ami de les dire. Puisque je ne me rendais compte de rien, moi, alors que j'aurais dû comprendre depuis longtemps que ça ne pouvait pas durer comme ça éternellement, avec le tour qu'avaient pris les choses.

Maintenant, ces pensées empoisonnées sont revenues dans ma tête. Empoisonnées, je ne vois pas comment le dire d'une autre manière. Parce qu'elles contaminent toutes les autres dès qu'elles se posent à côté d'elles. Les souvenirs, les projets et même les petits moments de la vie ordinaire. Tout est contaminé. Tout devient cruel. Surtout ce qui était le plus chouette. Comme Claveline.

Avec tout ça qui s'entrechoque dans ma tête, je vois pas comment *Laurel et Hardy à New York* pourrait encore me faire rire. « Tiens, je pense alors, je ne connais pas sa fiche technique. » Bizarre comme le cerveau peut sauter du coq à l'âne. Je me dis qu'il ne doit pas y avoir de version française, que c'est pour ça que je n'ai jamais lu la fiche technique. « Ce doit être une de ces vieilles copies américaines que Pathé a fait… »

Mais je ne peux pas poursuivre.

Un éblouissement éclate dans le noir de la salle. Je ne comprends pas tout de suite. C'est une explosion. Une explosion qui emporte tout, l'estrade, l'écran, les rideaux rouges, une explosion qui ébranle les murs de la bâtisse.

Les flammes fusent en tous sens, poursuivies par des volées de planches, de briques, de débris réduits en mitraille qui bombardent les premiers rangs avec une violence folle. Les idées filent. Qui y avait-il, aux premiers rangs. Des gens que je connaissais ? Claveline ? Cette pensée me traverse le corps comme une balle. Non, pas Claveline. Elle était punie. Pas de cinéma cette semaine. Comment est-il possible de penser à tant de choses en si peu de temps ? La question traverse ma tête, puis le cerveau dérape. Il enregistre les images comme une caméra livrée à elle-même. Les flammes transpercent toute la salle, lèchent les murs, le plafond. Puis, le souffle atteint les premiers rangs. De grosses masses sont emportées, projetées à travers la salle. Je ne comprends pas tout de suite. Ce sont des corps qui traversent les éclats de lumière, comme des pantins désarticulés. Tout va trop vite. Je suis bombardé de projectiles. Mes bras se lèvent. Protéger mon visage. Les premiers rangs de fauteuils sont arrachés, propulsés tout entiers à travers la salle. La pluie de projectiles redouble. Les murs tremblent sous le souffle monstrueux de la bombe. La salle tout entière vibre. Puis d'un seul coup c'est le toit qui s'envole. Les murs ont tenu bon. Les poutrelles et les tuiles sont soufflées, projetées vers le trou de ciel bleu à une vitesse folle. Un objet dur frappe mon menton avec violence, finit sa course coincé sous mon buste. Ma main s'en empare, le ramène à hauteur du visage. Horreur. C'est une chaussure, une chaussure de femme, noire, à talon aiguille. Il y a encore le pied dans la chaussure. À hauteur de la cheville, deux os brisés saillent d'une bouillie infâme. Mon estomac remonte dans ma poitrine. Du vomi dans ma bouche.

Un grand choc. Quelque chose de lourd me tombe dessus. Une poutrelle peut-être. Le toit de la cabine cède sous moi. Je tombe. Avant même de toucher le sol, je ne vois plus rien, je ne pense plus rien. C'est le noir, le silence.

RICHARD
(DIT RICKY DRUMS)

Juillet 1960, plage du Krusal, zone portuaire, Sète.

Il était un peu plus de dix heures quand Sylvie a garé l'Aston près de la plage du Krusal. Il ne restait qu'une poignée de minutes de route pour arriver à la maison, mais maman n'aurait pas aimé nous avoir dans les pas pour préparer le repas. Papa, lui, devait jouer aux boules, le samedi matin. Du coup, Sylvie et moi, on avait presque deux heures devant nous pour nous remettre les yeux en face des trous. Pas du luxe après cette nuit folle.

J'ai attrapé le parasol et les rabanes dans le coffre de l'auto pendant que Sylvie tâchait de dégotter le réveil de voyage et l'Ambre solaire dans le fouillis de la boîte à gants « au cas où on s'endorme sur la plage », comme elle avait dit.

Maintenant, elle a posé sa tête au creux de mon épaule, je sens son odeur caresser mon visage. À ce moment précis, je pourrais presque croire que Dieu existe vraiment. Quand elle vient de se baigner, sa peau prend une odeur chaude, avec cette pointe de cannelle qui pourrait me rendre dingue. Parasol minuscule, tout juste de quoi y caler nos deux têtes. Sylvie endormie, respiration paisible. Je ferme les yeux.

L'eau était formidable. Tout me semble formidable aujourd'hui. L'air, le ciel, *Le Krusal*, ce vieux cargo échoué à quelques brasses de la plage depuis aussi loin que je me souvienne, le vent, la mer. La mer… On a nagé loin, droit vers le large. Notre jeu à nous. « Le premier qui s'arrête, c'est qu'une lopette. » Elle a gagné, comme chaque fois. Je sais bien que quand elle nage droit vers l'horizon elle n'abandonnera jamais la première. Elle préférerait mourir là, dévorée par les vagues.

Et quand on s'est allongés sur le sable, elle s'est endormie tout de suite.

Je ne m'endormirai pas, moi. Trop excité par cette nuit qui gigote encore dans ma tête, toute vivante.

Ça avait mal démarré, pourtant. Après le concert chez Lulu, alors qu'on roulait sur la route de La Madrague, Sylvie nous avait cassé les pieds avec ses foutus mauvais pressentiments à propos de Marc-Antoine. C'était un jean-foutre, elle voulait pas en démordre. À cause de ses pompes ! Non, mais… je te jure ! Elle en tient, ma princesse. Pendant tout le trajet, elle s'était payé notre fiole. On était les derniers des benêts d'avoir envie de le croire, ce type à l'accent pointu. Et pour la millième fois elle avait encore ressorti cette histoire du contrat merdique signé avec Lulu.

Merdique… Pas si sûr, je disais, moi.

Côté pognon, c'est pas Byzance bien sûr. Mais on joue, bordel. On joue devant du monde. Et du beau monde. Ça peut être utile. D'ailleurs, tiens, finalement, la preuve…

Et comme si la mauvaise tête de Sylvie n'avait pas suffi à casser l'ambiance, la radio de l'auto débitait le journal de minuit de Radio Monte-Carlo, seule fréquence qui passe dans le golfe de Saint-Tropez, et ça moulinait toujours les mêmes conneries à propos de la guerre en Algérie, des attentats, de ce qu'a dit de Gaulle, de ce qu'ont fait les communistes, et patati et patata.

N'empêche, elle se plantait, la belle, avec son flair à la gomme.

Il était plus de minuit quand on a sonné au portail de la propriété. Des accords de jazz plutôt potables (potables pour cette musique de vieilles barbes, je veux dire), des éclats de voix et des rires expliquaient clairement qu'il y avait là-dedans à peu près autant de monde que sur la place des Lices tout à l'heure.

Le gorille qui est venu ouvrir avait une carrure de boxeur patibulaire et la mine d'un boxer qui aurait un ulcère. Il nous a regardés comme quatre morceaux de merde posés devant la porte et semblait seulement se demander si ça pourrait lui porter bonheur de nous écraser du pied gauche.

Gégé a fini par baragouiner une bouillie de phrase où les seuls mots à peu près compréhensibles étaient « Fury's » et « Marc-Antoine ».

Le gorille a dressé une oreille, puis il a jeté un coup d'œil à l'Aston. Il s'est mis à sourire. Il s'est effacé pour nous laisser le passage. Je n'avais jamais vu une métamorphose aussi rapide. Les deux mots patauds de Gégé avaient suffi à transformer subitement le boxeur patibulaire en majordome distingué qu'on aurait pu croire préposé à l'accueil du grand bal de l'ambassadeur du Monténégro :

– Marc-Antoine va être heureux que vous ayez pu venir. Il vous attend. Je vous souhaite une excellente soirée, messieurs dames. Bienvenue à La Madrague. Soyez tranquilles, je ferai surveiller votre Aston Martin. Félicitations, c'est une auto superbe.

En passant le portail de bois, j'ai fait un clin d'œil à Sylvie. On était attendus. Elle a eu un haussement de sourcils vaguement impressionné, il me semble. Elle m'a souri, puis elle m'a embrassé et elle a chuchoté dans mon oreille que si c'était réellement le cas elle n'aurait jamais été aussi contente de s'être plantée en jaugeant un bonhomme.

– Mais c'est pas une raison pour accepter n'importe quoi, les supervedettes, elle a repris à voix assez haute pour que Gégé et Max entendent. Cette fois, avant de signer quoi que ce soit, laissez-moi lire. Sinon, faudra changer le nom du groupe. Ça vous dirait, un truc genre Les Trois Poires ?

Elle est peut-être calée côté contrats, la Sylvie de mon cœur, mais en avançant d'un pas mal assuré vers les échos de la fête, on priait tous les trois pour qu'elle se soit plantée dans les grandes largeurs à propos du Parisien aux pompes extravagantes.

Un rien vasouillards, on arrivait près de la foule qui s'agitait près de l'orchestre. Pas la peine d'être abonné à *Jours de France* pour se rendre compte que la moitié du Bottin des vedettes parisiennes avait rendez-vous ici, ce soir. On était les seules graines de ploucs de la fête. On ne savait pas trop quoi faire de nos membres, sauf Sylvie bien sûr, un vrai poisson dans l'eau, comme d'habitude.

On allait pas tarder à se sentir mal à l'aise quand Marc-Antoine nous a aperçus. Immédiatement, il a tendu les bras vers nous en fendant la foule tout en s'écriant :

– Et les voilà, ceux qu'on attendait tous ! La fête va

pouvoir commencer ! Brigitte ! Les Fury's sont arrivés, que la fête commence !

Évidemment, c'était du flan, juste façon de dire. Personne ne nous avait attendus pour s'amuser, et l'ambiance était déjà largement avancée. Des bouteilles de champagne abandonnées à moitié vides traînaient dans tous les coins.

Mais avec le raffut qu'avait fait Marc-Antoine en nous voyant arriver, tout le monde avait tourné le regard vers nous. Comme tous les autres, la fille qui était à ses côtés s'est retournée, elle aussi. Elle riait aux éclats comme elle seule sait le faire et nous l'avons reconnue tout de suite avec ses longs cheveux blonds, ses lèvres rouges et son chemisier blanc attaché sous les seins à la gitane par un nœud délicat au-dessus du nombril. Elle est venue vers nous à grands pas gracieux, les deux bras ouverts pour nous embrasser en riant :

– Mais comment ?... Vous êtes là depuis plus de vingt secondes, vous n'avez toujours pas la moindre coupette !...

Ces images n'arrêteront peut-être jamais de tourner dans ma tête.

En face de moi, la Méditerranée que mon regard ne peut embrasser tout entière, l'épave rouillée du cargo *Le Krusal* qui contient dans son ventre un peu de mon enfance. Contre mon corps, le corps tiède de Sylvie qui dort sur mon épaule, son odeur sur mon visage et, dans ma tête, les images de cette nuit incroyable.

Dingue comme tout peut aller vite.

Marc-Antoine nous a présentés comme les nouveaux prodiges du twist. Rien de moins que la future coqueluche de la jeunesse, à l'entendre. On a trinqué, vidé des coupes de champagne avec toute la nouvelle vague : Marina, Sami, Michel, Jacques, Alain, Hélène[6]…

À un moment, Marc-Antoine a fait tinter sa chevalière contre une coupe vide pour obtenir le silence. Il en a fait des tonnes, des tonnes de trop, je savais plus où me mettre, mais je crois que je me souviendrai de ces paroles toute ma vie :

– Chers amis, les disques Philips ont le plaisir de vous offrir ce soir, chez Brigitte, le privilège de découvrir rien moins que les futures idoles du twist en France. Et comme les chanteurs sont d'abord faits pour chanter, et puisqu'il n'y a pas de meilleur endroit pour le faire, vous allez pouvoir écouter ce soir, en exclusivité et en avant-première à La Madrague, le prochain tube interplanétaire qui va envahir les ondes : *Twist à Saint-Tropez*, par les plus extraordinaires, les plus somptueux, les plus talentueux de tous les musiciens de twist de France et de Navarre !

» Messieurs et mesdames, je vous demande de faire une ovation triomphale aux fabuleux… Fury's ! »

Des applaudissements polis ont salué la fanfaronnade. Pas un flop complet, non, mais un doute certain dans les clap-clap feutrés, c'était une évidence.

Sur les planches, les musiciens se sont regardés pour savoir s'ils devaient s'arrêter, puis comme Marc-Antoine nous poussait vers la scène, ils ont plié le morceau en trois mesures. Ils se sont effacés vers le bar, nous laissant leurs instruments avec le sourire. De la bonne came, ce matos, pas de doute. Avec un repiquage impec sur une sono à réveiller tous les morts de la planète.

Gégé et Max ont monté un peu le volume de leurs amplis, par principe, et j'ai laissé tomber les balais que

[6] Sans doute Marina Vlady, Sami Frey, Michel Boisrond et Jacques Charrier ; et peut-être Alain Delon et Hélène Lazareff.

le batteur avait posés sur la caisse claire, pour saisir les baguettes rangées près de la grosse caisse. Et on a commencé à jouer, comme ça, franco de port, brut de décoffrage. Un, deux, trois, quatre…

Tout de suite, ç'a été le délire. Au premier accord, B.B. s'est mise à danser un twist inspiré par le diable. C'était l'hôtesse : d'autres l'avaient déjà rejointe avant la fin de la première mesure. Et très vite la fête s'est retrouvée sur la piste de danse, prise d'une frénésie de hanches qui balancent, de jambes qui frétillent.

Et les musiciens de jazz eux-mêmes, quatre Noirs en costumes gris perle et cravates orange, se trémoussaient au premier rang à leur manière inimitable. Géant. À la fin du premier morceau, pas question qu'on arrête. Ils nous auraient lynchés si on avait essayé de quitter la scène.

On a enchaîné le répertoire, les compos, les reprises. Invraisemblable. Marina avait dégotté un appareil photo Polaroid et nous mitraillait à coups de flash en se tortillant au milieu de la foule. On ne rêvait pas. Au fond, à la lisière de l'ombre, Marc-Antoine regardait tout ça, un sourire ravi aux lèvres. Il hochait doucement la tête.

La suite a glissé dans la brume que les heures du petit matin distillent à ceux qui font la bringue. Un rêve net et flou à la fois.

Sauf que c'était pas un rêve, cette folie, quand on a quitté la scène. Les gens nous parlaient, des mains s'abattaient sur nos épaules, les Polaroids noir et blanc qui avaient été distribués s'agitaient devant nos yeux pour qu'on les signe. Un petit nuage. Du champagne encore, des flots de champagne.

Puis, le salon de la maison quand le jour se levait. Les deux canapés qui se font face, putain, quelle classe.

Marc-Antoine qui nous explique les termes du contrat qu'il a préparé. C'est un contrat *pro forma*, une ébauche quoi. Des trucs devront être complétés, mais c'est un engagement ferme pour enregistrer un 45 tours quatre titres à sortir avant la fin de l'année civile, chez Philips.

Les premières lueurs sur la mer. Les barques des pêcheurs qui rentrent au port. Sylvie qui lit les deux pages tapées à la machine en marchant sur la terrasse. Qui les repose sur la table basse en roue de charrette. Elle hoche la tête. C'est bon, on signe. Tous les quatre. Max, Gégé, Marc-Antoine et ma pomme.

Sourires. Soupirs. Les poitrines se vident, les épaules tombent. C'est fait. Quelque chose qui vit dans la poitrine, qui chante dans la tête. Champagne, encore. La maison et le jardin sont presque vides maintenant. Silence. Le bruit des vagues. Les musicos qui rangent leurs affaires. Marc-Antoine hoche toujours la tête en tapotant les contrats. Il sourit encore. Sylvie passe son bras autour de mon cou, on marche vers la porte. Le saxophoniste s'approche de moi quand on traverse le jardin. Le saxophoniste. Mais… Putain ! c'est pas vrai… Je l'avais pas reconnu… C'est Sahib Shihab qui nous a laissé sa place. Incroyable.

– Tenez bons, les gars, il me dit en me serrant la louche. Vous avez le swing. Et ta batterie, coco, elle balance du tonnerre ! Changez rien, les jeunes, vous allez exploser, c'est joué d'avance. Tu peux me croire.

Puis Sahib Shihab se retourne, s'en va de son pas nonchalant vers la mer qui lèche la petite plage avant que j'aie pu lui dire quoi que ce soit.

Heureusement. J'aurais dit un truc qui vaut pas la peine. Avec Sahib Shihab, tous les mots sont inutiles. Putain, quelle nuit, les potes !

Sylvie lance le moteur de l'Aston. On roule. Silence. Le soleil au-dessus de l'horizon. On roule. Le vent. Les paysages défilent. Aubagne. On dépose Max et Gégé à la gare. On roule. La nationale. Le vent sur les visages. Un café sous les platanes, dans un village et puis, allez, on file direct sur Sète...

Mer étale, *Le Krusal* échoué près de la plage, les gosses qui escaladent la chaîne de son ancre pour plonger dans l'eau claire, Sylvie, la tête sur mon épaule. Ces souvenirs qui dansent...

Et soudain... la sonnerie du réveil qui perce les oreilles. Une sonnerie horrible, comme le réveil lui-même. Un cadran carré en tocaille dorée qui se replie dans une coque rigide recouverte de Skaï vert sombre, pour le voyage.

Sylvie s'agite mollement, se redresse sur son coude en faisant la grimace, les yeux presque fermés dans la réverbération de la plage. Elle cherche à tâtons la saleté de réveil qui sonne comme un diable, le saisit. Elle le regarde un instant avec une moue méprisante, puis elle lui dit :

– Toi, mon pote, t'es vraiment trop con et trop moche !

D'un coup de reins, elle bondit, se retrouve debout sur le sable dans son Bikini rouge, épatante. Et là, d'un grand geste du bras, elle balance le réveil au loin, très loin dans les vagues. Elle me regarde. Elle rit.

– Je le supportais plus celui-là, il était vraiment trop moche pour gâcher une si belle journée !...

Qu'est-ce que je l'aime ! J'ai une chance incroyable.

LOPEZ

Juillet 1960, 4, impasse Abdelkader, quartier Ville nouvelle, Oran, département français d'Oran, Algérie.

– Et qu'est-ce que tu vas manger, à Constantine ? Qui te fera la cuisine ?

Elle est dans tous ses états, ma mère. Je vais quitter la maison. Aïe, aïe, aïe ! les mères pieds-noires.

– Ce que je vais manger ? Je sais pas, maman… Peut-être que je vais rien trouver à manger, là-bas, que je vais mourir de faim. Je crois même que c'est pour ça qu'ils m'y envoient. Il paraîtrait qu'à Constantine les policiers meurent de faim. C'est connu. Ils tombent comme des mouches. Surtout les jeunes. C'est une épidémie terrible.

Elle hausse les épaules.

– Fiche-toi de moi, va… Rigole, tant que tu peux encore. Elle me l'a dit, madame Martinez : à Constantine, y a même pas de *mouna* dans les boulangeries, ni même pour Pâques. Et la *kémia* qu'ils font, c'est à pleurer, mon fils. La *frita*, pareil, rien à voir avec la nôtre. Et je te parle même pas du couscous !… Ils y mettent du raisin sec, avec la graine. Tu m'as comprise ?

Du raisin sec avec la graine !… Misère de nous autres. Et toi, tu vas là-bas. Et tu rigoles…

– Pourquoi tu crois qu'ils meurent de faim, là-bas ? Parce que la cuisine est trop infecte, personne n'en veut. Alors, ils meurent… Comme je te disais. T'as raison de te tourner les sangs. C'est pas sûr que je revienne.

Ma mère, je crois que je ne l'ai jamais vue se taire plus de trois secondes d'affilée. Sauf le jour où mémé est morte. J'avais presque huit ans. Il y en a douze. Ce jour-là, le soir, elle est bien restée deux minutes sans rien dire.

Un vrai moulin à paroles. Grâce à Dieu, elle sait faire les questions et les réponses. Pas vraiment besoin qu'on l'écoute. Suffit de hocher un peu la tête de temps en temps. J'ai même appris à faire mes devoirs de maison comme ça. Sur la table de la cuisine, avec le moulin à paroles branché directement dans les oreilles, en hochant la tête comme les chiens mécaniques qu'on voit sur la plage arrière des voitures. Exactement comme je fais en ce moment même…

Je plaisante, mais ça me fait quelque chose de partir d'Oran. J'ai jamais quitté cette ville plus de quelques heures. Alors, forcément, ça fait drôle. Mais je reviendrai de temps en temps. Une fois par trimestre peut-être. J'ai regardé sur la carte, c'est un peu loin, mais la route est goudronnée. Avec mon Lambretta, ce sera de la rigolade.

Mon Lambretta… Je m'approche de la fenêtre tout en hochant la tête, l'air de rien. De là, je peux le voir. Il est en bas, garé dans l'impasse. Magnifique. Avec le porte-bagages que j'ai fait mettre, pas de problème pour la valise. Je pourrai même emporter les boules et mon cinquante. Faudra juste trouver un petit sac où les mettre…

Mais qu'il est beau, mon scooter ! Les gosses du quartier le reluquent. « On touche avec les yeux », je leur ai dit en passant la porte. Risque pas qu'ils s'approchent. Depuis que je suis inspecteur de police, je les impressionne. D'ailleurs, je crois bien que j'impressionne, depuis quelques semaines. Même aux boules, les copains me regardent plus pareil. Ils m'appellent « Inspecteur Lopez » en plaisantant. Oui, ils plaisantent… N'empêche, ils y pensent.

Constantine… En m'engageant dans la police, je savais bien qu'il faudrait que je parte. C'est comme ça. On n'est pas flic dans sa ville. Moi, je pensais plutôt à Alger. Ç'aurait quand même fait moins loin. Mais, allez… Finalement, je ne suis pas fâché que ce soit Constantine.

Avec les événements, Alger serait sans doute plus compliqué, plus dangereux. J'imagine Constantine plus tranquille, un peu comme ici.

Parce qu'ici les « événements », comme ils disent, c'est surtout à la radio qu'on en entend parler. À la radio, et au boulodrome aussi, parce qu'il y a Roger qui est toujours sur les routes avec son camion-citerne. Alors, il entend parler de tout ça dans les relais routiers où il s'arrête. Les attentats, les coups de main, les massacres, les soldats qu'il rencontre.

C'est comme ça qu'il a toujours des horreurs à raconter, Roger. Mais elles viennent de loin, ces horreurs, de gens qu'on ne connaît pas. Ici, dans le quartier, on voit pas grand-chose de bien terrible. Pourtant, nous, on vit en plein quartier arabe, et… rien. Rien ne se passe. On s'entend bien avec les musulmans. Comme c'était avant, ça reste, événements ou pas événements. Ils nous respectent, on les respecte. On entend bien dire qu'ailleurs ils égorgent les Européens. Pas ici, en tout cas. On se rend service, même. Quand je suis pas là, Kaled monte la bouteille de gaz à l'étage pour maman. Et quand maman a cuisiné une bonne frita à sa façon, elle lui en garde une assiette, comme il n'a personne pour lui faire la cuisine. Alors on…

– Tu m'écoutes ?

– Bien sûr, maman, que je t'écoute. Comment tu veux que je t'écoute pas ? Tu parles tellement fort que tout le quartier t'écoute !

– Alors, si tu m'écoutes, pourquoi tu réponds pas ? Et ta lessive ? Comment tu vas faire pour ta lessive ?

NAJIB

Juillet 1960, cantonnement du peloton de reconnaissance E.B.R. de la 19e D.M.R.[7]*, hameau de Tamentout-Fedj-M'zala, circonscription de Djidjelli, département français de Constantine, Algérie.*

Il y a un truc dur dans ma bouche, au milieu des caillots de sang. C'est une dent je crois. La canine du bas, à gauche. Je sens le trou avec ma langue. C'est dégueulasse, cette bouillie dans ma bouche.

Un bruit gras sur le sol. Le gros caillot éclate sur le ciment. Des gouttes rouges sont projetées. Ma canine tinte, quelques petits rebonds avant de s'immobiliser au milieu de la grosse tache rouge.

Il peut bien continuer à me frapper, je m'en fiche. Je ne sens plus rien. Même quand ma dent s'est arrachée, je n'ai rien senti.

Pourquoi je ne sens plus la douleur ? Ils ont cassé quelque chose dans ma tête, à force de taper ?

En tout cas, ça n'arrête pas l'épouvantable manège des horreurs du Glacier. Ces images insupportables tournent sans arrêt dans ma tête, rien ne les stoppe. Même pas les coups. Et les coups non plus, rien ne les

[7] E.B.R. : engin blindé de reconnaissnce ; D.M.R. : division mécanique rapide.

arrête. Des coups de manche de pioche. Il y a un rythme. Une série de coups réguliers sur le torse, une plus courte sur les jambes, et deux coups sur le visage ou sur la tête. Et puis ça recommence. Il doit faire ça sans arrêt, depuis des semaines, c'est devenu automatique. Il ne tape pas de toutes ses forces, non. Il dose. Il ne veut pas que je tombe encore dans les pommes. Ils veulent que ça dure des heures. Ça doit faire partie de la méthode. C'est ça, ils ont l'air d'appliquer une méthode. Ils savent parfaitement ce qu'ils ont à faire. Ils le font comme un travail, méthodiquement. Mais je n'ai même plus mal. Ou alors j'ai trop mal pour sentir une différence. Je sais pas.

Je ne sens plus rien, mais j'ai très soif. Il fait une chaleur à crever, j'ai rien bu depuis ce matin.

– Tu sais pourquoi il te frappe avec un manche de pioche, vermine ? Parce qu'avec les mains il peut plus. Il a donné trop de coups avec ses poings, à des salopards de ton espèce, petite crevure. Il a trop cassé de mâchoires avec ses mains. Toi, t'as juste perdu une dent mais t'en fais pas, il va t'en casser d'autres. Et ta mâchoire aussi. C'est fou ce qu'il pète comme mâchoires. Vous, les bicots, vous devez avoir la mâchoire fragile. Il va te frapper jusqu'à ce que tu tombes dans les pommes pour de bon, qu'on puisse pas te ranimer cette fois. Et demain, il y aura encore autre chose. Et le jour d'après. Jusqu'à ce que tu parles. T'as des couilles ? Bien sûr que t'en as… Des couilles de sale bicot de merde. Et bien profites-en, petite crevure. Bientôt, tu pourras plus le dire. On va te les griller au courant électrique.

C'est le type derrière moi qui parle. Je ne l'ai pas encore vu, celui-là.

Moi, je sais rien de cette bombe, évidemment. Sauf qu'elle a explosé juste avant l'entracte, à la fin du court-métrage. Mais quand je leur dis ça, c'est encore pire. Il tape encore plus fort. Surtout sur le visage. C'est pour ça que ma dent a sauté. Je ne peux plus ouvrir l'œil gauche. Ma chemise est déchirée, rouge, gorgée de sang, et je sens ses lambeaux lourds qui collent sur ma peau. Mais les images insupportables du Glacier reviennent toujours et encore.

Quand j'ai repris connaissance, après que la poutrelle a écrasé la cabine de projection, il n'y avait plus qu'un grand silence dans ce qu'il restait de la salle au toit éventré. Un grand silence et les gémissements des blessés. J'ai réussi à me relever dans les décombres. J'avais mal au dos. Ma cuisse, la bonne, était toute bleue. Je suis descendu dans la salle. Des cris s'élevaient maintenant. Des cris et des pleurs. C'était horrible. Les images sont restées imprimées sur mes yeux, mais je ne pourrai jamais mettre des mots sur ces horreurs. Il y avait des morts, des blessés qui gémissaient sous les débris de toit et de sièges. Des morts dans des positions invraisemblables, et des morceaux de morts aussi, éparpillés dans la salle. Des blessés à qui il manquait quelque chose.

Je ne connaissais pas tous ces gens, mais je les avais tous vus une fois ou une autre. Djidjelli est une petite ville. Il y avait dix minutes à peine, on riait ensemble, tous ces morts, ces blessés et moi. Je n'arrivais pas à imaginer que c'était vrai, que ça venait réellement de se passer. J'étais sonné, perdu. Je savais pas quoi faire.

Monsieur Corti est arrivé très vite, et il a commencé à organiser les choses.

D'abord, s'occuper des blessés. Les sortir sur la place, les allonger à l'ombre des mûriers platanes le temps que les secours arrivent. Il avait téléphoné à l'hôpital. Des ambulances étaient en route pour les prendre. Des ambulances et des voitures, ce qu'ils pourraient trouver.

Quand il a fini d'expliquer ça, monsieur Corti a fait des groupes de deux avec les volontaires pour transporter les blessés à l'extérieur.

Je suis tombé avec un monsieur que j'avais déjà vu mais que je ne connais pas vraiment, qui travaille à la poste, je crois. Pour soulever les gens blessés, il les attrapait par les épaules, moi par les jambes, « parce que c'est moins lourd », m'a-t-il expliqué. On a sorti plusieurs personnes comme ça. Trois ou quatre, je sais plus. Dehors, des ambulances et des voitures les emmenaient à l'hôpital au fur et à mesure. On allait plus vite que les ambulances et il y avait toujours plusieurs blessés allongés sous les mûriers.

On avait fini de sortir les gens vivants quand les blindés ont débarqué sur la place. Il y avait trois Panhard avec leurs grosses roues noires aussi hautes que moi qui soulevaient la poussière, et un half-track à chenilles.

Des soldats en sont sortis en courant, en agitant leurs mitraillettes. Moi, j'étais là, planté à côté des blessés qui attendaient encore l'ambulance. Un groupe de militaires est passé près de moi, et les paroles de Ziad m'ont traversé la tête.

J'ai eu peur, j'ai reculé de quelques pas. Un soldat m'a remarqué, s'est approché de moi en me braquant avec son arme.

– Tu étais à l'intérieur du cinéma ?

J'ai hoché la tête. Il a sifflé pour avertir les autres.

– J'en tiens un, a-t-il crié. Un bougnoule qui était dans le ciné quand la bombe a pété.

– On l'embarque, a répondu le chef du groupe.

Le soldat m'a attrapé d'un seul bras et m'a emporté vers le half-track. Le monsieur de la poste a essayé de lui dire que j'avais aidé à transporter les blessés, ça n'a servi à rien. Il m'a jeté dans le blindé.

Le pilote attendait à l'intérieur, il m'a braqué avec son pistolet pour que je reste tranquille. Je me suis tassé contre la paroi de métal, le plus loin possible de lui. Le canon du pistolet me collait les chocottes. Le blindage étouffait le tumulte de la place et on se regardait dans un drôle de silence.

Après quelques minutes, deux autres soldats nous ont rejoints :

– On y va. Les autres nous retrouveront là-haut, ils ont dit en attachant mes mains derrière mon dos avec de la ficelle.

Le blindé a démarré. On est sortis de Djidjelli. Les soldats parlaient entre eux, mais ils avaient un accent pointu que je comprenais mal. Il y en a un qui disait que je n'avais pas l'air d'un terroriste, que je n'étais qu'un gosse maigre et infirme. L'autre répondait que j'étais bien assez grand pour déclencher une bombe.

Je ne voyais pas grand-chose de l'extérieur, mais j'ai compris qu'on s'était engagés sur la piste qui mène à Tamentout à travers le *djebel*[8].

Ziad m'avait parlé de Tamentout-Fedj-M'zala. J'avais eu du mal à croire qu'il ait vraiment pu y avoir un centre de torture là-bas, comme il me l'expliquait avec des détails incroyables. Et là, d'un seul coup, j'ai pissé dans mon pantalon. Pas beaucoup, juste quelques gouttes.

Je pensais à tout ça quand les coups se sont arrêtés. J'étais tombé par terre sans même m'en rendre compte. À moins que j'aie perdu connaissance, je ne sais pas.

[8] Le djebel : la montagne.

Maintenant, je suis allongé sur le sol de ciment. J'ouvre les yeux. Mon sang poisse sous la joue qui est collée au sol. Devant mon nez, ma canine dans le gros caillot. Dans la flaque de sang, je vois aussi une grosse chaussure noire. Un homme que je n'avais encore jamais vu celui-là, et qui se tient debout. Je vois son ombre.

– Ça suffit pour aujourd'hui, il dit d'une voix calme. Faut arrêter pour qu'il reste en état de parler. Donnez-lui un peu d'eau et mettez-le dans un bloc spécial jusqu'à demain matin.

Je vais boire enfin. C'est tout ce que je retiens. Toujours cette soif atroce. Je vais boire. Il l'a dit. De l'eau. Il me faut de l'eau. Cet homme est un chef, il parle comme un chef. Ils vont obéir.

Personne ne bronche. Je vois ses chaussures qui s'éloignent. Des mains me saisissent, me jettent sur une table, sur le dos. Je n'ai plus de force. Je ne bouge plus. Le goulot d'une bouteille cogne contre mes dents.

– Ouvre ta bouche, charogne. Le lieutenant a dit qu'il faut que tu boives.

Je ne peux plus bouger la mâchoire. Le goulot force mes dents. De l'eau envahit ma gorge, m'étouffe. Je tousse, hoquette, recrache toute la flotte. Le soldat rit. Retire la bouteille.

– Voilà, tu as bu. Il est sympa, le chef, non ? Avec cette putain de chaleur, tu devais crever de soif, salope.

Il ricane. Il sait bien que je n'ai pas avalé une goutte. Deux soldats me trimballent comme une balle de foin. On traverse une cour. Il fait nuit. Là-haut, des étoiles brillent. Il est tard. Un grincement. Ce n'est pas une porte, il n'y a aucun bâtiment près de nous. C'est une trappe qu'ils ont ouverte.

Une trappe dans la pierre du sol, à travers laquelle ils me jettent. Je tombe dans le trou de tout mon poids. C'est un petit trou rond, cimenté, dans lequel je rentre à peine. Quand je suis debout, il m'arrive aux épaules. Un soldat appuie sur ma tête avec sa chaussure. Je plie les genoux. La trappe se referme. Le verrou claque. Le trou est trop étroit pour se tenir assis. Pas assez profond pour se tenir debout.

Là-haut, je le sais, les étoiles brillent.

SYLVIE

Juillet 1960, grand'rue haute, Sète.

Dès qu'on s'est engagés dans la grand'rue haute, les gosses qui jouaient sur les trottoirs ont reconnu Ricky. Des cris ont fusé dans tous les sens.

– C'est Richard ! C'est Richard ! – Là, dans la décapotable ! – Fan de peute, c'est quoi cette bagnole ? – Et la fille, c'est une actrice ?

Il rit, Richard, en répondant de grands gestes de la main aux saluts des mômes qui se mettent à courir pour suivre la voiture. Deux cents mètres plus loin, devant la maison des parents de Richard, je coupe le contact au milieu d'une meute qui s'est agglutinée tout au long de la rue. Et ça braille, la marmaille :

– Dis, madame, elle est à toi, l'auto ? – C'est quoi ? C'est une américaine ? – Ça doit coûter bonbon en tout cas… – Eh, madame, c'est vrai que t'es actrice ? – À combien elle monte ? – Pfff, au moins deux cents à l'heure.

Des têtes pointent aux fenêtres, puis la mère de Richard apparaît sur le trottoir, dans un tablier en Liberty à petites fleurs multicolores. Ils s'embrassent.

Je me taille un passage à travers la meute des gosses, leur réponds en riant, ils sont drôles :

– Eh oui, elle est à moi. C'est une Aston Martin… – Pas américaine, non, c'est une anglaise. – Ah oui, t'as raison, elle coûte bonbon. Et même la bonbonnière. Demande à mon père, il a failli tomber raide… – Actrice, moi ? Non, je suis rien. C'est déjà bien assez difficile. – La voiture, elle monte à deux cents, oui… Et moi, encore davantage !…

Je viens juste d'arriver à me dégager de la marmaille, quand la mère de Richard me serre dans ses bras.

– Alors, c'est toi Sylvie ?

– C'est moi. Je suis contente de vous voir. Richard m'a souvent parlé de vous.

– Aïe ! Commence pas les galéjades, mignonne. Je sais bien qu'il s'en fiche pas mal, de sa mère, mon petit…

Elle me sourit. Je trouve à ce sourire un je-ne-sais-quoi de triste, de gêné peut-être.

Les volets sont en clé, il fait sombre dans la cuisine. Sur la cuisinière, une marmite mijote.

Pas le temps de sortir les verres à apéritif que le père de Richard pousse la porte. Il revient du boulodrome.

– T'as bien joué ? demande Richard.

– J'ai manqué un but à la gagne. Mais je l'ai attrapé à la seconde, et on a gagné quand même, à la mène suivante. Et toi, tu joues encore aux boules de temps en temps ?

C'est parti. Ils s'embarquent dans une discussion où il est question de têtards, de carreaux, de contres malheureux, et de gens qu'eux seuls connaissent. Discussion de boulistes.

On papote un peu avec la mère, mais je sens bien qu'il y a quelque chose. Peut-être qu'elle est déçue, que je suis pas son genre. Y a un truc qui la chiffonne. Je le sens…

Ce que je fais, moi, dans la vie ? Je n'ose pas lui raconter que j'essaie d'écrire, que je suis spécialisée dans les débuts qui n'ont pas de suite… Alors, je reste vague. … Un temps, j'ai fait les comptes pour l'entreprise de mon père. Je m'occupais aussi des contrats et des trucs juridiques. Dans la maçonnerie, oui.

Voilà, c'est parti sur la maçonnerie. Du coup, les hommes arrêtent de parler boules et rentrent dans notre conversation. Briques, béton coffré, immeubles, les architectes qui sont tous des canailles…

– Et la musique, au fait ? Dis-moi, Richard, comment ça marche, ce contrat, à Saint-Tropez ?

Évidemment, il jubile, Richard.

Je ne sais pas comment il a réussi à tenir sa langue jusque-là. Il démarre au quart de tour, raconte les soirées du *Lulu's Bar*, Marc-Antoine, le triomphe à la fête à La Madrague. Le contrat. Un contrat pour un disque ? Un 45 tours, oui, pour commencer. Chez Philips. Philips ? Mais c'est le Philips de… enfin, le vrai Philips, quoi ? Le père en perd ses mots, son index désigne le transistor posé sur le buffet, un Philips évidemment.

– Oui, le vrai Philips, papa. Mais le secteur disque, pas les postes radio. C'est la première maison de disques de France…

– Et il sort quand, ce disque ?

– Ben, on enregistrera à la rentrée, en octobre, à Paris. Et il devrait sortir avant la fin de l'année…

Pendant ce temps, c'est le visage de la mère que je regardais. Sa surprise, le temps qu'elle comprenne.

Puis la fierté, je pense, quelque chose comme ça. Mais c'est passé très vite. Et elle a commencé à se décomposer. Richard est lancé, il ne remarque pas immédiatement le malaise de sa mère. Maintenant, des larmes coulent sur ses joues. Je sentais bien qu'elle n'était pas dans son assiette. Je m'approche d'elle, prend sa main dans la mienne. Elle tremble.

Richard remarque les larmes, elles le coupent net dans sa phrase. Sans comprendre, il regarde sa mère, qui essuie ses joues avec un pan de son tablier.

– Mais c'est super, maman ! C'est pas triste. C'est une nouvelle sensationnelle !

Les larmes reprennent de plus belle. Richard est paumé. Son regard saute sur son père, cherche un repère. Il sait, lui. Mais le visage du père reste grave, fermé. Il n'ose regarder personne. Il fixe un point vague, quelque part sur la table. La main de la mère s'est crispée sur la mienne.

– Mais enfin, qu'est-ce qui se passe ? C'est formidable ! Je vais enregistrer un disque. Notre musique casse la baraque. *Twist à Saint-Tropez*, c'est une bombe atomique, tout le monde le dit. Et j'ai signé avec une super maison de disques. Et maintenant, il faut faire la fête ! Pas verser des larmes...

La mère n'en peut plus. Elle tente de contenir un sanglot dans sa poitrine en tournant les talons vers la cuisinière. Le père remue lentement la tête de droite à gauche. Puis il ferme les yeux. Ses lèvres se serrent.

– Mais bon sang de Dieu ! Dites-moi ce qui vous arrive...

Richard, déboussolé. C'est lourd, ça sent le grave. Je cherche dans ma tête qui peut bien être mort, ne trouve pas de réponse.

Le père se lève, lentement. Se dirige en silence vers le buffet où trône le transistor, ouvre le tiroir de droite. Il en tire une enveloppe bleu ciel barrée de tricolore. Mon cœur bondit. Personne n'est mort, mais c'est sans doute pire. Ce n'est jamais bon, les lettres de la République.

Le père avale sa salive, claque la langue. Puis il doit prendre son souffle pour articuler :

– Les gendarmes sont passés hier au soir, vers six heures. Ton sursis a été révoqué, parce que tu as arrêté tes études.

Silence. Il pose l'enveloppe sur la table d'un geste lent, comme si elle risquait de nous exploser à la figure. Puis il lâche :

– C'est tes papiers militaires. Tu es mobilisé. C'est la feuille de route.

Mes jambes flanchent. Je dois m'asseoir.

Richard, blême :

– Je dois partir quand ?

– Faut que tu sois à Fréjus le lundi 1er août.

Richard allume une cigarette. Tire une bouffée qui en grille la moitié. Puis il laisse tomber :

– Merde… Fréjus. Alors, c'est l'Algérie. C'est la guerre… C'est ça ?

Le père hoche la tête.

MONSIEUR CORTI

Juillet 1960, piste de liaison V 412, à proximité du hameau de Tamentout-Fedj-M'zala, circonscription de Djidjelli, département français de Constantine, Algérie.

Mais qu'est-ce que je fais là ? Sur la piste de Tamentout, dans mon Aronde, avec monsieur Germain à la place du passager, à l'aube ?

Tatata... Ce que je fais là, c'est facile. Je suis trop gentil, c'est pour ça que je suis là, à perdre une demi-journée pour risquer finalement de passer pour un imbécile. Parce que nous ne sommes même pas sûrs qu'il soit vraiment là-haut, Najib. Et s'il s'avérait qu'il n'y soit pas, nous aurions l'air fin, tiens. Car rien ne garantit qu'elle ait bien compris, la petite Claveline.

Oui, c'est bien la petite Claveline qui a remué ciel et terre dans la soirée d'hier pour retrouver la trace de Najib.

Claveline, la petite-fille de La Muda, qui tient le tabac-journaux de la rue de Picardie. Depuis des années, Najib et elle sont inséparables. Tant qu'ils étaient gamins, passe encore. Mais il a beau être un bon gars, maintenant qu'ils commencent à devenir grands, je me demande bien ce que ça va bien pouvoir donner, cette histoire.

Rien de bon, je le crains. Ils ont passé l'âge des jeux de gosses.

En tout cas, elle s'est démenée, la petite Claveline. Elle savait qu'il était au cinéma, bien entendu. Quand elle a eu vent de l'attentat, elle s'est d'abord effrayée qu'il soit parmi les victimes. Lorsqu'elle est arrivée sur les ruines du cinéma, elle était décomposée. Je l'ai rassurée. J'avais vu Najib après le drame, lui avait parlé. Il était sain et sauf, avait même aidé à évacuer les victimes.

Ensuite, elle s'est débrouillée pour retrouver sa piste. Pugnace, la mignonnette. Je n'ai pas réussi à savoir qui lui a raconté qu'il avait vu des soldats embarquer Najib dans un blindé, sur la place, peu de temps après le drame.

Alors, elle a filé chez le directeur de l'école. Elle pensait que monsieur Germain l'écouterait, puisqu'il s'agissait de Najib. Et elle ne s'est pas trompée.

C'est comme ça qu'à dix heures, hier au soir, monsieur Germain est venu sonner à ma porte.

Il voulait que nous allions à Tamentout-Fedj-M'zala sur-le-champ. À dix heures du soir…

– Je sais bien que cette journée a été dramatique, argumentait-il avec force, mais il est maintenant en notre pouvoir d'éviter un autre drame. Nous devons partir…

À coup sûr, il sait parler, le directeur d'école. Et convaincre. Je le tiens pour un as de l'éloquence. Mais cette fois, j'ai dit non. Non, pour courir le risque d'aller se flanquer dans le décor avec l'Aronde toute neuve, sur cette piste défoncée entrecoupée de ravines, en pleine nuit. Il a insisté, et j'ai tenu bon.

Moi aussi, je tiens ce gosse dans une affection qui s'est mystérieusement développée au fil des ans – ne différant guère en cela de la plupart des habitants de la commune. Et il ne m'était pas plus agréable qu'à monsieur Germain de penser qu'une erreur tragique avait pu le faire atterrir dans ce fichu centre. Mais de là à partir en pleine nuit sur cette piste… non, trop de risques.

Monsieur Germain ne voulait pas en démordre.

Je le connais bien, depuis des années. Autant pour les heures passées à nous écharper au conseil municipal, que pour celles partagées autour d'une anisette à la terrasse du Café du Progrès, à refaire le monde, l'actualité, le cinéma et même la littérature française. Il y a peu de gens dans cette ville avec qui partager ces préoccupations futiles.

Je le savais, la seule manière de lui faire lâcher prise hier soir, c'était de lui promettre de le conduire là-haut avec mon auto pas plus tard que ce matin, à la première heure. En prenant pour cela ma demi-journée, soit dit au passage, alors que j'ai tellement mieux à faire avec ces événements dramatiques. « Tout le monde n'est pas en vacances à la fin juillet… » Je ne le lui ai pas envoyé dire, au fonctionnaire de l'Éducation nationale.

Tamentout-Fedj-M'zala, son centre militaire si problématique… Nous en avons justement délibéré lors du dernier conseil municipal. Nous savions ce qui se trame là-haut depuis que l'armée y a installé ses quartiers de campagne. Lors de ce conseil, monsieur Germain est monté sur ses grands chevaux quand nous avons évoqué l'affaire. Il proposait tout bonnement que le conseil adopte « une motion solennelle de désaccord de principe », sous prétexte que le centre est situé sur le territoire de la circonscription. Rien de moins. Mais il en fut pour ses frais. Une seule voix pour sa motion, la sienne.

J'en conviens volontiers, c'est peu reluisant, ce qui se passe là-haut. Mais la bombe dans mon cinéma, n'est-ce pas aussi moche ? Tous ces morts, toutes ces vies brisées, n'est-ce pas horrible? Et comment arrêter ces attentats, ces massacres dans les fermes isolées ? En bombardant les maquis avec des fleurettes ?

Alors, oui, quoi qu'en pense l'instituteur aux sympathies communistes qui est assis dans ma voiture en ce moment même, moi j'affirme qu'ils sont nécessaires, les centres comme celui-là. Même si je regrette l'aspect inhumain de ces méthodes. Mais, en existe-t-il d'autres ?

C'est bien joli, l'humanisme. D'ailleurs, je le suis moi-même, humaniste. Humaniste et chrétien. Mais quand nous en sommes à nous faire massacrer, faut-il pour autant tendre la joue gauche ?

Voilà ce que je pense.

Il n'en reste pas moins évident que le petit Najib, n'ayant assurément rien à voir avec les poseurs de bombes et autres fellaghas assassins terroristes, n'a à coup sûr rien à faire dans pareil endroit. Je le sais, comme tous les habitants de Djidjelli le savent. À commencer par monsieur Germain, évidemment.

C'est lui qui a sorti Najib de l'hôpital. Le gosse devait avoir dans les cinq ans, il me semble. Sa jambe était alors réparée autant qu'elle pouvait l'être, et il n'avait plus rien à faire à l'hôpital, qui n'est pas un orphelinat pour indigènes.

Ce Najib, quelle histoire singulière, quand j'y repense.

Une main mystérieuse l'a déposé sur les marches de l'hôpital, roulé dans une vieille couverture, un beau matin d'avril, un peu après la fin de la guerre[9].

[9] La fin de la Seconde Guerre mondiale, 1939-1945.

Il souffrait manifestement de malnutrition, depuis la naissance sans doute. Au point qu'il était devenu difficile d'imaginer son âge tant il était chétif, rachitique. Il pouvait avoir deux ans peut-être. Impossible à dire. Mais, plus grave que cela encore, une de ses jambes avait été broyée et avait développé une infection des plus alarmantes. L'enfant était brûlant de fièvre, à la limite de l'inconscience.

Un concours de circonstances a voulu que ce soit mon épouse qui le trouve là, en arrivant à l'hôpital où elle avait été appelée à l'aube pour une urgence. À cette époque, elle exerçait encore sa vocation de sage-femme. C'est elle qui l'a transporté au bloc opératoire.

Le chirurgien qui l'a opéré en urgence a fait des miracles. Non seulement il est parvenu à sauver l'enfant *in extremis*, mais il a aussi réussi à sauver sa jambe, malgré les fractures et l'infection dont la puanteur aurait pourtant laissé présager du pire. À tout le moins, il est parvenu à conserver entière cette jambe gangreneuse. Ce qui n'était pas joué d'avance.

Le petit Najib est demeuré à l'hôpital plusieurs années durant, pour autant que je me souvienne, subissant plusieurs opérations pour recouvrer les fonctions de sa jambe.

C'est là que monsieur Germain a fait sa connaissance. Après les heures de classe, il passait au secteur de chirurgie infantile, au rez-de-chaussée de l'aile gauche, pour donner des leçons aux petits malades. Najib était arabe, c'était évident. Ou à moitié, difficile à dire. À voir son physique, je pencherais plutôt, moi, pour penser à moitié. Et je serais enclin à croire que le fait qu'il était bâtard n'ait pas été totalement étranger aux raisons de son abandon… Mais c'est une autre histoire.

Quoi qu'il en soit, arabe ou à moitié, monsieur Germain n'en eut cure. À cette époque, Najib n'avait pas encore récupéré la motricité de sa jambe. Il se traînait dans l'hôpital sur des béquilles beaucoup trop grandes pour lui dont il s'accommodait avec adresse.

Comme il s'ennuyait ferme à ne rien faire dans cet hôpital, monsieur Germain a accepté que, malgré son jeune âge, il puisse assister aux leçons des plus grands, à condition qu'il reste tranquille dans un coin de la salle.

Après quelques semaines seulement, quelle ne fut pas la stupéfaction du maître d'école de constater que le petit Najib, qu'il pensait en train de babiller et de rêvasser tranquillement au fond de la classe pendant qu'il prodiguait ses leçons, savait parfaitement déchiffrer les syllabes inscrites au tableau noir. Bien mieux que les autres enfants, pourtant nettement plus âgés que lui, et qui avaient, eux, reçu le soutien actif du pédagogue.

Peu de temps après cela, s'il ne pouvait toujours pas tenir sur ses deux jambes, il savait déjà parfaitement lire. Dans la foulée, il maîtrisa les bases de l'écriture avec une facilité déconcertante.

Monsieur Germain s'est pris d'affection pour ce gosse ; autant que les conventions le permettaient, et souvent même bien au-delà. Comme lorsque à la fin de son interminable séjour à l'hôpital il s'est débrouillé pour que l'enfant, qui devait avoir dans les cinq ans et aucun endroit où aller, puisse être hébergé, à sa demande et sous sa responsabilité personnelle, dans une petite salle désaffectée de l'école communale.

Personne ne lui en a voulu. Najib était réellement un enfant singulier qui dégageait une énergie joyeuse et extrêmement communicative. De plus, le personnel de l'hôpital l'avait en affection car il était toujours drôle, le sourire aux lèvres, prêt à rendre service, débordant de joie de vivre et de saine malice. Comme cela ne coûtait rien à personne, les gens ont accepté l'idée qu'il soit hébergé à l'école, en haussant les épaules, comme on le fait aux lubies d'un original sympathique.

Parfois, je songe que Najib est un peu devenu l'enfant adoptif de toute la ville. Sans doute est-il exagéré de le formuler de cette manière. Exagéré, soit. Mais seulement exagéré.

Je ne vois pas d'autre explication au fait que Najib ait pu passer autant de temps, jusqu'à aujourd'hui encore, en compagnie de Claveline, sans que personne, jamais, n'y trouvât à redire.

Mais aujourd'hui, ils ne sont plus des enfants ni l'un ni l'autre. Et Najib demeure quoi qu'il en soit un jeune indigène ; la petite Claveline, une Européenne d'une quinzaine d'années issue d'une famille de commerçants respectables. Seize ans, presque une jeune femme… Un jour où l'autre, cela ne manquera pas de poser des problèmes, insurmontables à coup sûr. Et potentiellement dramatiques.

Bast ! La position de Najib est devenue inextricable. Lui avons-nous réellement rendu service, tous autant que nous sommes, en entretenant avec lui cette relation peu commune ? Je me le demande. Et je connais la réponse.

Moi-même, j'ai participé à nous mener droit dans cette impasse. J'ai ma part de responsabilité, je dois le reconnaître. Je n'ai de leçon à donner à personne.

Combien de fois n'ai-je pas pris le temps de discuter avec lui sur un trottoir de la ville ? Le fait est que je prenais du plaisir dans ces conversations. Il a du cinéma une connaissance encyclopédique, qui surpasse largement la mienne, pourtant loin d'être celle d'un inculte. À chaque rencontre, il m'apprenait quelque chose. Et il anime ses connaissances d'une intelligence vive. Son analyse des tendances de la nouvelle vague, par exemple, possède une originalité et une pertinence qui rendent à chaque fois nos échanges réjouissants et même jubilatoires.

De combien d'adultes de Djidjelli pourrais-je dire la même chose ?

Et lorsqu'il y a quelques mois j'ai remarqué qu'il resquillait la séance du dimanche, pourquoi donc ai-je laissé faire ? Que j'attrape n'importe quel autre gosse dans la même situation, et je l'aurais jeté dehors. Quand bien même se serait-il agi d'un jeune Européen. Au lieu de ça, je n'ai rien trouvé de mieux que de le laisser faire. Et avec un sourire bienveillant, encore, lorsque la semaine suivante j'ai découvert comment il s'introduisait dans la salle et attendait plus de deux heures dans le noir que la séance commence…

Non, il faut que je regarde les choses en face. J'ai beau jeu de jouer à celui qui traîne la patte quand monsieur Germain vient toquer à ma porte pour venir en aide au petit Najib. Évidemment, que nous devions le faire.

L'idée qu'il puisse avoir déjà subi les « interrogatoires » que nous savons me révulse. Même si nous n'avons jamais tenu à en découvrir le détail, nous en connaissons parfaitement le principe. Dans les circonstances aussi dramatiques que Djidjelli traverse depuis hier, et dont mon cinéma a été le théâtre, je ne regrette pas une seconde, au fond, de prendre le temps et d'encourir les risques d'une équipée à Tamentout-Fedj-M'zala avec monsieur Germain, dans mon automobile.

Et même s'il n'y avait qu'une seule chance sur mille pour que cela serve à quelque chose, je le ferais. Car, s'il est réellement là-haut, il est possible que les adjurations conjointes du directeur de l'école et du patron du cinéma victime de l'attentat lui-même, tous deux conseillers municipaux de tendances opposées de surcroît, puissent avoir quelque poids aux oreilles du lieutenant qui commande le centre.

Dieu le veuille.

MICHEL
(APPELÉ DU CONTINGENT MATRICULE 36 070 01025, 53^{E} R. I.)

Juillet 1960, à bord du paquebot Sidi Mabrouk, *faisant route vers la base militaire de Tizi-Ouzou, département français de Constantine, Algérie.*

Plus rien à vomir. Malade comme un chien. Les cales de ce foutu rafiot empestent. En embarquant à Marseille, je me suis demandé quelle était cette odeur épouvantable. Maintenant, je le sais. C'est la gerbe. L'odeur du vomi qui colle au plancher, aux parois de la cale. Là-dedans, tout le monde est malade. Pas de fenêtre, pas d'ouverture, pas de lumière, juste trois ampoules minables qui balancent une faible lumière jaune. Et le roulis. Et le tangage. On est là, assis sur le sol métallique, serrés les uns contre les autres dans nos uniformes qui empestent. Et on part à la guerre. Enfin, non, ce ne serait pas la guerre, à ce qu'il paraît.

N'empêche que la première chose qu'ils ont faite, ç'a été de nous apprendre le maniement des armes. La M.A.T. 49 sur mon flanc gauche. Saleté de mitraillette. La mienne déclenche toute seule si je la secoue un peu trop. Sur ma hanche droite, le pistolet M.A.C. 50, lourdingue, dans son étui réglementaire. Et deux grenades M.K.II qui battent ma poitrine. Sans compter le casque lourd au mousqueton de ma ceinture. Sans compter la plaque d'immatriculation individuelle accrochée à mon cou, à séparer en deux selon les pointillés en cas de décès. À part ça, c'est pas la guerre. On va sans doute faire du tourisme chez les bougnoules. Mais putain que ça schlingue ! Ils nous ont refilé des sachets pour gerber dedans. Des sachets en papier. J'explique pas la suite.

Et cette gueule de bois, bordel. Elle n'arrange rien, pardi. Ça, c'est sûr qu'on s'en est pris une bonne biture hier soir, avec Jojo. On voulait juste profiter de notre soirée de permission en métropole pour claquer notre première solde. On a fini saouls comme des Polonais. Je crois même qu'on s'est battus, à la fin. Avec des blousons noirs il me semble. Je me souviens plus. Je me souviens même plus comment on est rentrés à la caserne. Saint-Trop' – Fréjus, trente-six bornes, et que dalle en archive.

Je sais juste qu'à l'appel, ce matin à six heures, j'étais en miettes dans la cour de la caserne. Garde-à-vous devant les couleurs, peut-être, mais à l'intérieur il n'y avait personne. Et ce personne était malade à crever.

Le bon côté, c'est que j'ai pas vu passer le transfert à Marseille. J'ai dormi pendant tout le trajet sur le banc de planches du camion bâché.

Et le pompon, c'est qu'en arrivant à Tizi-Ouzou, je vais commencer mes classes en Algérie par une semaine aux arrêts, à cause de ce putain de calot que j'ai perdu pendant la bringue.

Fin juillet… Dans les vignes, ils doivent avoir commencé l'écimage. Dans la dernière lettre que j'ai reçue, maman disait que la vendange serait bonne si les orages d'août donnaient pas trop de grêle. Boudu… Les vignes, le mas, le village… Il y a quelques semaines, j'étais encore là-bas, tranquille. J'avais pas encore reçu mes papiers militaires.

Merde. Comme c'est allé vite.

Automne 1960

MONSIEUR GERMAIN

Octobre 1960, terrasse du café Cheravola (anciennement Perez-Bloch), angle rue de Picardie / rue de Lyonne, Djidjelli, département français de Constantine, Algérie.

Mais qu'a-t-il vraiment dans la tête, ce jeune inspecteur de police ?

Oh, il est sympathique, là n'est pas la question, et il a l'esprit vif. Nous venons de passer une bonne demi-heure à discuter en sirotant l'anisette, et nous avons même échangé quelques cigarettes.

Maintenant, je le regarde s'éloigner et rejoindre son scooter Lambretta garé devant la terrasse. Il a déjà lancé le moteur d'un coup de jarret énergique et enfourché la machine, lorsqu'il se retourne et me lance un signe de la main. Je lui réponds, dressant légèrement les doigts de la main gauche.

Faudrait-il que je croie que c'était simplement pour m'adresser ce signe amical qu'il s'est retourné subitement, alors que je le pensais déjà en train de mettre les gaz dans la rue de Lyonne ?

Non, il voulait observer mon visage. Pour tâcher

d'y surprendre l'expression que notre conversation aurait pu y laisser.

Il me jauge, l'inspecteur Lopez, avec son air sympathique, ses vingt ans tout mouillés et sa parole facile. Quoi qu'il en dise, il me jauge. Et, en vérité, je le jauge moi aussi, d'une autre manière. Pourtant, nous nous sommes compris sur bien des points, il me semble. Mais l'époque est tellement compliquée…

Depuis combien de temps, déjà, a-t-il posé ses valises à Djidjelli ? Un mois ? Deux, peut-être… Nous nous saluions d'aimables plaisanteries lorsque nous nous croisions en ville, civilités obligent. Mais c'est aujourd'hui la première occasion que nous ayons eue de véritablement discuter ensemble.

Oh, il n'est pas venu à la terrasse du café Perez-Bloch par hasard… Il savait m'y trouver. Tous les jours sans école, vers onze heures, je m'y installe invariablement pour lire *Alger Républicain*[10] à la barbe de mes compatriotes. Ce qui fait assez jaser, par les temps qui courent.

À son arrivée, comme nous terminions d'échanger les quelques banalités d'usage, je m'apprêtai à replonger dans le journal que j'avais tenu ouvert à la bonne page. Mais il m'a surpris d'un regard interrogateur qui désignait la chaise vide à mon côté. Je ne pus qu'acquiescer pour l'inviter à s'y installer en repliant à regret mon journal.

Ce type a une *planta*[11] formidable pour un gars de son âge.

– Qu'est-ce que je vous offre, monsieur le directeur d'école ? a-t-il lancé gaiement en s'installant sur la chaise. Pour moi, ce sera une anisette…

Coup d'œil machinal sur ma montre. Un peu tôt pour l'apéritif, mais j'acceptai l'invitation d'un hochement de tête.

[10] Quotidien d'Algérie dont de nombreux collaborateurs, européens et arabes, se sont engagés aux côtés des indépendantistes et furent tués durant la guerre d'Algérie. Albert Camus a publié divers articles dans ce journal.

[11] Avoir de la planta : avoir de l'assurance, de l'aplomb (argot pied-noir).

Décontracté, l'inspecteur, avec une conversation chaleureuse. Pour un peu, je ne me serais pas rendu compte qu'il m'amenait tranquillement à parler de Najib, de sa disparition mystérieuse.

C'est qu'il sait faire les détours, le nouvel inspecteur de police. Quand Gustave, le serveur en tablier noir noué à la ceinture, a eu déposé nos verres et une coupelle de poivrons grillés en guise d'amuse-gueules, Lopez avait embrayé, enthousiaste, sur le régal qu'il s'était fait, hier au soir, d'un plat d'oursins formidable. Un corail magnifique. Oui, c'était bien de ces oursins qui se tiennent là, dans l'empierrement de la jetée, sur la gauche… Il les avait ramassés lui-même, au milieu des gamins qui plongent là. Ils ne se rendent pas compte, ces jeunes, comme c'est dangereux… Pas assez de fond. Attention les cervicales. Mais avec ce temps splendide, les gosses se sentent encore en vacances. Ah, les gamins, allez savoir ce qui leur passe par la tête…

Oui, pour un peu, j'aurais pu croire que c'est au hasard des enchaînements d'idées que la disparition du jeune Najib arrivait sur le tapis.

Mais c'est bien pour me parler de cela que Lopez avait débarqué l'air de rien sur cette terrasse – où il n'avait encore jamais posé les fesses depuis son arrivée en ville, que je sache.

Il était déjà au courant des liens qui nous rapprochent, Najib et moi. Il en avait parlé avec monsieur Corti, je le savais.

À ce moment de la conversation, j'ai été pris d'une hésitation.

Lopez l'a senti tout de suite et y a répondu d'une moue désinvolte et d'un haussement d'épaule. « C'est juste une discussion, a-t-il semblé dire en portant son verre à ses lèvres, une discussion amicale, rien d'officiel, je cherche juste à comprendre. »

J'avais déjà saisi où il voulait en venir. De bons esprits l'avaient depuis longtemps mis au courant de mes sympathies communistes.

Depuis que Lopez avait débarqué sur la terrasse, j'avais bien voulu le laisser mener la danse. Mais ça suffisait, maintenant :

– N'y allez pas par quatre chemins, inspecteur. Ne me prenez pas pour un enfant, et entrons directement dans le vif du sujet sans chercher midi à quatorze heures...

J'avais lâché cela sur un ton avenant, sans la moindre agressivité. Il n'en resta pas moins interloqué. Je n'en fus pas mécontent, prenant le temps de déguster une lamelle de poivron aillée et de déposer délicatement la longue épine de févier sur laquelle il était piqué dans la coupelle avant de poursuivre :

– Oui, soyez à l'aise... Je sais que vous enquêtez sur les attaques de fermes isolées, au fin fond de la province. Corti me l'a expliqué la semaine dernière.

Alors, dans votre tête d'enquêteur de police, vous vous dites plusieurs choses, monsieur Lopez... Arrêtez-moi si je m'égare.

Le jeune homme à la tignasse brune taillée en brosse me fixait en hochant doucement la tête, sans montrer d'émotion particulière. Il me fit signe de poursuivre, avec une mimique marquant qu'il était curieux d'entendre la suite.

– Alors, voilà... je repris d'une voix tranquille. Il y a plusieurs maquis de l'A.L.N.[12] dans les djebels de la circonscription, ce n'est un secret pour personne. Enquêtant sur les massacres dans les fermes isolées, ces maquis sont évidemment au cœur de vos préoc-

[12] Armée de libération nationale. Organisation militaire du Front de libération nationale, parti indépendantiste algérien.

cupations. Alors, vous pensez naturellement qu'un sympathisant communiste pourrait bien avoir quelque estime pour ces gens-là, et détenir quelques informations qui pourraient vous être utiles…

» Surtout si ce sympathisant, européen, a fait des pieds et des mains, il y a trois mois, pour faire libérer un jeune Arabe qui était "interrogé" au centre de Tamentout-Fedj-M'zala.

» Surtout si le jeune Arabe en question entretenait avec cet instituteur de la République des relations étroites et tout à fait hors du commun, étant donné leur différence d'origine.

» Et surtout, enfin, si ce jeune Arabe, qui passait jusque-là le plus clair de son temps dans les rues de Djidjelli, avait subitement et mystérieusement disparu de la circulation depuis quelques semaines. Ce qui laisserait penser à certains que, puisque ce jeune orphelin n'avait personne de proche ni aucun endroit où aller, il ne serait pas impossible qu'il ait voulu rejoindre un de ces fameux maquis de fellaghas de l'A.L.N. ?

» Et vous pensez naturellement que, si tel était le cas, celui qui lit ouvertement *Alger Républicain* à la terrasse d'un bistrot, et qui est si proche du jeune Arabe, pourrait logiquement être au courant d'une manière ou d'une autre. Voire, être complice…

» On ne compte plus le nombre de communistes qui soutiennent activement l'action des indépendantistes.

» Tenez, inspecteur, savez-vous ce que j'étais en train de lire dans *Alger Républicain* quand vous êtes arrivé ? Un article sur la condamnation des membres du réseau Jeanson[13] justement. Vous savez de quoi il en retourne…

» Alors voilà ce que vous vous dites, inspecteur Lopez : ce Germain, cet instituteur si marqué à

[13] Réseau Jeanson : groupe de militants français engagés aux côtés des indépendantistes du F.L.N., auquel il fournissait argent et faux papiers (« les porteurs de valises »). Il fut démantelé par la police début 1960 et ses militants condamnés pour « haute trahison » le 1er octobre 1960.

gauche, il doit savoir “des choses”… Ce en quoi, entre nous, vous ne différez pas notablement de la majorité des habitants de cette ville. »

Cette longue tirade, je m’étais attaché à la prononcer d’une voix neutre, sans laisser poindre d’inflexion hostile, et Lopez m’avait regardé sans rien dire.

Quand j’en eus terminé, un silence s’installa, un silence léger, ponctué de gorgées d’anisette et de poivrons à l’huile. À ce moment, un groupe de gosses en sandalettes et serviette de bain sur l’épaule passa l’angle de la rue de Lyonne comme un vol d’hirondelles et nous les suivîmes machinalement du regard alors qu’ils s’éloignaient en courant sur le trottoir de la rue de Picardie.

– Vous avez raison, monsieur Germain, lâcha l’inspecteur Lopez au moment où je m’y attendais le moins.

Je le regardais en silence, attendant la suite.

– Oui, vous avez raison, je n’aurais pas dû essayer de finasser avec vous. Ce n’était ni très habile ni très correct de ma part. Mais…

– Mais ?…

Il sortit son paquet de Disque bleu sans filtre de la poche de sa chemisette, m’en tendit une. Pendant que je craquais une allumette, il jeta un coup d’œil sur les tables alentour pour s’assurer que personne ne pouvait entendre. Puis il tira une longue bouffée et planta ses yeux dans les miens avant de poursuivre :

– Mais, j’étais mal à l’aise… Ce que j’ai appris de vous m’est plutôt sympathique, et les quelques mots que nous avons échangés ici ou là n’ont fait que renforcer cette opinion superficielle…

Je ne pus m’empêcher de lancer dans un rire :

– Et vous comptiez me demander en mariage…

Il ignora la réplique d'un haussement d'épaule mais sourit brièvement au passage avant de poursuivre :

– Il fallait pourtant bien que je vous interroge, pour les besoins de mon enquête. Vous devinez très bien pourquoi. Vous l'avez résumé de manière parfaite. De quoi aurait l'air mon rapport sans votre témoignage ? Mais j'étais mal à l'aise de devoir vous interroger. Je n'avais aucune envie de paraître vous soupçonner de je ne sais quoi, simplement parce que vous avez fait preuve d'humanité envers cet... envers ce jeune Najib.

Il vérifia l'effet de ses paroles sur mon visage, et continua :

– Et quand je dis « humanité », je parle de ce que vous avez fait pour lui dans les années passées, comme...

Il chercha imperceptiblement ses mots, ce qui n'est pas dans ses habitudes, puis laissa tomber :

– ... comme dans les dernières semaines.

Je voyais parfaitement ce qu'il essayait de dire. J'enchaînai sans lui laisser le loisir de poursuivre :

– N'importe qui aurait entrepris ce voyage à Tamentout-Fedj-M'zala, il suffisait pour cela de connaître Najib. D'ailleurs, monsieur Corti ne s'est pas beaucoup fait tirer l'oreille pour m'y suivre, pourtant, lui, personne ne peut le soupçonner de la moindre sympathie pour les indépendantistes. Et une fois là-haut, il a pesé de tout son poids en faveur de sa libération immédiate, vous pouvez me croire...

» Non, vraiment, traiter Najib comme un fellagha, c'était tout simplement inconcevable... »

L'inspecteur hésita une seconde, puis se lança sans me regarder cette fois, les yeux fixés sur un coin de ciel bleu par-dessus le toit de la maison d'en face :

– C'est vrai, monsieur Germain, tous les gens que j'ai interrogés sont d'accord sur ce point. Najib en fellagha, c'était totalement inconcevable. *C'était* totalement inconcevable, il y a trois mois…

Il marqua un temps avant de ramener son regard sur moi :

– Mais aujourd'hui, est-ce toujours aussi inconcevable ?

Pour le coup, il ne finassait plus, Lopez.

Je lançai mon mégot dans le caniveau d'une pichenette. Il atterrit pile dans la capsule de bière que je visais.

– Non, aujourd'hui, ce n'est plus inconcevable, articulai-je. À qui la faute ?

L'inspecteur lança son mégot, manqua la capsule. Puis il leva le regard sur moi. Il comprenait. Il comprenait dans quelle estime Najib pouvait désormais tenir l'armée française, la République qu'elle représente.

– Drôle d'époque, hein ? lâcha l'inspecteur avec une expression qui, un instant, le fit paraître moins jeune.

Des idées défilèrent dans nos têtes, parfois les mêmes sans doute.

– Vous aimez ce pays, n'est-ce pas ? lui demandai-je alors.

Il hocha la tête.

– L'Algérie… C'est mon pays, je n'en ai pas d'autre.

Je fis signe à Gustave de nous amener de nouveaux verres et je trouvai ma voix étrangement basse quand les mots sortirent de ma bouche dans un souffle :

– Oui, moi aussi, je l'aime, ce pays…

Il y eut un silence empli de la respiration de la ville, du cri des mouettes. Gustave déposa les verres sur la table. Une volute d'anis effleura mes narines. Les cloches se mirent à sonner à toute volée. Il était midi à Djidjelli.

RICHARD

(APPELE DU CONTINGENT MATRICULE CI 60/5/E, 3E B.I.L.A.[14])

Octobre 1960, à bord du cargo-roulier Le Provence 4*, faisant route vers la base militaire de Philippeville, département français de Constantine, Algérie.*

Depuis le début de la journée, le bateau fendait une mer d'huile parsemée de franges d'écume, quand le vent s'est levé en creusant les vagues. Il pouvait être trois heures. Une ligne plus sombre se dessinait sur l'horizon.

Quand elle a été un peu plus nette, j'ai entendu l'adjudant, qui se tenait pas loin de moi, murmurer « l'Algérie… », comme s'il retrouvait une vieille connaissance.

Aussitôt, d'autres voix ont repris : « L'Algérie ! l'Algérie ! », comme un écho qui s'est propagé à toute la section. Je crois bien qu'à ce moment chacun des jeunes gars en treillis présents sur le pont de ce foutu navire a prononcé le nom de ce foutu pays qui commençait à se dessiner là-bas, très loin, à la lisière de la mer et du ciel.

Et d'un seul coup, les soldats disséminés au petit bonheur sur le pont du cargo se sont précipités vers le bastingage de proue, les regards aspirés par l'horizon.

[14] B.I.L.A. : Bataillon d'infanterie légère d'Afrique.

Resté seul près de la cheminée principale, j'ai enfin pu m'asseoir sur un rebord d'écoute. Dans le ciel bleu, les cormorans dessinaient leurs arabesques et, malgré moi, je les ai laissés entraîner mon esprit qui s'emmêlait aussitôt dans les idées noires que je ressasse depuis des semaines. Mais je dois commencer à m'y faire... Il me semble qu'elles me tordent un peu moins les tripes. Sauf quand je pense à Sylvie.

Sylvie, dès que son visage se dessine dans ma tête, mon corps tout entier se révolte. Un étau écrase ma poitrine, un vertige tourne dans mon crâne et une nausée infecte me renvoie ses relents de bile dans la gorge.

Lulu's Bar, la soirée de La Madrague, le contrat pour le 45 tours, *Twist à Saint-Tropez* qui enflamme les foules, le petit nuage rose... Et badaboum ! l'Algérie qui vient tout foutre par terre, les Fury's qui enregistrent dans les studio Philips en ce moment même, et les autres sacs de merde encore qui me sont tombés dessus en avalanche, tout ça, je parviendrai à le digérer un jour ou l'autre, je le sais. Mais Sylvie...

Vingt-huit mois d'Algérie. Vingt-huit siècles pour elle, toujours à cent à l'heure.

– Décidément, soldat, vous ne faites jamais rien comme tout le monde...

C'est la voix de l'adjudant qui me tire de mes pensées embrouillées comme le vol des cormorans, en plus triste.

Il est revenu vers moi sans que je l'entende. Il n'y avait rien de brutal dans le ton. Je crois qu'il m'a plutôt à la bonne, dans ce ramassis de troufions qu'il désigne du menton, agglutinés à la proue du navire, à se crever les yeux pour discerner la côte.

Je hausse les épaules, l'air de dire : « ... je ne sais pas, si je fais rien comme les autres. »

– Vous pensiez à votre fiancée, c'est ça ?

Je hoche la tête.

– Oubliez, soldat.

Je le regarde, les yeux morts, je pense. Il retire son calot, le tient replié dans sa main le temps de me dire :

– Oublie. Si tu y penses, ça te rongera le ventre.

Puis il repose le calot sur son crâne du geste mécanique d'un militaire de carrière, s'éloigne, à grands pas étrangement lents, vers les soldats massés à la proue du navire.

– Rejoignez votre section, soldat, me lance-t-il sans se retourner.

Les soldats de ma section… Ils sont là, devant moi, et moi je suis des leurs. C'est comme ça.

Ils sont là, à s'esquinter les yeux pour distinguer la côte, entassés dans leur tenue de campagne, treillis, rangers, ceinture cartouchière.

Des malfrats à la petite semaine, des repris de justice, des gars tatoués aux bras couverts de serpents bleu pâle enroulés sur des poignards mal dessinés, de cœurs portant le parchemin *à ma mère*, mais il y a quelques insoumis aussi dans cette section, quelques autres encore qui ne sont rien de tout ça et se demandent toujours, comme moi, comment ils ont bien pu tomber là, dans ce bataillon disciplinaire de l'infanterie légère d'Afrique.

Bataillon disciplinaire… Moi, c'est dans le bureau du commandant du centre d'incorporation que j'ai compris que ça allait vraiment mal tourner pour mon matricule.

J'étais entré à la caserne de Fréjus avec le flot des gars de mon groupe d'appelés. C'était le 1er août. Les autres étaient arrivés par le train et descendaient les vastes trottoirs de l'avenue de la gare en grappes désolantes. Sylvie m'avait accompagné en auto et déposé devant la caserne. Repartie tout de suite. Trop pénible, les adieux devant cette bâtisse. Ma petite valise posée sur le trottoir, je regardais l'Aston s'éloigner dans la lumière du matin. Quand elle a tourné l'angle de la rue, Sylvie a agité son bras par trois fois au-dessus de la capote ouverte. J'ai fait un petit signe de la main.

Puis elle a disparu dans la rue transversale.

C'était la première fois que je mettais les pieds dans une caserne. Enfin, non, la seconde, avec les *trois jours* que j'avais faits à Istres.

À la fin de la première matinée, j'ai été le seul de mon groupe que le commandant ait fait convoquer dans son bureau. J'ai pensé au piston que Marc-Antoine avait promis de mettre en branle, et je me disais que, peut-être…

Quand j'ai poussé la porte, le commandant m'attendait. Il était seul dans la pièce, en contre-jour dans la lumière de la fenêtre. Sur son bureau métallique, rien d'autre que mon dossier posé sur un sous-main en Skaï vert bouteille, un stylo encre plaqué or, et un large tampon buvard de bois clair.

La main du commandant tapotait doucement mon dossier. Devant le bureau, il y avait deux chaises, mais il ne m'a pas demandé de m'asseoir et je suis resté debout pendant le bref entretien.

Sans rien m'avoir dit, il a ouvert délicatement le dossier, puis il a saisi un feuillet qu'il a commencé à lire. C'était la lettre d'un chef de service de la préfecture du département de la Seine, qui intercédait prudemment pour que je sois affecté *avec bienveillance* dans une unité compatible avec la poursuite de ma *carrière musicale*.

À la manière dont le commandant a prononcé ces mots, j'ai su tout de suite que c'était très mauvais.

Puis il m'a demandé quel genre de musique. Et quand, la gorge nouée, j'ai réussi à articuler : « Du twist, mon commandant… », ces mots ont sonné comme une condamnation définitive entre les murs jaunes de ce bureau triste.

– Je vais vous apprendre quelque chose, soldat, a-t-il susurré d'une voix douçâtre. Quand on joue du piston, mieux vaut d'abord s'assurer qu'il soit vraiment solide… Et là, le vôtre, il fait pas la maille. Un chef de service… Pourquoi pas la dame pipi de la préfecture, pendant que vous y êtes ?

» Rompez, soldat. Regagnez votre unité. Vous recevrez dans l'après-midi votre affectation définitive. Je vais vous soigner… »

J'ai esquissé un vague salut militaire, la première chose que nous ayons apprise à notre arrivée. J'ai pensé que c'était la première fois que je le faisais pour de vrai. C'est bizarre, ce à quoi on pense. J'aurais eu mille autres choses à penser, à ce moment. Mais c'est cette idée misérable qui a traversé ma cervelle.

Alors que je franchissais la porte dans un nuage, j'ai entendu la voix du commandant me rattraper :

– Soyez tranquille, soldat… Avec le traitement de faveur que *ma bienveillance* vous réserve, vous aurez tout le temps de repenser à ce que je viens de vous dire… Et puisque vous rêvez de passer à la radio, vous pourrez réfléchir en détail à votre *carrière musicale*…

Seul dans le couloir de la caserne, planté devant la porte de ce bureau sinistre, j'ai maudit ce foutu commandant à la gomme, j'ai maudit le putain de chef de cabinet du département de la Seine que je ne connaissais ni d'Ève ni d'Adam, j'ai maudit Marc-Antoine, son accent parisien et ses combines foireuses, j'ai maudit l'Armée, la République et tous les militaires, j'ai maudit leurs salopes de mères, j'ai maudit la terre entière.

Et quand je n'ai plus rien eu à maudire, j'ai marché dans le couloir désert, le claquement de mes pas résonnant dans ma tête comme dans une cathédrale.

Le soir même, on me remettait mon affectation définitive dans ce bataillon disciplinaire.

Maintenant, la côte est devenue plus nette. Les silhouettes de grands pins parasols se découpent çà et là sur la crête des montagnes de Kabylie dont les abrupts de roche blanche plongent droit dans la mer. Des petites plages claires nichées au creux de criques tranquilles tranchent sur le vert sombre de la végétation, sur le bleu de la mer.

Comment peut-on avoir la peur au ventre en découvrant ces paysages de lumière ? Car nous avons la peur au ventre, tous autant que nous sommes. Pendant la « formation rapide », on nous a parlé d'escarmouches avec des fellaghas mal armés, indisciplinés et sauvages, d'accrochages, de fermes de colons à défendre, de patrouilles dans les montagnes. Mais on ne sait pas vraiment ce que ça veut dire. Des accrochages, des escarmouches…

Qu'est-ce qui nous attend réellement, là-bas ?

C'est bien cela que ces regards pointés sur la côte essaient de discerner. On arrive dans ce pays avec nos nuques rasées, nos armes et nos bardas rangés en paquetage dans la soute supérieure. Nos fusils, nos mitrailleuses, nos cartouches rutilantes aux éclats de laiton. Nos vingt ans qu'on amène là-bas. Et autour de nos cous, ces plaques nickelées, percées de petits trous alignés en pointillés. Dans le ventre du cargo, des engins de guerre peints en kaki, avec leurs drapeaux tricolores. Des Jeep en pagaille, des camions Simca avec leur cabine avancée et leur plateau bâché pour le transport de troupes, les blindés Panhard qui ressemblent à des blattes monstrueuses.

Il y a quelque chose qui cloche. Quelque chose qui ne colle pas entre ces paysages inondés de lumière qu'on découvre au loin et ces ombres tapies au sombre de nos soutes, au sombre de nos crânes.

Peu à peu, le port de Philippeville se dessine sur la côte. Maintenant, je suis collé au bastingage moi aussi, avec les autres. Et je cherche à voir, moi aussi, à deviner, à déchiffrer ces contours mystérieux qui se précisent comme les autres.

On voit mieux maintenant, le bateau se rapproche.

Sur la gauche, le scintillement de grandes cuves métalliques. Un dépôt de pétrole. Juste à côté, les grandes grues des dockers qui se penchent sur des navires comme d'énormes pattes d'insecte. Un paquebot à quai. Un peu plus loin, le port de pêche, on devine les chalutiers dans un canal à leur balancement tranquille.

Et la ville blanche qui domine tout ça, avec ses alignements de maisons basses aux toits-terrasses qui épousent une colline piquetée de palmiers.

Puis soudain, sur la droite, on aperçoit la base militaire. Le drapeau tricolore qui flotte sur ses bâtiments grisâtres. Tout autour, des entrepôts de tôle ondulée, du gris encore, mélangé aux teintes plus chaudes de la rouille.

Les bâtiments militaires sont séparés de la mer par une large étendue dallée de béton gris, qu'on devine couverte de véhicules de toutes tailles. Dans les commentaires, la supposition qui domine voudrait que ce soit le parking militaire où sont rangés les engins de manœuvres. On ne les distingue pas nettement, mais il y en a des centaines.

Sur le pont, une musique criarde éclate soudain au milieu de notre groupe. On se regarde les uns les autres. Ça vient d'où ?...

C'est Riton, qui vient de mettre son transistor en marche. Il l'a acheté à la boutique détaxée du « foyer du soldat », à la caserne. Il rigole, tenant le petit poste rouge orienté dans la bonne direction de ses bras tatoués. « Hey, les gars... Ici, ça passe !... » Quelques rires ici et là. C'est bête, mais ça détend l'atmosphère. Cette musique qui sort du transistor au milieu de ces gars en treillis kaki, en pleine mer, ça a quelque chose d'incroyable. On dirait une scène de cinéma. On se sourit, on retrouve un peu d'aise. Putain, qu'est-ce qu'on était raides. Tout d'un coup, on dirait qu'on respire.

Le morceau, je l'ai reconnu tout de suite, bien sûr. *Souvenirs, souvenirs*. Johnny Hallyday. Disques Vogue.

Putain... Les disques Vogue ! Les phrases de Marc-Antoine déboulent dans ma tête. « Vogue a fait très fort en signant avec ce Johnny Hallyday. En deux 45 tours, ils ont cassé la baraque... Philips doit réagir très vite. Avec des gars de votre trempe... »

Ben ça alors... *Souvenirs, souvenirs*... Sur Europe n° 1 grandes ondes... À cinq heures de l'après-midi... Un jour de semaine... Alors, c'est bien vrai qu'ils cassent la baraque !

Mais à ce moment, Toni, un marlou de Marseille, se met à brailler sur le pont :

– Oh, putain, les gonzes, c'est pas un parking !...

Il vient de lancer ça, les yeux collés à ses jumelles pointées sur la grande étendue cimentée qu'on voyait s'étirer devant les bâtiments militaires.

– Bordel de merde, un parking qu'on disait... Parking, mon cul, ouais !

Aussitôt, les jumelles circulent, chacun veut voir de quoi il retourne. Au fur et à mesure qu'elles passent de main en main, les visages se décomposent.

Dans le silence qui se fait, la voix de Johnny Hallyday devient plus présente. *Souvenirs, souvenirs...* Chaque fois qu'un nouveau gars attrape les jumelles, c'est la même chose. Il les colle sur son nez, regarde quelques secondes. Puis ses épaules s'affaissent et, le visage blêmi, il murmure : « Ben merde alors... » en passant les jumelles à un autre, les yeux toujours rivés sur l'étendue grisâtre.

Un silence pèse sur le pont quand les jumelles arrivent jusqu'à moi. C'est mon tour. Le dernier couplet de *Souvenirs, souvenirs*, juste après le break de batterie, accompagne les images dans les jumelles.

Ce sont bien des engins militaires que je découvre là-bas. Mais ce n'est pas un parking, non. C'est un cimetière. Une casse, une ferraille.

Entassées là, des tonnes de Jeep calcinées, de half-tracks M3 coupés en deux comme des brindilles au niveau des chenilles, des blindés Panhard éventrés comme des boîtes de conserve, des carcasses de camions ajourées comme de la dentelle par des tirs de mitrailleuse. Des épaves disloquées alignées sur le ciment du sol, jusqu'à l'infini il semble, dans la perspective des optiques.

Le gars à côté de moi me bourre de coups de coude pour avoir les jumelles. « Des escarmouches, des accrochages, quelques poignées de fellouzes mal armés... », qu'ils disaient.

Ça défile dans ma tête, à la vitesse de la lumière.

Pas besoin de sortir d'une école militaire pour comprendre que pour dézinguer toute cette quincaillerie de l'armée française, faut des armes lourdes, des mortiers, des lance-roquettes et tout le saint-frusquin.

Putain, c'est la guerre. La vraie. Et nous, on va se retrouver là, au milieu de ce bordel. Comme des cons de troufions. À attendre la prochaine balle, la prochaine roquette.

Le visage blême, je murmure : « Ben merde alors… » en passant les jumelles.

NAJIB

*Octobre 1960, gorges de l'*oued[15] *Djemila, secteur du hameau Mechta Archaaba, circonscription de Djidjelli, département français de Constantine, Algérie.*

C'est pas bon pour moi, toute cette marche.

Pas à cause de ma jambe, non, ça j'ai l'habitude, je m'en débrouille, même quand on coupe à travers le djebel dans la caillasse.

Non, c'est pour la tête que c'est pénible. Surtout quand on suit un bon sentier, comme en ce moment, et que les épaules de Laïziz se découpent dans la clarté de la lune. Là, je n'ai qu'à le suivre, il n'y a rien qui occupe l'esprit. Et les pensées qui me traversent alors sont toutes empoisonnées.

« Toujours en train de rire, celui-là… » Il avait raison, monsieur Corti. Jusqu'à ce dimanche où la bombe a explosé au cinéma *Le Glacier*, j'avais passé ma vie à rire. Enfin, surtout quand je voyais des gens, c'est-à-dire assez souvent quand même vu que j'étais toujours dans la rue à traînasser ou à faire du patin à roulettes. Pour ça aussi, je m'en débrouille bien, de ma jambe maigre. Je peux même

[15] Oued : rivière, le plus souvent à sec, qui se transforme en torrent lors de fortes précipitations.

dire que j'étais le meilleur de Djidjelli sur patins à roulettes.

« Que j'étais le meilleur. » J'étais : du verbe être, verbe intransitif (servant aussi d'auxiliaire dans les temps composés des verbes passifs, pronominaux et de certains verbes neutres), conjugué à la première personne du singulier, à l'imparfait de l'indicatif. À l'imparfait. C'est du passé.

L'analyse logique aussi, c'est terminé pour moi. Pourtant, je connais tout ça par cœur, avec cette fichue mémoire. Sujet, adverbe, complément d'objet direct ou indirect, ça défile tout seul dans ma tête, dans le bon ordre, sans jamais me tromper. Mais à quoi ça pourrait bien me servir maintenant ? Je ne passerai jamais le brevet supérieur, comme monsieur Germain le voulait si fort. Je vais le décevoir.

Je déteste décevoir. Tout est flanqué par terre.

Dans mon groupe de combattants, je suis le seul à savoir écrire. À part le commandant qui se débrouille un peu, je crois, les autres sont des paysans des montagnes qui n'ont jamais été à l'école.

Ils n'ont jamais été au cinéma, non plus.

Certains font la prière, en se tournant vers l'est. Moi, je ne connais pas de prière, ni celle-là ni les autres. Et tous ces gens parlent mieux arabe que moi, même les bergers kabyles qui, pourtant, utilisent systématiquement leur langue quand ils discutent entre eux.

Devant moi, le balancement des épaules de Laïziz sur le sentier. Je le suis depuis presque deux heures, en silence. Lui et moi, on est les seuls de notre groupe à participer à cette opération.

Ma première opération depuis que j'ai rejoint le maquis du djebel Bou Sidi.

Je ne sais même pas ce qu'on va faire. Laïziz le sait, lui, mais il ne me l'a pas dit.

Il est venu me taper sur l'épaule vers une heure du matin. Allongé sur ma couverture grise, je ne dormais pas. Le caporal m'avait prévenu avant l'extinction des feux que je ferai ma première opération dans la nuit. Impossible de dormir avec une idée pareille dans la tête.

Quand Laïziz est venu me chercher, les autres dormaient, sauf les sentinelles qui avaient pris leur quart. On voyait leurs silhouettes se découper sur la vallée, leur fusil accroché à l'épaule.

Laïziz m'a donné une gourde pleine d'eau, une poignée de figues que j'ai glissée dans ma poche, et j'ai pensé qu'on devait aller loin. Dans la réserve d'armes, il a choisi un fusil Kalachnikov en bon état qu'il s'est mis en bandoulière et deux chargeurs de réserve passés dans sa ceinture de toile. Puis il m'a tendu un vieux fusil Lebel, parce que j'ai un peu appris à me servir de cette arme depuis mon arrivée. J'ai suivi l'instruction militaire et, bien entendu, tout s'est gravé dans ma mémoire. Même ce que j'ai pu entendre des groupes plus avancés que moi, qui apprenaient les armes automatiques et les armes collectives.

J'ai ouvert la culasse du fusil en silence. Le magasin était vide. J'ai tendu la main pour avoir des cartouches, mais Laïziz a tourné les talons en me disant :

– *Onaḳah, temnya...*

Puis il s'est retourné pour me répéter, en français cette fois :

– Là-bas, t'en auras huit...

Je sais bien qu'ils se méfient de moi. Je parle mal l'arabe, je ne suis pas comme eux, ça se voit. Le commandant ne m'a rien dit de cette opération, je sais seulement qu'on va retrouver d'autres combattants pour une action commune.

Le fusil me fait mal à l'épaule. Sa bretelle a été remplacée par un bout de ficelle.

Laïziz marche vite. Il connaît ces montagnes de Kabylie comme sa poche. Chaque sentier, chaque ravine, chacun des rochers qui se découpent sur les crêtes.

Moi, je ne connais rien par ici. J'ai toujours vécu dans les rues de Djidjelli. Non, vraiment, je ne suis pas comme eux. Je connais rien à la religion, rien à ces montagnes où ils gambaderaient même les yeux bandés.

Le plus souvent, je ne comprends rien aux plaisanteries qui les font rire. Quand ils rient ensemble, j'ai l'air bête, et dans les regards qu'ils me lancent, je sens bien qu'ils me considèrent avec distance. Avec méfiance sans doute. Je ne suis pas comme eux, je ne suis pas comme mes frères. Et je crois bien que les pitreries de Laurel et Hardy ne les feraient pas rire.

Pourtant, je ne suis pas comme les gens de Djidjelli non plus. Pas comme les Français qui vivent là-bas, je veux dire. Mais je ris comme eux, pour les mêmes choses. C'est pas rien quand même. Même si je dois être allongé sur le toit de la cabine de projection pendant qu'on rit ensemble.

Tout ce que je sais, je l'ai appris à la manière des Français, avec leurs habitudes, avec leur langue. D'aussi loin que je me souvienne, des premières images qui me reviennent, à l'hôpital, haut comme trois pommes. Alors oui, je suis presque comme les Français dans ma tête.

Mais mon visage, c'est bien celui d'un Arabe.

J'ai toujours tout fait pour qu'ils m'acceptent. Toujours de bonne humeur, toujours à rendre service. Toujours en train de rire...

C'est ça que j'ai compris en réfléchissant dans ma tête, après la phrase de monsieur Corti.

Je ne m'en rendais pas compte, mais c'est pour qu'on me trouve sympathique que je riais tant, pour qu'on m'aime. Et je rendais service, de bon cœur, naturellement. Aussi loin que je me souvienne, ça aussi. Quand je passais par là en patins à roulettes, il y avait toujours quelqu'un pour me dire : « Eh, Najib, tu m'emmènerais pas cette lettre à la poste ? » ou alors « Tiens, Najib, j'ai cette pellicule pour le photographe, faut qu'il la développe », plein de trucs dans le genre. Et moi, j'y allais, pardi. En riant. J'étais content, je gagnais ma place parmi eux, dans leur ville, dans leur cœur aussi, peut-être. Je filais dans les rues le plus vite possible.

Et je suis devenu un as du patin à roulettes.

Laïziz s'est arrêté brusquement. C'est une plateforme à flanc de montagne d'où nous dominons la gorge étroite d'un oued qui va s'élargissant vers la plaine.

– On est presque arrivés, me lance-t-il en désignant le dernier ressaut du torrent à sec.

La roche blanche de son lit se découpe dans la nuit claire. Plus loin, quand il rejoint la plaine, le torrent devient rivière.

Il nous faut un bon quart d'heure pour rejoindre l'endroit que Laïziz a indiqué. Là, il s'arrête encore, et siffle trois fois, le cri de la chevêche ou d'un oiseau dans ce genre.

Un seul sifflet lui répond et il hoche la tête, satisfait.

De l'autre côté du méandre, une douzaine d'hommes attendent dans la pénombre, accroupis sur leurs talons comme font les Arabes. En nous voyant arriver, le chef du commando tape nerveusement sur sa montre d'un index en colère, en grommelant à Laïziz quelque chose que je ne comprends pas parce que c'est du berbère.

Il me paraît bien jeune, cet homme, pour commander un groupe. Guère plus de vingt ans, mais il en impose avec sa carrure et sa voix solides.

Laïziz lui explique qu'on arrive de loin, et ils se mettent à discuter. Je ne comprends pas les finesses, même s'ils parlent en arabe cette fois, mais j'apprends que le but de notre opération est d'attaquer une ferme de colons défendue par des soldats français.

En les écoutant, j'ai posé la crosse du Lebel par terre et je masse mon épaule.

À ce moment, la scène à laquelle je participe me semble soudain complètement irréelle. Comme si je sortais d'un rêve pour me découvrir là, tombé dans cet oued perdu, un fusil entre les mains, au milieu de combattants qui accrochent déjà les armes qu'ils avaient posées par terre à leurs harnachements.

Ceux-là n'ont rien à voir avec les paysans du maquis Bou Sidi. Ils ont de bonnes armes, des roquettes, et ils savent les manier. Ça se voit à la manière dont ils se préparent. Leurs gestes sont précis sur l'acier huilé, aucun mouvement parasite, aucune parole. Oui, cette scène prend une réalité incroyable, l'image de ces hommes habillés de sombre qui se détachent sur la roche blanche devient étrangement nette, à faire mal aux yeux presque, dans le cliquetis des armes que l'on charge à la clarté de la lune.

Le commandant est en train d'expliquer comment

la ferme est défendue par l'armée française. Une Jeep et une auto blindée Daimler-Ferret armée d'une mitrailleuse, toutes deux stationnées devant le bâtiment principal. Une dizaine de militaires et les colons, les ouvriers de la ferme qui ont aussi des armes.

Laïziz s'énerve, il dit que c'était pas prévu. Le chef du commando lui répond sèchement :

– C'était prévu autrement, mais c'est comme ça. On a ce qu'il faut pour faire face.

Et là, soudain, la peur s'abat sur moi. Elle tombe d'un bloc, d'un seul coup. Ce n'est pas ce que j'entends, non, qui me colle la trouille. Ce n'est pas le combat, les mitrailleuses et la suite.

J'ai juste peur d'être en train de faire quelque chose de mal, de terriblement mal, et cette idée me vide l'âme.

Attaquer des gens, les tuer… Je pense à monsieur Germain, je pense à Claveline, et ce que je dois faire me retourne le ventre.

La troupe s'est mise en marche comme une seule ombre à travers les champs de la plaine. Les images n'ont plus cette netteté oppressante qu'elles avaient tout à l'heure. Je marche comme dans un rêve sombre, aux contours incertains. Ici, la terre noire absorbe la lueur qui tombe des étoiles, se confond avec les taillis, les haies, les fossés qu'on enjambe. Je suis incapable de dire combien de temps dure cette marche. Mille idées traversent ma tête, toutes mauvaises, mais aucune ne s'y arrête. Elles défilent comme des fantômes hurleurs, aussitôt remplacées par d'autres lorsqu'elles s'évanouissent dans les ténèbres.

Quand la troupe s'arrête derrière une petite haie, les toits d'une ferme se découpent au lointain.

Accroupi à ras de terre, le commandant chuchote quelques mots, s'assure que chacun connaît bien son rôle.

À la fin, il me regarde, m'interroge silencieusement d'un mouvement du menton. Ça tourbillonne dans mon crâne, incapable de penser, de parler. Alors, je hoche la tête, c'est stupide, mais c'est le seul geste qui me vienne, le seul que je puisse faire. J'ai si souvent dit oui, toujours fait ce qu'on attendait de moi. C'est gravé dans mes muscles, peut-être.

À voix très basse, le commandant s'adresse alors à Laïziz, en langue berbère cette fois. Je ne comprends rien bien sûr mais je sais qu'ils parlent de moi, c'est l'évidence. Puis le commandant me regarde encore, et me dit :

– Toi, tu restes avec moi.

Il a dit ça dans un français impeccable, comme on en entend à la radio sur Europe n° 1, sans la moindre trace d'accent pataouète. Laïziz ne répond que quelques mots, et me tend un chargeur rapide de Lebel avec ses huit cartouches.

Puis il disparaît dans l'ombre avec les autres gars qui se dispersent en bon ordre.

Avant que j'aie le temps de comprendre, quatre des nôtres sont déjà partis prendre leur position de bataille, quelque part sur notre droite. Quatre autres sont partis vers la gauche.

On reste quatre, nous aussi, au centre : le commandant, un gars armé d'une mitraillette en bandoulière, un autre avec un fusil à lunette et un étui de pistolet à la ceinture, et moi, perdu dans un vertige.

Couché dans la terre labourée, j'ai vaguement aligné mon fusil en direction de la ferme. À côté de moi, les trois hommes parlent à voix basse. Ils ne sont pas d'accord. Le chef pense qu'il y a des soldats dans le blindé, prêts à servir la mitrailleuse ; les deux autres disent que non, qu'ils ont dû préférer entrer dormir dans la ferme, en laissant juste deux sentinelles. Ils ne s'engueulent pas, non, ils discutent tranquillement et finissent même par parier un paquet de cigarettes en crachant par terre pour sceller leur pari.

À ce moment, devant la ferme, une faible lueur scintille dans l'ombre de la Jeep, puis elle disparaît aussitôt.

– *Sigearah*..., souffle le commandant.

Une cigarette, que la sentinelle vient d'allumer. Maintenant qu'on l'a située, on distingue sa silhouette qui se fond dans l'ombre.

– Tu l'as ? murmure le commandant au gars qui tient le fusil à lunette.

L'œil collé à son engin, le gars hoche la tête en réglant la tourelle.

– Alors, c'est quand tu veux, lui dit le commandant. Vise juste.

Le gars hoche encore la tête, ajuste sa joue contre la crosse, pose l'index sur la détente.

Les yeux fixés sur la sentinelle, j'attends la détonation. Plusieurs secondes s'écoulent, des éternités peut-être. Rien ne se passe. Je pense alors qu'il ne va pas tirer, qu'il y a un problème. L'espoir fou qu'on ne va peut-être rien faire et repartir comme on est venus me traverse.

Je tourne lentement les yeux vers le tireur.

C'est à ce moment-là que le coup part, assourdissant. Son souffle balaie mon visage. L'éblouissement de la flamme de bouche, une langue de feu d'un mètre, toute jaune dans la nuit noire.

La seconde suivante, sonné, j'entends nettement les trois hommes à mes côtés rouler précipitamment sur eux-mêmes, enroulés sur leurs armes, s'éloigner très vite.

Au même moment, la mitrailleuse du blindé se met à cracher des flammes. Une pluie de balles s'abat juste à côté de moi, à l'endroit où se tenait le gars au fusil à lunette. Ils ont repéré la flamme de bouche. Puis le crépitement de la mitrailleuse parvient à mes oreilles. L'idée que les balles arrivent plus vite que la détonation me traverse la tête, j'avais déjà entendu ça dans un film. Une réplique dans *Une balle dans le canon*, un film de Michel Deville et Charles Gérard. La fiche technique défile dans ma tête. Un film sorti en 1958, avec Pierre Vaneck, Mijanou Bardot et Roger Hanin ; coscénariste : Albert Simonin (d'après son œuvre éponyme) ; photographie : Claude Lecomte ; musique : Raymond Bernard et Gilbert Bécaud.

Je dois être un monstre.

En même temps, je me sens rouler sur moi-même comme je les ai vus faire, pour m'éloigner moi aussi des balles de la mitrailleuse qui me frôlent de leurs « chlok ! chlok ! chlok ! » se fichant dans la terre. Je n'ai pas voulu ce mouvement non plus, il s'est fait tout seul.

Après une dizaine de mètres, je regarde autour de moi. Les trois autres sont là, dans l'ombre, enfoncés dans des sillons de labour, à deux mètres les uns des autres.

Mon cœur tape comme un fou dans la poitrine. Près de moi, le commandant sourit, je vois ses dents blanches sous la lune.

– Comme c'est bête… murmure-t-il avec malice. J'ai dû oublier de t'expliquer quelque chose… Après le premier tir, tu devais dégager très vite. Mais tu l'as compris tout seul, je vois. Tu as de la chance : c'est la meilleure façon d'apprendre !

Il a prononcé ça comme une bonne blague, toujours dans son français impeccable. Mais déjà son regard se durcit, bondit dans la direction où se tiennent postés nos hommes, sur la droite. Les impacts des balles de la mitrailleuse se rapprochent dangereusement de nous, hachant la terre noire.

– Mais qu'est-ce qu'ils attendent ? marmonne le commandant, le regard toujours rivé sur la droite.

Soudain, un tir de roquette lui répond. Une longue traînée jaune qui fend la nuit dans un bruit de tonnerre. Elle a jailli exactement de l'endroit que le commandant regardait fixement, sur notre droite, puis elle a filé en direction de la ferme. À l'impact, une gerbe de lumière. Le blindé léger explose dans un embrasement qui illumine les bâtiments.

Dans la cour de la ferme, trois soldats français jusque-là invisibles sont pris dans la lumière, hébétés par la déflagration. Des impacts de fusils automatiques s'abattent tout autour d'eux, soulèvent des gerbes de terre. Avant d'avoir pu faire le moindre geste, les trois hommes tombent dans la poussière.

Alors le commandant, allongé à plat ventre à mes côtés, a un grognement satisfait, puis il fait un demi-tour sur lui-même.

Étendu sur le dos, un souffle régulier soulève sa poitrine. Il fixe les étoiles, là-haut dans le ciel.

– Et de cinq, il murmure en arabe. Peut-être six, s'ils étaient deux pour servir la mitrailleuse.

Puis, le visage toujours tourné vers le ciel sous la clarté de la lune, il me dit à voix basse :

– Tu suis, petit ? Un tir sur la sentinelle, tant mieux si on la touche, mais ce n'est pas très important. Ce qui compte, que leur mitrailleuse riposte. Elle devient alors une cible facile dans la nuit. Et on tire une roquette sur le blindé. Boum. Le blindé explose. Lumière sur la ferme. Là, nous avons eu de la chance, Najib. Ces trois soldats-là étaient vraiment des bleus. On se demande ce qu'ils leur apprennent, dans l'armée française, avant de les envoyer se faire descendre.

» Mais, écoute, fils, c'est pas fini. Écoute… »

Je dresse l'oreille. La sentinelle blessée. Le gars crie. Des plaintes qui nous arrivent imprécises. Je regarde le commandant, toujours perdu dans ses étoiles. Il remue négativement la tête. Non, ce n'est pas ça qu'il faut entendre.

À ce moment, la déflagration du tir d'une autre roquette, un autre sifflement, parti de notre droite, encore. Une autre explosion, formidable celle-là, sous un auvent de la ferme dont les tuiles sont soufflées comme de la paille. Puis encore une autre ligne de feu, qui naît sur notre gauche cette fois. Elle s'abat sur le toit du bâtiment principal de la ferme, le pulvérise en une gerbe de débris scintillant dans les flammes qui lèchent la façade.

Allongé sur le dos dans son sillon de labour, le commandant sourit toujours aux étoiles. Il murmure :

– Voilà… Là, tu as entendu… Cuve à gas-oil de la ferme. Boum. Cible facile dans la lumière. Toit de la ferme illuminée, cible facile. Les vasistas des toits, c'est la meilleure position pour défendre un bâtiment. Retiens bien tout ça Najib… Je sais que tu as des facilités pour apprendre.

Deux autres roquettes sont tirées, une de droite, l'autre de gauche. Deux autres impacts sur la ferme éventrée.

Cette furie emballe mon cœur dans ma poitrine, les explosions, les tirs, les hommes qui meurent… Et la tranquillité du commandant, plongé dans ses étoiles.

Tout ça est irréel, comme les plaintes de la sentinelle qui percent le silence, de plus en plus faibles.

Un grand tourbillon, tout se mélange. J'avais déjà remarqué que le commandant m'avait appelé par mon prénom. Pourtant, quand ils ont parlé de moi avec Laïziz, il ne l'a jamais prononcé, j'en suis sûr. Or cet homme le connaît. Il devait donc le connaître d'avant, d'avant notre rencontre.

Et maintenant, il vient de faire allusion à mon extravagante mémoire. On lui a parlé de moi, il sait qui je suis, il savait que je viendrais ici ce soir. C'est peut-être lui-même qui a demandé que j'y vienne, c'est ça qui passe dans ma tête.

Dans l'étable de la ferme, là-bas, les vaches deviennent folles. Leurs meuglements éperdus traversent le silence de la nuit, le crépitement des flammes.

Le commandant me tape sur l'épaule :

– Allez, Najib... On passe à l'attaque !

Et il bondit vers la ferme, courbé en avant sur sa mitraillette.

LOPEZ

Octobre 1960, à bord du doris Vivement Dimanche, *mouillé au large de la crique Mechkouk, à deux milles nautiques, ouest-nord-ouest de Djidjelli, département français de Constantine, Algérie.*

– J'ai failli le baptiser *Juillet-Août-Septembre*[16], mais j'ai craint les jaloux irascibles…

Je ris de bon cœur. Il est marrant, le père Germain. Il se gondole de sa propre bêtise tout en enlevant sa chemise. Et il m'asticote encore, c'est plus fort que lui :

– Remarquez, côté vacances, dans la police, vous n'avez pas à vous plaindre non plus… Et personne n'en fait des gorges chaudes…

Il plie sa chemise avec un soin de célibataire, puis il la dépose sur une traverse de coque. Ma réponse a trop traîné quand elle arrive :

– La purée de nous autres… je rétorque sans trouver beaucoup de conviction. La vérité, c'est que dans la police on compte pas nos heures et…

Il plonge dans l'eau claire, me laissant en plan avec ma phrase mal embarquée. Un plongeon impeccable, pas une éclaboussure. Pas moisi, l'instit de Djidjelli, et

[16] Période des « grandes vacances » scolaires dans les années 1950-1960.

pas un pic de graisse. Quel âge peut-il avoir ? Quarante ? Quarante-cinq ? Je saurais pas dire.

Quand il ressort de l'eau, une dizaine de mètres plus loin, il se marre comme un bossu :

– Dans la police, vous comptez pas vos heures… Surtout quand c'est des heures de vacances !

Puis il part d'un nouvel éclat de rire qu'il emporte sous l'eau transparente. Le con de sa mère… C'est pas tout le monde qui me dégomme à la tchatche.

Sa silhouette file en piqué dans l'eau cristalline, droit vers les rochers qui miroitent dans le fond. En finissant de me déshabiller, je compte machinalement les brasses.

J'ai croisé monsieur Germain près du port, tout à l'heure. Il sortait de l'école et filait vers les quais. Dès qu'il m'a aperçu, il m'a fait un signe de la main en lançant d'une voix joyeuse :

– Vous avez fini votre journée, inspecteur ?

J'ai hoché la tête.

– Alors, a-t-il repris avec entrain, filez vite chercher un maillot et une serviette. Je vous embarque, vous ne le regretterez pas ! Et rejoignez-moi à bord du *Vivement Dimanche*, au fond du quai à gauche. Vous ne pouvez pas vous tromper, c'est le plus petit. Pendant ce temps, je mets cette saleté de moteur en marche.

On ne s'était encore jamais vraiment parlé depuis notre discussion à la terrasse du café Perez-Bloch, mais j'y avais souvent repensé. Et plus j'y repensais, plus je trouvais que la petite voix qui me titillait avec insistance pour lui toucher deux mots de mes trouvailles était sûrement de bon conseil. Pourquoi lui ? Va me dire pourquoi… C'est comme ça et je suis bien infichu d'en expliquer la cause.

En vérité, mes « trouvailles », c'est un bien grand mot. Juste deux, trois trucs qui clochent dans ces attaques de fermes, des bricoles qui ne collent pas tout à fait.

L'invitation de Germain tombait à pic : il devait avoir envie qu'on discute, lui aussi. Comment les choses se goupillent, parfois…

Huit brasses… J'ai compté huit grandes brasses pour arriver jusqu'au fond. Ces fichus rochers me semblaient plus proches. L'eau est claire, ça fausse les distances.

Un coup de talon sur le fond et la silhouette de Germain remonte en flèche. Il finit par manquer d'air, quand même. Ça me rassure, je ne serai pas ridicule. Je me débrouille pas si mal dans la flotte, moi non plus.

Son visage perce la surface dans un remous d'écume.

– Elles sont là ! il me lance, ravi, sans même reprendre son souffle.

» Et elles m'ont dit qu'elles nous attendaient !… » Vous ne regretterez pas de m'avoir accompagné, inspecteur.

Je roule mon pistolet de service dans ma chemise et plonge le rejoindre.

La vérité, je n'avais jamais vu autant de langoustes. Un régal de les dénicher dans les recoins de roche sombre, de sentir leur densité quand on les attrape à pleine main.

Maintenant, elles grouillent sur le fond de la coque de la petite barque. Et nous, on se rétablit sur le plat-bord à la force des épaules sous les derniers rayons du soleil qui se couche. On a dû pêcher une petite demi-heure, une demi-heure d'acompte sur le paradis. Il faut se sécher vite, le soleil s'échappe et la fraîcheur tombe.

– Elle avance, votre enquête ? me lance alors Germain, qui se frictionne avec sa serviette.

J'essaie de ne pas paraître sauter sur l'occasion de lui parler de mes trouvailles.

– Alors comme ça, je réponds, c'est juste pour me tirer les vers du nez que vous m'avez invité à cette partie de pêche…

Il me regarde, voit que je l'asticote.

– Raï, la promenade, lâche-t-il faussement dégoûté. Mais j'ai surtout grillé mon meilleur coin à langoustes ! Et tout ça pour me faire envoyer sur les roses quand je vous cause…

– Allez…, je reprends. En vérité, je voulais justement vous en parler…

– De la pêche ? Des langoustes ? bécasse-t-il sans sourire.

– De mon enquête, grigou…

Il sourit, cette fois, se retourne vers le petit moteur de la barque et actionne quelques manettes avant de tirer sur la cordelette du lanceur. Du premier coup, la mécanique d'avant-guerre accepte de faire entendre son « pof, pof, pof, pof » tranquille.

– Il est bien luné, aujourd'hui, s'étonne-t-il. Allez, on va l'aider pour rentrer. Faut pas décourager les vieux qui travaillent.

Puis, sans rien dire, il bascule la manette des gaz sur plein régime, ce qui ne produit pas un effet foudroyant mais ébranle gentiment la barque, qui commence à faire semblant d'avancer. Germain bricole plusieurs secondes en silence en préparant les rames. Je sens bien qu'il se tait pour que je me lance.

J'aurais bien du mal à trouver des explications à la confiance qu'il m'inspire, monsieur Germain, si on devait m'en demander un jour…

Mais quelque chose me dit que c'est à lui qu'il faut que je parle, quelque chose que je n'ai pas envie de combattre. Il me rejoint sur la banquette en me tendant un aviron, et je commence mon récit :

– Jusqu'à mon affectation au commissariat de Djidjelli, les enquêtes sur les massacres dans les fermes isolées étaient restées pratiquement au point mort. Dans le dossier que le commissaire m'a remis, il y avait bien les premières constatations faites sur les lieux par l'officier de service, mais pas grand-chose d'autre. Du coup, j'ai dû tout reprendre à zéro ou presque.

» Me demandez pas pourquoi ces fichues enquêtes ont atterri sur les bureaux de la police de Djidjelli, qui n'avait même pas les effectifs pour les traiter… Je n'ai encore rien compris à ce qui relève de la police, de la gendarmerie ou de l'armée dans cette pagaille. Et je ne suis pas sûr qu'il existe quelqu'un qui le sache vraiment… »

La barque glisse sur les vagues. Monsieur Germain m'écoute en silence dans le « pof, pof, pof » du moteur et le clapotis des rames. Au loin, la nuit commence à tomber doucement sur la corniche où les ombres des rochers s'étirent.

Je continue comme si c'était pour moi-même, comme si je faisais le point dans ma tête :

– Le premier jour, vers quatre heures de l'après-midi, je me suis enfermé dans mon bureau avec une bonne réserve de café et de cigarettes, et je me suis plongé dans le copieux dossier dont le commissaire m'avait chargé. Il y avait là seize affaires différentes, toutes des attaques de fermes isolées.

» Vers six heures, j'ai entendu les collègues s'en aller, mais j'ai voulu rester encore un peu. Je ne pouvais pas m'arrêter.

» Quand j'avais terminé de lire le dossier d'une affaire et que je le déposais bien aligné sur la pile de gauche, je ne pouvais m'empêcher d'attraper immédiatement le suivant sur la pile de droite pour l'ouvrir aussitôt à la première page.

» Dans chacun de ces dossiers, je trouvais systématiquement, en première place, les constatations de l'O.P.J.[17] de service envoyé sur les lieux du drame.

» Après ça, selon les affaires, il pouvait y avoir les copies carbone des rapports militaires, dans les cas où un groupe de soldats avait été affecté à la défense de la ferme. Ces rapports-là comportaient systématiquement des passages illisibles, soigneusement raturés par la censure militaire qui les avait transmis aux services de police.

» Et dans chaque dossier, après la dernière page tapée à la machine, je trouvais systématiquement une petite pochette de papier cristal où étaient rangées les photos prises lors de la découverte du drame… »

À ce moment, Germain tourne les yeux vers moi, me regarde fixement tout en continuant à ramer en souplesse. Y a-t-il eu quelque chose dans ma voix ? Peut-être… Ces mauvais tirages en noir et blanc sont souvent revenus me tarauder depuis, et ils reviennent encore.

Nous ramons un moment en silence. Je me demande ce que je dois dire, ce qui est inutile, ce qui est impossible. Mais avant que je puisse trancher, les mots se jettent d'eux-mêmes dans ma bouche :

[17] Officier de police judiciaire.

– Dans la première pochette que j'ai ouverte, certaines scènes dépassaient les limites de tout ce qu'on peut imaginer dans l'horreur…

» Et ensuite, à chaque fois qu'à la fin d'un dossier je tombais sur sa pochette de papier cristal, j'appréhendais ce que j'allais y découvrir. Mais il y avait aussi une espèce de fascination morbide qui me poussait à savoir jusqu'où l'horreur pouvait encore se poursuivre, et que je m'en voulais vaguement d'éprouver… »

– C'était votre première affaire ?

La question de Germain me fait sursauter. Je me perdais dans les méandres de mes pensées, l'oubliant presque, le regard absorbé dans les lumières des premiers lampadaires qui scintillent là-bas, sur la colline de Djidjelli.

– Ma première véritable affaire, oui. À Oran, j'ai travaillé sur différentes enquêtes en tant que stagiaire. Mais toujours en doublette, avec un inspecteur titulaire ou un commissaire. Là, c'était la première fois que je me retrouvais seul sur un vrai dossier…

– Alors, il n'est pas surprenant que ces affaires aient eu une certaine attraction sur vous…

– Attraction… ça on peut le dire ! La première fois que j'ai pensé à regarder ma montre ce soir-là, il était minuit passé… J'avais pas vu le temps filer.

– Votre voix change quand vous parlez de ces clichés. Ils sont vraiment si horribles ?

Je hoche silencieusement la tête. Vraiment, oui.

– Ces attaques de fermes sont surtout un moyen de frapper l'imaginaire. C'est du terrorisme, des actions dont le but est avant tout de semer la terreur.

» Semer la terreur chez les Français, d'un côté. Faire en sorte qu'ils se sentent harcelés, en danger pour eux-mêmes, leurs enfants, leurs femmes, leurs biens, leurs familles. Qu'ils se sentent en danger en voyant leurs semblables assassinés, leurs biens détruits, leurs maisons brûlées…

» Mais les fellaghas cherchent aussi à terroriser les Arabes qui collaborent avec les colons, ceux qui travaillent pour eux, qui restent encore à leurs côtés… »

Monsieur Germain hoche la tête. Il sait tout cela.

– Quand il rédige son rapport, l'O.P.J. peut passer sur les détails macabres. Et il peut écrire pudiquement : *Le corps de la victime a subi des mutilations atroces*. Mais ce n'est pas la même chose de regarder la photo correspondante…

» Sur la photo, on voit le cadavre. On voit son visage, son corps blême allongé nu sur le sol. On voit que c'était une personne particulière, quelqu'un qui existait vraiment, avec son visage à lui, ses bras, et un torse qui n'était celui de personne d'autre.

» Et une photo ne connaît pas les mots *mutilations atroces*. La photo, elle, elle montre vraiment les couilles tranchées net par une lame, et forcées dans la bouche. Elle montre la plaie sanglante entre les jambes. Le sexe qui sort d'entre les lèvres. Elle montre la gorge ouverte de part en part, séparant presque la tête, l'aorte béante, les chairs déchirées. Elle montre les poignets sectionnés d'un coup de hache, le ventre béant, les entrailles sorties en un tas informe qui traîne sur le sol.

» Et la photo, elle montre aussi que cette personne avait des yeux. Elle avait des yeux grands ouverts, des yeux qui ont vu, qui ont vu les couteaux plonger dans ses chairs, son sang jaillir, des yeux qui ont vu les morceaux de son corps arrachés un à un. Et sur cette image, ce sont ces yeux-là, les yeux qui vous regardent.

» Ce traitement, c'est l'ordinaire réservé aux Arabes qui collaborent. Mais je peux aussi vous parler de cette femme enceinte dont le ventre a été ouvert du sexe jusqu'aux seins, du bébé qu'elle portait, retrouvé fracassé sur un mur de la chambre. Je peux parler de ces visages retrouvés les paupières tranchées, les lèvres découpées, les oreilles absentes et un œil pendant en dehors de l'orbite au bout du nerf optique. Et du coup de poignard enfoncé dans le ventre venu après tout ça porter une mort lente… »

J'ai prononcé ces mots dans une grande fièvre, je m'en rends compte dans le silence qui tombe. Dès que j'ai commencé, ils se sont bousculés sans contrôle.

Pendant que je me laissais entraîner par mes paroles, la barque s'est engagée dans une grande courbe. Germain a arrêté de ramer :

– Je ne voulais pas vous interrompre, mais nous allons entrer dans la zone des récifs. Il faut que je reprenne la barre. Mais je peux continuer à vous écouter tout en barrant. Poursuivez, nous en avons encore pour un bon quart d'heure…

Dans le silence du « pof, pof, pof » qui crachote, je retrouve un peu de calme, soulagé peut-être d'avoir enfin laissé sortir ces abominations. J'aurais juste aimé le faire avec… plus de retenue, disons. Mais je ne regrette pas d'avoir commencé à parler.

– Dès la première lecture, je me suis rendu compte que ces affaires pouvaient se regrouper par familles. Il y a des points communs dans certaines, qu'on ne retrouve pas dans les autres.

» Je me suis attelé à faire des recoupements, en me rendant systématiquement sur les lieux des drames pour étayer mes suppositions. J'ai parlé aux militaires, rencontré les témoins, même ceux qui n'avaient qu'un lointain rapport avec les affaires.

– J'en sais quelque chose ! coupe Germain avec son ironie désinvolte. Et vous avez même mis sur le gril des gens qui n'avaient aucun rapport avec ces affaires, sous prétexte qu'ils commettent quotidiennement le crime de lire *Alger Républicain* de manière un peu ostensible.

– Jouez pas au bourricot, monsieur Germain…

Le regard fixé sur les récifs entre lesquels il louvoie avec maîtrise, il sourit, je crois, mais je distingue mal son visage dans l'ombre qui gagne. Je voudrais en avoir terminé quand on arrivera au port. Ici, il n'y a personne pour entendre.

– Bref, j'ai fini par regrouper ces affaires en trois familles.

» La première, ce sont des massacres orchestrés de manière professionnelle. Avec une rigueur militaire. Dans cette famille-là, lorsque les fermes sont défendues par des militaires, les rebelles ont toujours les moyens suffisants pour les réduire sans leur laisser la moindre chance. Dans ces cas-là, les victimes sont exécutées de façon méthodique, proprement, j'allais dire. Sans barbarie gratuite en tout cas. Et, après avoir systématiquement détruit tout ce qui peut l'être, les assaillants se volatilisent toujours sans laisser le moindre indice, ni le moindre survivant sur leur passage.

» La seconde famille, c'est de là que viennent les images que je vous ai décrites. Ici, l'attaque est menée sauvagement, sans préparation, c'est manifeste. Dans quelques cas, les rebelles ont même sous-estimé les forces qui défendaient la colonie, et ils ont subi de lourdes pertes.

» Il faut noter que, dans les attaques de cette catégorie, on retrouve systématiquement un survivant, ou même plusieurs, des Arabes terrorisés, souvent, qui ont été épargnés pour propager dans les *mechtas* et les *médinas*[18] la manière dont les fellaghas traitent ceux qui collaborent avec les colons.

» Et puis, vient la troisième famille. C'est celle-là qui me titille, même si elle ne regroupe que trois affaires.

» Dans cette catégorie, il y a une organisation manifeste, qui pourrait coller avec la première famille… Mais aussi des horreurs qui relèvent de la seconde. Car dans la première famille il n'y a jamais de barbarie gratuite.

» Et on trouve ici des corps mutilés… mais jamais de survivants. Or, dans tous les autres cas de barbarie, on en retrouve systématiquement.

» Bref, je passe sur les détails, il y a vraiment du louche dans ces affaires, beaucoup de bricoles qui sonnent faux, et qui me font penser que ce ne sont pas vraiment des attaques de fellaghas…

– Bigre ! Et quoi donc alors ?

– Contrairement aux autres, ces trois fermes-là sont de grosses fermes. Des fermes riches. Beaucoup d'argent là-dedans, des valeurs. Et j'en arrive à la conclusion qu'il pourrait s'agir de crimes crapuleux, maquillés en attaques de rebelles.

– Rien que ça ? Si vous êtes dans le vrai, c'est une bombe que vous avez entre les mains, inspecteur.

» Vous en avez déjà parlé avec quelqu'un ? Avec le commissaire ? »

Je hoche négativement la tête. Non, je n'en ai parlé à personne.

– C'est délicat, je marche sur des œufs. Laissez-moi finir, vous allez comprendre.

[18] Mechta : hameau ; médina : centre ancien des grandes villes, par opposition aux quartiers périphériques à l'européenne.

À quelques centaines de mètres, sur la gauche, la pointe de la jetée se découpe maintenant dans la nuit. Nous avons dépassé les récifs. Il peut être huit heures. Là-haut sur la corniche, les phares de quelques autos trouent la nuit de leurs sillons jaunes. Dans quelques minutes, nous serons à quai. Il faut que j'aille vite :

– Dans ces trois cas, on parle de « fermes », mais ce n'est pas le mot juste. Ce sont des exploitations immenses, de type industriel. Elles appartenaient à de riches colons, des gens de la haute finance, qui fricotent dans les coulisses des ministères. C'est pour cette raison qu'elles étaient défendues par d'importants effectifs militaires, pratiquement en permanence.

» Mais comme par hasard, les deux premières attaques sont justement survenues au cours d'une des rares nuits où les militaires affectés à leur défense avaient été exceptionnellement déployés Dieu sait où pour une mission plus pressante…

– Dans les deux cas ? Drôle de coïncidence en effet. Et le troisième massacre de cette catégorie ?

– Eh bien, le troisième massacre, il n'a jamais eu lieu… Il y a bien eu une attaque, oui. Mais elle a été repoussée par les militaires…

– Cette fois-là, il y avait donc des militaires sur place. Pourquoi avoir classé cette attaque avortée avec les deux autres, où ils étaient précisément absents la nuit du drame ?

– Vous pigez vite, monsieur Germain… Cette troisième attaque s'est produite il y a quinze jours, j'étais déjà en poste. Je me suis rendu sur place moi-même. Et j'ai pu parler avec les militaires qui avaient repoussé l'assaut.

» C'est un caporal-chef de la section qui m'a appris que, dans la matinée précédant l'attaque, ils avaient reçu l'ordre de se préparer à quitter la ferme pour venir en renfort à la centrale électrique de Beni Filane, où l'on craignait une attaque massive des fellaghas.

» Les soldats étaient sur le point de lever le camp, quand, en fin d'après-midi, un contrordre est tombé. Ils devaient finalement rester sur place…

– Je résume, réfléchit Germain. Vous pensez que les auteurs de ces attaques n'ont rien à voir avec les fellaghas, que ce serait une bande de gangsters de la pire espèce qui pillerait ces riches « fermes ». Puis, qui maquillerait le pillage en attaque de rebelles, ce que vous avez éventé avec ces détails qui ne collent pas.

» Et, comme ces grosses fermes sont d'ordinaire défendues par d'importants effectifs de militaires et qu'elles ont été attaquées précisément une des rares nuits où ils étaient absents, vous pensez que les gangsters ont un indicateur bien placé, qui leur transmet des informations militaires secrètes. Certaines, mais pas toutes… Comme quand, lors de la dernière attaque, le gang a eu l'information du départ des militaires, mais pas celle du contrordre…

– Vous pigez vite, mais je n'ai jamais dit ça… Je vous ai seulement donné les faits que j'ai relevés, monsieur Germain. Et c'est vous qui venez d'imaginer cette hypothèse. Alors, disons qu'elle n'est pas… inimaginable !

Un silence flotte sur la barque qui glisse dans la nuit sur la mer noire. Germain mesure peu à peu la portée de ce qu'il vient d'entendre, l'horreur du procédé de ces crapules qui ne reculent pas devant les abominations pour couvrir leurs méfaits.

– Oui, je suis à peu près sûr de ce que j'avance. On pourrait éventuellement croire à des coïncidences, prises séparément… Mais elles se superposent parfaitement dans chacun des trois cas. Et seulement dans ceux-là.

» Et puis, il y a d'autres détails encore… Mais je vous en parlerai une autre fois, si cela vous intéresse. Nous arrivons. Je ne voudrais pas qu'on nous entende. Il faut que j'étaye encore mes trouvailles avant d'aller plus loin… »

Germain a accosté en douceur contre le quai. Le *Vivement Dimanche* tangue doucement dans les clapotis du port. Les lumières de Djidjelli vibrent dans les vaguelettes. Germain dépose les langoustes dans deux sacs de toile de jute qu'il ferme d'un nœud grossier.

– Quatre pour chacun… De quoi se régaler… et se faire quelques amis, plaisante-t-il gaiement.

Nous remontons le quai en silence. Tout au bout de l'enfilade de bateaux à l'amarre, les chromes d'une voiture jouent avec l'éclat des lampadaires.

Elle est là, étrangement garée sur le port, la calandre tapageuse débordant de l'appontement sur les eaux sombres, veilleuses allumées. Nous avançons vers elle d'un pas tranquille, au rythme du balancement des sacs au bout de nos bras.

En approchant, je remarque la fille. La fesse négligemment posée sur une aile arrière de la belle auto, elle fume une cigarette qu'elle tient très haut, dans un geste d'une grâce folle. Ses cheveux noirs coupés à la garçonne frémissent dans la brise qui entrebâille les pans de sa robe légère. Elle semble absorbée dans la contemplation de la ville, perdue dans des pensées farouches, peut-être. Et moi, j'ai du mal à détacher mes yeux d'elle alors qu'on avance vers la décapotable.

– Tiens donc, une Aston Martin à Djidjelli… siffle monsieur Germain, qui a l'air de s'y connaître.

RICHARD

(APPELÉ DU CONTINGENT MATRICULE CI 60/5/E, 3^{E} B.I.L.A.)

Octobre 1960, caserne d'El Milia, Grande Kabylie, circonscription de Djidjelli, département français de Constantine, Algérie.

Les fellaghas, ils sont là-haut, dans les montagnes.

El Milia est entouré de montagnes, jusqu'à l'infini, peut-être. Côté sud, c'est une succession de djebels sans fin, comme ils disent. Des djebels entaillés par des gorges abruptes et quelques vallées plus larges.

Vers le nord, les montagnes ne s'arrêtent qu'à la mer, où elles tombent net comme un coup de sabre, à une trentaine de kilomètres d'ici à vol d'oiseau, peut-être. Mais au bout du monde par ces pistes impossibles. Là-bas, la côte est sauvage, à couper le souffle. C'est celle qu'on a vue s'étendre jusqu'à l'horizon, intacte, à l'ouest de Philippeville, quand on arrivait à bord du *Provence 4*.

Sur les camions qui nous ont transférés de la caserne de Philippeville à celle d'El Milia, on a pu relever les bâches quand le jour s'est levé. Les Simca avançaient péniblement sur les pistes défoncées. Nos yeux se gorgeaient de ces paysages qu'on pouvait voir de près pour la première fois et où on allait passer les vingt-quatre prochains mois, avec un peu de chance.

Des montagnes arides où les arbustes poussent en bouquets, des hameaux de pierres sèches, nombreux et minuscules, où seuls des sentiers sauvages se faufilent, et quelques vallées grasses dans les plaines desquelles s'étalent les champs des grandes fermes.

Ces montagnes, on y va chaque jour ou presque, en patrouille de reconnaissance. On part en groupes de trois véhicules, parfois quatre. Ça change rien pour moi, je suis toujours dans la dernière auto de la colonne, radio oblige. J'ai pas choisi, mais c'est comme ça maintenant, je suis radio, toujours sur la Jeep avec la grande antenne, celle qui ferme la marche.

Radio, une bonne blague du commandant du centre d'incorporation qui m'a envoyé en bataillon disciplinaire pour me faire passer le goût du twist et du piston. Sur mon dossier, dans la case « résultats » des tests d'aptitude que je n'ai jamais passés, il avait écrit de sa plus belle plume *doué pour la radio*.

Le con. Ç'avait dû le faire rire.

Du coup, arrivé au bataillon, j'ai suivi la « formation spéciale ». Un instructeur bègue m'a appris que l'interrupteur de l'émetteur-récepteur avait « ddddeux positions, uuuune ppour éééémettre, uuuuune pour rrrrecevoir », et, depuis ce jour béni, j'ai le privilège d'être le premier couillon qu'on cherchera à dézinguer à la première embuscade, avec les deux poissards qui servent la mitrailleuse.

Et quand on doit se farcir un djebel à pinces, parce que la dernière piste défoncée se perd dans la caillasse et qu'il n'y a plus aucun moyen de passer avec les véhicules, ben, c'est moi qui me coltine le transmetteur radio sur les épaules. En plus des armes. Et avec cette saloperie d'antenne de campagne, pour être sûr qu'on me voie bien de loin.

Putain... Je déconne, mais là-haut, je n'en mène pas large.

Ils pourraient y planquer cent maquis tellement c'est immense, tellement c'est sauvage, tellement c'est inaccessible.

La région est pleine de fellouzes à ce qu'il paraît, mais ils sont insaisissables. Ils changent régulièrement de planque, esquivent tout affrontement. Ils se regroupent parfois le temps d'une attaque éclair sur un objectif qu'ils ont choisi, puis ils se dispersent aussitôt pour s'évanouir dans la nature.

Ils font tout pour nous éviter, et je me dis que ce serait quand même pas de bol de les débusquer par hasard, dans ce merdier de rocaille sans fin. Sauf si les hélicos repéraient quelque chose, un jour...

Pendant les premières patrouilles, je ne respirais plus. Je serrais tellement la poignée de ma mitraillette que mes articulations devenaient douloureuses. Je voyais des fellouzes derrière chaque rocher. Et voilà des semaines qu'on crapahute sans en voir l'ombre d'un. Pourvu que ça dure.

N'empêche, quand on grimpe là-haut, qu'est-ce que j'ai la trouille.

Le jour où je suis arrivé à El Milia, je suis tombé sur Michel. Ou plutôt, c'est lui qui m'est tombé dessus.

Je savais pas encore qu'il s'appelait Michel, mais il m'a sauté sur le râble quand je traversais la cour, pendant le quartier libre du soir.

– Oh putain, Ricky ! il s'est mis à gueuler comme un veau dès qu'il m'a aperçu.

Il a bondi sur moi, et il a attrapé mon treillis à l'épaulette, comme s'il voulait me soulever pendant que, de l'autre main, il me désignait du doigt, en meuglant vers les autres :

– Incroyable, les gars, c'est Ricky Breumse ! Le batteur des Furieux en personne… Le groupe de twist à la mode…

Les autres troufions nous regardaient, pardi, avec les beuglements que poussait cet emplâtre. Ils nous regardaient comme si on tombait de la lune. Personne ne me connaissait, évidemment, à part l'autre allumé à la mémoire approximative qui me secouait comme un sac de linge sale.

Je me retrouvais comme un con, à essayer de lui faire lâcher prise sur mon épaulette, en grognant entre mes dents :

– Drums. C'est Ricky Drums, espèce de naze. Et c'est les Fury's, pas les Furieux. Mais tu me connais d'où, toi ? Allez, lâche-moi, tu vois bien qu'on est ridicules.

Il avait beau se démener, personne ne risquait de me reconnaître : personne ne m'avait jamais vu.

Mais il a encore essayé, d'une voix déjà un peu plus hésitante :

– Putain, les gars, merde !… Ricky Drums, de Saint-Tropez…

Il a ajouté ça comme un titre de noblesse. Je me suis marré. Plutôt sympa finalement, le gonze.

Les autres gars se sont désintéressés de nous, ont passé leur chemin. Et nous, on s'est mis à discuter.

Il m'a expliqué que, la nuit avant d'embarquer pour l'Algérie, il avait passé sa dernière perm à Saint-Tropez. On s'était vus là-bas, au *Lulu's Bar*, il disait. On avait même discuté un peu, l'après-midi, et il avait bu un coup avec Sylvie pendant qu'on faisait les réglages de la sono.

– C'est bien ça, hein ? C'est bien Sylvie qu'elle s'appelle… Elle a pris un bébé-rose, je m'en rappelle… Sacrée pin-up, cette fille !…

Ça m'a foutu une drôle de castagne d'entendre son nom prononcé ici, par quelqu'un d'autre, quelqu'un qui la connaissait.

Un peu comme si elle était apparue, là, l'espace d'une seconde.

J'ai fini par me remettre. Et par le remettre lui aussi, Michel.

Je me suis souvenu qu'à la fin du troisième set chez Lulu, ce soir-là, ils s'étaient castagnés avec des blousons noirs, lui et son pote bidasse. Michel, lui, ne s'en souvenait guère. Mais ça me revenait bien, maintenant. Tu parles… C'était le soir de La Madrague, de Marc-Antoine, et du reste…

– Et qu'est-ce que tu fous là, toi, en bataillon disciplinaire ? je lui ai demandé pour penser à autre chose. T'as pas une tête de marlou, ni de petite frappe.

– Non, non, chuis rien, moi… Chuis vigneron, dans les Corbières, département de l'Aude. C'est juste à cause de ce con de communiste qu'ils m'ont envoyé ici…

Je pigeais pas, ça s'est vu sur mon visage.

– Ben oui, con, je t'explique…

» On venait juste d'attaquer la piste de Ain Salah, là-bas, dans le désert, au bout du monde. Avec ce type, on était seuls dans un camion chargé de fusils et de mitraillettes. Des M.A.S. 36 et des M.A.T. 49 surtout, de retour de maintenance à l'arsenal, quelques caisses. C'est lui qui conduisait, il était sergent. Style intello sursitaire, tu vois le genre… On s'était déjà coltiné trois cents bornes à se taper le cul dans les ornières, et impossible de lui en faire décrocher une. Et tout d'un coup :

» – Tu viens avec moi ? qu'il me dit avec son accent pointu.

» – Ben oui, con, je viens avec toi, puisqu'on y va ensemble…, moi je lui réponds.

» Alors, il se met à m'expliquer comme ça qu'on va pas où on va, et moi je me dis qu'il est dérangé du citron, le sergent. Mais je commence à sentir le gros pataquès, du genre qui sent bien la merde. Remarque, c'était pas difficile à sentir… Il avait sorti son pistolet et me l'avait collé sur la tempe, en me disant :

» – On va du côté de la justice, camarade.

» Putain, un con de communiste…, je me suis dit à moi-même.

» Mais bon, je l'ai pas dit fort, à cause du pétard que j'avais sur la tempe.

» – Chez les fellouzes ? j'ai essayé de traduire. Pour leur refiler les armes qu'on trimballe ?

» Il m'a regardé comme si j'étais un Chinois qui sortait de l'asile.

» – Oui, du côté des indépendantistes… Du côté des combattants de la liberté. Du côté de la justice… il me redit encore, sérieux comme un pape.

» Bon, là, chuis dans la merde, j'ai pensé dans ma tête.

» Je dis pas… C'est bien joli la justice et tout ça, d'accord sur le principe. Et même le communisme s'il le faut vraiment, du moment qu'on me laisse mes vignes. Mais bordel, j'ai jamais demandé à venir faire le con dans ce pays de merde, moi, et après la quille, j'aimerais autant rentrer chez moi tranquille, plutôt que de risquer de tout…

» Bref, le gonze a dû comprendre que j'étais pas trop d'accord pour le suivre, parce qu'il m'a coupé la chique d'un grand coup de crosse sur la tempe, et qu'il m'a escampé en dehors de la cabine par-dessus la chaîne de portière.

» Je me suis réveillé sur le bord de la piste, sans savoir combien de temps j'étais resté dans le cirage. Un peu plus loin, j'ai repéré une gourde qu'il avait dû jeter par la portière. Et dès que j'ai été en état, je me suis mis à chercher un endroit pour prévenir la caserne. Mais dans le désert où j'étais tombé, j'aurais aussi bien pu crever de soif avant qu'une bagnole passe…

» Et au final, pour me remercier d'avoir refusé de passer du côté des fellouzes, j'ai écopé du bataillon disciplinaire. Et de six mois de rab de service. Avec ça, je m'en sors bien, à ce qu'ils disent… »

Depuis ce jour-là, on est restés bien collègues, avec Michel. Un peu pénible sur les bords des fois, mais un vrai chouette type.

C'était ma première journée à El Milia, et je n'avais pas encore écrit à Sylvie. Je lui avais envoyé une lettre de Philippeville, où on était restés seulement deux jours après avoir débarqué, mais je n'ai trouvé le temps de lui écrire ma première lettre d'El Milia que le lendemain matin.

Il y a donc… vingt-deux jours maintenant, si je compte bien. À chaque courrier, j'attends ses lettres. Elles mettent un temps fou, mais c'est normal, à ce qu'ils disent. Depuis qu'on est ici, j'en ai déjà reçu quatre. Je me régale toujours autant de les lire. C'est vraiment chouette comme elle écrit. Ce serait super qu'elle se décide à terminer un roman, quand même, je suis sûr qu'il serait formidable.

Mais ces lettres que j'ai reçues, c'est des vieilles. Sylvie m'y répond à des trucs dont je me souviens à peine, que j'avais envoyés quand j'étais encore à la caserne Saint-Charles, pendant mes classes, à Marseille. Elles paraissent parler d'un autre monde. Et je languis de recevoir la première lettre où elle sera au courant des dernières nouvelles, de mon arrivée en Algérie, à El Milia, et tout ça…

Aujourd'hui, pas de patrouille. Ce matin, entretien des flingots, du matériel, exercice dans la cour de la caserne… Et cet aprèm, rien. Repos, quartier libre à la caserne. On s'emmerde.

Avec Michel, on écoute le transistor, qui veut bien capter Europe n° 1 aujourd'hui, à condition qu'on le quille là-haut sur le rebord du petit fenestron de l'infirmerie. C'est *Salut les copains* qui passe, maintenant. Il est presque six heures. D'un côté, c'est bath d'entendre la voix du présentateur, qui n'a aucune idée, lui, de ce que peut être El Milia, le djebel, la M.A.T. 49 et le reste, et qui annonce la prochaine chanson d'une voix guillerette : « Et maintenant, chers auditeurs, nous allons écouter une chanson bien de notre époque, interprétée spécialement pour vous par Monsieur 100 000 volts lui-même, j'ai nommé… Monsieur Gilbert Bécaud, qui nous chante *Âge tendre et tête de bois…* »

Oui, d'un côté, c'est chouette d'entendre ça. C'est un peu comme si on était là-bas, en France. D'un côté, oui, mais d'un…

À ce moment, l'adjudant déboule dans la coursive et nous lance au passage :

– Courrier ! Si vous en avez, il est sur vos pieux, soldats…

Aussi sec, je plante Michel là, file dans la piaule. Sur la couverture brune pliée au carré, une enveloppe blanche. C'est elle ! « Boum, boum », dans la poitrine. Personne dans la carrée. Je m'allonge sur le lit et commence à lire.

Aubagne, le 18 octobre 1960

Mon Richard, mon Ricky, mon amour que j'aime,

Je suis gâtée, aujourd'hui j'ai reçu deux lettres de toi !

Ce matin, quand le facteur me les a données toutes les deux ensemble, j'étais tellement heureuse que je l'ai embrassé et il a failli tomber de sa bicyclette. En y repensant, je crains d'avoir eu tort, et qu'il garde maintenant toutes tes lettres pour me les remettre systématiquement par paires.

J'ai écrit que je suis gâtée, mais j'aurais aussi bien pu dire que je suis gâteuse. Tu vois, je deviens une vraie midinette dès qu'il s'agit de TOI.

Remarque bien les majuscules de ce TOI, je les ai dessinées bien grosses, dans le format spécial midinette, juste pour te prouver ce que j'avance. Et profite bien du petit cœur à la place du point sur le i, je n'arriverai sans doute pas à me résoudre à ces niaiseries à chaque lettre, même pour te faire rire.

Je plaisante parce que je suis contente d'avoir de tes nouvelles, de lire les mots que tu as écrits avec tes mains, pensés avec ta tête et je ne peux pas m'empêcher d'imaginer les mines changeantes que tu fais pendant que tu m'écris, selon ce que tu racontes. Ces images de toi qui me viennent toutes seules sont ce que je préfère dans la lecture de tes lettres. Avec elles, tu es un peu près de moi.

Tu dois me sentir bien excitée dans ce début de lettre, et c'est la vérité. Il y a du changement dans l'air, je ne tiens plus en place. Mais commençons par le commencement. Je raconte dans l'ordre…

Ta première lettre reçue ce matin, c'est celle que tu as envoyée de Philippeville. L'autre, c'est la première que tu m'as envoyée d'El Milia. Je dis la première parce que je sais qu'il y en a déjà d'autres sur des bateaux en route vers la France et peut-être même qui attendent au centre de tri de Marseille. Mais Dieu sait quand je pourrai les lire celles-là…

Le fait est que je ne connaissais ni Philippeville ni El Milia, et que je n'avais même jamais entendu ces noms avant de les lire dans tes lettres.

Avant de commencer à te répondre, j'ai sauté dans la voiture pour aller à Marseille acheter une carte d'Algérie. Je voulais me rendre compte des endroits d'où tu m'écrivais, savoir où se trouvaient ces paysages magnifiques que tu me décris avec tellement de détails que j'en vois les images.

Après plusieurs échecs, je commençais à désespérer, mais j'ai fini par trouver une carte assez précise à la librairie de la rue Mazargues.

Dès que je suis rentrée à Aubagne, je l'ai étalée sur le lit et, pendant plus d'une heure, je me suis perdue dans les lignes, les couleurs et les noms de ces lieux inconnus et étranges.

C'est terrible, les cartes. Surtout celle-là, parce que l'Afrique, c'est quelque chose, quand même. Et aussi parce que je savais que tu étais là, quelque part dans le pays qui se déroulait sur cette carte pleine de mystère.

C'est à ce moment-là que cette envie stupide m'est tombée dessus. J'ai pensé à toi et moi, ensemble dans ce pays mystérieux qui s'étalait sous mes yeux dans ses couleurs de sable et d'ocre.

Je sais très bien que c'était une envie stupide et un peu fantasque. C'est bien là le problème. Parce que je me suis vite rendu compte qu'une envie stupide et fantasque se trouve drôlement à son aise quand elle tombe par hasard dans la tête d'une fille gravement fantasque et légèrement stupide. Et je n'ai pas eu le courage de la déloger de là, une fois qu'elle y a été installée avec toutes ses aises.

Je viens de regarder l'heure. Bientôt trois heures du matin. Du coup, ce n'est pas ce matin que j'ai reçu tes lettres, mais bien hier matin. Et je suis si excitée que je n'arriverai sans doute pas à dormir avant l'aube. Encore une nuit blanche. Mais, attends la suite…

Hier après-midi, donc – ou tout à l'heure, je ne sais jamais comment dire dans ces cas-là –, j'étais tout émoustillée par l'idée qu'on puisse se voir pour de vrai, un jour, dans ce pays ténébreux étalé sur mon lit, et qui avait ouvert la porte de mes rêves. Elle ne résiste jamais bien longtemps lorsqu'un coup de vent la pousse, pour peu qu'il vienne du bon côté.

J'ai de nouveau sauté dans la voiture en direction de Marseille, et je suis arrivée à la gare maritime juste avant la fermeture. J'ai à peine eu le temps de poser quelques questions sur les formalités pour un voyage en Algérie. Je pensais qu'il y en aurait pour trois heures à me répondre et que j'allais devoir revenir le lendemain. Mais, surprise ! La grosse dame qui m'avait accueillie m'a tout expliqué en moins d'une minute, tout en tirant le rideau de fer de son guichet. Je m'en faisais une montagne, mais c'est très simple, en vérité, même avec une voiture. Ça coûte bonbon bien sûr, mais y a rien de plus simple…

Bon, je sens que tu commences à comprendre pourquoi je suis si excitée, cette nuit, et pourquoi j'ai tant de mal à canaliser les mots sur la page. Pour une fois, ce n'est pas le corydrane. C'est un autre mélange, plus explosif encore, celui-là, et je peux te dire sa composition secrète : une dose de mon Richard d'amour et une dose d'Afrique, mélangées à parts égales…

Une fois de retour à la maison, je me suis plongée dans les prospectus que m'avait donnés la grosse dame de la gare maritime, et je m'y suis perdue aussi bien que dans le meilleur des films.

Je sais bien que tu es plus raisonnable que moi, en général. Et qu'au début tu risques de trouver cette idée invraisemblable.

Mais tu m'as dit que tu n'aurais qu'une seule permission pour revenir en France, dans quinze mois. Et encore, à condition que tout se passe bien…

Franchement, je ne me vois pas continuer à attendre comme une cruche plantée là, pendant tout ce temps, à penser à toi sans arrêt et à me morfondre en espérant que tu te souviendras encore de moi après tous ces mois, et qu'on s'aimera encore.

Non, ce n'est pas moi, ça. Tu connais mes penchants. Il faut que ça bouge…

Alors, ça va bouger ! J'ai bien relu tes lettres. Tu m'y expliques que, en plus de la « grande permission » où tu pourras revenir en France, tu auras de temps à autre des quartiers libres pendant lesquels tu pourras aller en ville, là-bas, et même quelques permissions à la soirée ou à la journée, parfois.

Eh bien voilà, à ces moments-là, moi, je serai sur place. On pourra se voir, au moins un peu, de temps en temps. Cette idée à elle seule emballe mon cœur dans ma poitrine.

De toute façon, ici, je n'ai plus rien à faire de mes journées depuis que j'ai renoncé à faire semblant de travailler pour faire semblant d'écrire.

À ne rien faire, je le ferai aussi bien en Afrique...

Et qui sait, peut-être que les vents mystérieux qui soufflent là-bas apporteront jusque dans ma machine à écrire un début de roman que j'aurai enfin le courage de poursuivre, miraculeusement.

Tu le vois, ma décision est prise, et quand tu recevras cette lettre, je serai peut-être déjà en Algérie, vu le temps qu'elles mettent.

Bien entendu, je ne sais pas encore quel jour je pourrai partir. Mais je serai vite prête. Une semaine. Dix jours tout au plus, mais en tout cas pas davantage. Je bous d'impatience.

Découvrir ce pays, te revoir bientôt peut-être, alors qu'il y a quelques heures à peine je n'aurais jamais imaginé que ce soit possible. Les préparatifs, le mystère, le voyage, le bateau, un pays inconnu, mon Richard, l'Afrique... Tout ça me colle dans une excitation terrible.

Comment veux-tu que j'aie envie de dormir, moi ? Je dormirai bien assez quand je serai morte.

Je t'embrasse tout plein, mon amour que j'aime. Je suis tout emballée par l'idée que la prochaine lettre que tu recevras de moi, je l'aurai peut-être glissée moi-même dans la boîte de la caserne d'El Milia.

Je trouverai facilement : j'ai une carte !

Ta Sylvie qui t'aime

P.-S. : Je n'ai pas eu le temps de t'en parler avec tout ces chamboulements dans ma tête, mais j'avais raison de me méfier de ce Marc-Antoine, finalement. En plus de son piston foireux qui n'a fait que te mettre dans une situation encore plus terrible, il vient de faire une entourloupe aux Fury's. J'ai eu Gégé au téléphone, de Paris. Il n'y aura pas de disque. C'est un peu compliqué, mais le résultat est là. Ils se sont engueulés au studio d'enregistrement et il n'y aura pas de disque. Avec un peu de chance, je pourrai t'expliquer ça directement si on se voit bientôt. Enfin, je pourrai te l'expliquer quand tu en auras marre de te laisser embrasser, je veux dire… Parce que ça, c'est plus urgent que tout au monde. Oh mon Richard, qu'est-ce que je t'aime !

Je reste sur le lit, assommé par la bombe atomique qui tenait dans une si petite enveloppe. Je ne comprends pas encore vraiment ce que je viens de lire, tout ce que ça implique. Je me lève comme un somnambule. C'est une bonne nouvelle ou une catastrophe ? Est-ce que je ne vais pas griller sur place, moi, en sentant Sylvie toute proche ? Inaccessible, derrière le mur de la caserne… En train de faire d'autres choses.

La lettre est partie il y a dix jours… Sylvie est peut-être déjà sur le bateau. Ou même en Algérie, en ce moment même. Tout près d'ici…

J'arrive dans la cour complètement sonné. Mais Michel m'attend de pied ferme, excité comme une puce. Dès qu'il me voit sortir des dortoirs, il me lance depuis l'autre côté de la cour :

– Eh, Ricky, dis, j'y ai repensé en écoutant la radio… Faudrait vraiment que tu nous fasses un petit concert de twist, un de ces quatre !

Ça y est, ça l'a repris. Quelle tête de mule. Je ne veux pas lui parler de la lettre avant d'avoir fait un peu de rangement dans ma tête. Je lui réponds en pilote automatique :

– Je te l'ai déjà dit cent fois, Michel, la batterie tout seul, c'est naze. Simplement impossible. Et en plus, j'en ai même pas, de batterie. Fiche-moi la paix avec ça, c'est débile.

Mais il est remonté comme une pendule, les mots se bousculent dans sa bouche :

– Tu sais ce qu'ils viennent de dire à *Salut les copains* ? Elvis Préley, ben… il a fait son service, lui aussi, figure-toi… En Allemagne. Deux ans, qu'il a tirés, libéré au mois de mars, cette année… Ils l'ont dit. Et tu sais quoi ? Ben, il a fait des concerts, là-bas, pour ses potes bidasses… Tu pourrais faire pareil, toi, Ricky. Qu'est-ce qui t'en empêche ? T'es au moins aussi bon que lui… Parole ! Je t'ai vu sur scène… Ce serait terrible !

– Tu me saoules, Michel… D'abord, on dit Presssley, Elvis Presley. Et puis fous-moi la paix avec cette histoire, tu me gonfles à la fin. Un concert de batterie, ça n'existe pas, faudrait au moins une guitare. Et puis Elvis, il est connu… Y a des gens qui s'occupent de lui. Rien à voir avec moi. Fais un peu marcher ta cervelle…

– Ben, justement, je la fais marcher ma cervelle ! Bon, il est connu et il a des gens qui s'occupent de lui, d'accord. Mais toi… ben, c'est exactement pareil, mon pote ! Vé, moi… je te connais ! Et je peux très bien m'occuper de toi, si tu veux. Je peux même te bricoler une batterie, une petite scène… Et toi… tu nous fais un concert. Un soir… comme à Saint-Tropez… un concert de twist… Ce serait bath, ça ! Allez, sois sympa, Ricky…

– Putain… Qu'est-ce que j'ai fait au bon Dieu, moi ?

Dire que c'est mon meilleur pote…

SYLVIE

Octobre 1960, hôtel Casino, plage de Djidjelli, département français de Constantine, Algérie.

Eh bien voilà, ce n'était pas le bout du monde…

Une petite journée de traversée en bateau, tout juste le temps de profiter du voyage. En première classe s'il vous plaît, avec les roses rouges et le champagne frappé qui attendaient gentiment dans la cabine. Oh, je ne tenais pas absolument à me coltiner les snobinards du pont supérieur, non, mais il aurait fallu attendre six semaines de plus pour avoir un billet de seconde et voyager ainsi avec des gens moins déplaisants. Alors, je me suis résignée à affronter les aléas de ma dure condition de fille à papa qui fait ses olivettes, et j'ai courageusement signé le chèque sans réfléchir davantage.

Et l'hôtel où j'ai posé ma valise est vraiment formidable. On dirait un gros gâteau à la chantilly posé directement sur le sable de la petite plage. Hier soir, il faisait presque nuit quand je suis arrivée par la route de la corniche et, dès que je suis tombée sur cette bâtisse blanche au toit-terrasse couronné d'arcades, j'ai su que c'était là qu'il fallait que je descende.

Dans ma chambre du dernier étage, j'ai installé mes affaires dans la penderie et ma petite machine à écrire de voyage sur le bureau, face à la terrasse, face à la mer. Je serai bien ici, je l'ai senti tout de suite. Puis je suis sortie faire un tour pour attendre l'heure de service des repas. J'ai roulé un peu sur le front de mer et je me suis arrêtée sur le port pour fumer une cigarette. J'étais là, les pensées perdues dans cette ville inconnue que la nuit rendait encore plus mystérieuse, quand une voix m'a fait sursauter :

– Vous avez trouvé un banc extraordinaire, mademoiselle…

C'étaient deux hommes qui remontaient le quai, je ne les avais pas vus arriver dans l'ombre et c'était le plus jeune qui m'avait lancé ça. Un grand brun habillé de clair. J'ai pas compris tout de suite ce qu'il voulait dire, et il a désigné l'Aston d'un geste du menton : j'étais assise sur une aile.

J'ai ri, ne trouvant rien de mieux à faire, et j'ai esquissé un hochement amical pour montrer que j'appréciais la drôlerie de la réplique. Il s'éloignait déjà, m'adressant un imperceptible au revoir de la main, et ils ont disparu dans la nuit, lui et l'homme plus âgé qui l'accompagnait.

C'était le premier indigène qui m'adressait la parole, avec cet accent inimitable. Mais non, aïe, faut pas faire de gaffe, pas un indigène. Ici, on dit indigènes pour parler des Arabes, si j'ai bien compris… Mais les autres, comment les appelle-t-on, alors ? Comment faut-il dire ? C'est pas des Français, quand même… Y a qu'à les écouter parler. Ils sont nés ici, ils parlent à leur manière, ils vivent à leur manière… Une seule journée à remonter la côte sauvage, et on s'en rend parfaitement compte.

Mais peu importent les finesses de vocabulaire pour le moment, je me sens bien, ici, c'est ce qui compte. Et je languis de découvrir les recoins de ce pays plein de lumière.

Pourtant, quand j'ai annoncé à papa que je comptais partir pour l'Algérie, il s'en est fait tout un monde. « Mais c'est la guerre, là-bas ! C'est dangereux, tu te rends pas compte… »

Eh bien j'y suis, maintenant, en Algérie. À l'hôtel *Casino*, à Djidjelli. Et sur toute la côte que j'ai suivie pour venir ici, je n'ai pas vu l'ombre d'une bombe. Trois cent cinquante kilomètres, quand même. Et presque huit heures de trajet sur une route impossible, dans un décor de rêve.

Eh bien, rien. Pas la moindre fusillade. Juste quelques militaires de loin en loin, qui avaient l'air de s'ennuyer ferme dans la poussière du bord de route. Évidemment, en quittant Alger, j'ai croisé pas mal de soldats dans les rues de la ville. Mais guère plus qu'à Marseille un jour de grande manifestation, au bout du compte.

Et ici, à Djidjelli, il me semble que personne ne pourrait croire que c'est la guerre. Il y a bien quelques soldats qui traînassent sur des Jeep dans la rue principale, mais, à part ça, c'est un petit port tout ce qu'il y a de paisible. Tout à l'heure, le père Fabre, le patron de l'hôtel, m'a raconté qu'il y avait eu un attentat au cinéma *Le Glacier*, en juillet, sur la grande place… Alors, je suis allée en ville pour me rendre compte.

J'ai bien trouvé le cinéma *Le Glacier*, il était là, trônant au meilleur endroit de la place, mais il n'y avait rien à voir. Vraiment.

La façade est repeinte dans des tons glace à la vanille, et tout est tranquille. Et à voir comment les gens me regardaient passer, roulant au pas dans mon auto, j'avais plutôt l'impression que c'était moi, la bombe atomique. Une fille seule dans une Aston Martin, roulant au pas, capote ouverte, ça semait les yeux ronds sur les terrasses pleines, évidemment.

Après un grand tour de ville que j'ai réussi à faire durer presque une demi-heure en croisant dans toutes les rues possibles à deux à l'heure, après le petit tour, obligatoire, sur la route de la corniche, je me suis décidée à téléphoner à papa pour lui dire comme tout est tranquille ici. La dame du téléphone qui a établi la communication avait cet accent qui me ravit à chaque fois qu'il traverse mes oreilles :

– Vous avez de la chance… pour le 56 à La Ciotat, en métropole, il n'y a que cinq minutes d'attente, mademoiselle. Vous restez en ligne ou je rappelle ?

Sans attendre la réponse, elle s'est embarquée dans une jacasserie invraisemblable sur ses inflexions pataouètes qui enchantaient tellement mes oreilles que je me suis laissé entraîner avec délices dans ses papotages de bonne femme.

Un quart d'heure plus tard, je la connaissais aussi bien que ma mère, et j'ai presque été déçue quand elle m'a annoncé qu'elle avait enfin mon numéro à l'autre bout du fil. Mais avant d'enfoncer la bonne fiche dans son standard, elle a encore ajouté de son débit de mitraillette :

– Allez, bienvenue en Algérie, mademoiselle, et j'espère que, par la grâce de Dieu, vous allez bientôt le revoir, votre fiancé, ma ninette…

Ce pays doit être spécialement taillé pour moi, sur mesure.

Ce soir, la grande salle à manger est loin d'être pleine, à cette saison, et l'équipée qui m'attend demain pour rallier El Milia a tout loisir d'occuper mon esprit pendant que je taquine d'une fourchette distraite les queues de langouste posées dans mon assiette.

El Milia, juste une quarantaine de kilomètres d'après ma carte. Mais les tortillons jaunes qui dessinent la route sur les dégradés d'ocre exhalent franchement un parfum d'aventure. Longer la mer, d'abord, par une route accrochée à la falaise sur une vingtaine de kilomètres, puis piquer plein sud pour remonter l'oued El Kebir qui entaille les montagnes jusqu'à la petite ville. J'imagine le bourg dans sa vallée entourée de reliefs arides, ses maisons basses aux couleurs de la terre, la caserne. Les descriptions de Richard ont fabriqué des images presque nettes.

Mais soudain, alors que je suis si proche de cette petite ville que je ne connais pas, les choses me paraissent subitement moins simples.

D'un seul coup, le souvenir des deux mois que Richard a passés à la caserne Saint-Charles me cingle la mémoire. Un supplice. Il était là, au cœur de Marseille, si près de moi… Et je n'ai pas réussi à le voir une seule fois avant qu'il parte. Aucune permission pendant ses mois de classes, dans son bataillon à la con. Ses lettres mettaient une semaine pour arriver à Aubagne, à dix pauvres kilomètres. Lorsqu'il avait été transféré de Fréjus à Marseille pour cause de bataillon disciplinaire, j'ai été presque contente en pensant qu'il serait plus proche. Les premiers jours, je passais devant la caserne à tout bout de champ. Richard était là, juste derrière les grands murs de pierres. Mais je me suis vite fait pitié à me voir traîner comme une pauvre fille dans cette ombre grise, à me sentir moins que rien dans l'absurdité du monde.

Bon, faut reconnaître qu'il n'y a pas que le monde qui soit absurde. De mon côté aussi, j'en ai largement fait ma dose, d'absurdités en tout genre, depuis qu'ils m'ont arraché le mec que j'aime. Comme cette nuit où j'ai été me perdre dans un bar du port, à Marseille.

Je dois être folle, par moments. Mais qu'est-ce que j'avais dans la tête, en allant au *Betty Boop* cette nuit-là ? Même Lili n'avait pas voulu me suivre : « Mais c'est un coupe-gorge ! Si on va là-bas toutes les deux, à cette heure et avec ces petites robes, on finira violées tout cru, ou bien au fond du port, découpées en rondelles… » J'avais fait la maligne, mais c'était vraiment débile d'aller traîner seule dans le quartier du port de commerce à une heure du matin, au milieu des marins éméchés qui cherchent la bagarre et des marlous à la petite semaine. Et pourquoi cette envie m'avait-elle traversé la tête, ce soir-là ? Sans doute parce que je venais de recevoir une lettre de Richard qui me racontait son bataillon disciplinaire, les petits durs tatoués, les repris de justice avec lesquels il passe ses journées désormais, et que je m'étais mis en tête d'aller m'y frotter moi aussi, pour me rapprocher un peu de lui, j'imagine, pour être plus à même de comprendre ce qu'il me racontait dans ses lettres.

Mais pourquoi donc ces images me reviennent-elles maintenant, là, dans cette grande salle à manger presque vide ?

Parce que je fais l'inventaire des choses stupides que j'ai pu faire en me débattant, impuissante, emportée par ces horreurs ordinaires qui bousillent la vie des gens sans le moindre état d'âme ? Parce que je me demande soudain si cet improbable voyage ne serait pas lui aussi une autre stupidité pathétique ? Mais je m'en moque, au fond. C'est peut-être absurde, mais tout est tellement absurde… Un peu plus, un peu moins, qu'est-ce que ça change ? Et là, au moins, c'est moi qui décide…

J'étais déjà ivre, ce soir-là, quand je suis arrivée au *Betty Boop*, bien plus que ce que je le pensais, sans doute. Et, malgré ma tenue estivale, personne n'avait manifesté la moindre intention de me violer, évidemment, et encore moins de me découper en rondelles. L'ambiance était éteinte. Perchée sur un tabouret du bar, j'avais bu quelques verres au coin du comptoir sombre. Un petit gars au visage d'ange qui jouait les durs avec ses manches savamment retroussées sur ses bras tatoués s'était mis à me baratiner gentiment.

On avait discuté un peu. J'avais parlé de ce qui me passait par la tête, de Richard, du bataillon disciplinaire, de l'Algérie… En entendant ces mots, le gars avait tiré des plis de ses manches retroussées un paquet de cigarettes de troupe[19] tout fripé. Il l'avait exhibé comme un trésor de guerre, son index soulignant l'inscription ALGÉRIE sur la tranche du paquet. Justement, tiens ! Il avait un copain là-bas, en Algérie ! Tout excité, il s'était alors enfoncé dans des histoires de guerre confuses, impossibles à suivre.

L'alcool commençait à m'assommer. Et le petit dur de même. Dans son débit pâteux, j'attrapais pourtant quelques détails sur la vie des soldats là-bas, et c'était tout ce qui m'intéressait dans ses élucubrations à propos de son fameux pote, dont je n'ai pas bien pigé si c'était un héros ou une sombre crapule.

Ce qu'il me racontait sautait du coq à l'âne, tout embrouillé, tout en retours en arrière. Je ne pensais

[19] Cigarettes spécialement fabriquées pour l'armée, qui en fournissait gratuitement en dotation à chaque militaire et appelé du contingent.

plus qu'à rentrer me coucher, guettant juste un creux dans son débit pour tirer ma révérence sans vexer le James Dean miniature. J'ai dû attendre plusieurs minutes, n'écoutant plus que la musique de ses paroles confuses où il était question de fermes à défendre, de riches colons pleins aux as, de massacres sordides, entre lesquels il embrouillait les fils d'ellipses indéchiffrables avec ses mines entendues d'affranchi à la gomme.

Comme son débit ne faiblissait pas, j'allais me résoudre à le planter simplement là, avec mon meilleur sourire, quand un grand mec venu d'une des tables noyées dans la pénombre du fond du bar s'est approché de nous. Il portait des chaussures noires et blanches ressemblant comme deux gouttes d'eau à celles de Marc-Antoine, ce fameux soir de juillet, et il a toisé le petit dur de haut pendant quelques secondes, froidement, sans rien dire. Puis il est retourné à sa table sans avoir prononcé une seule parole.

Celui-là était d'un autre calibre. Le petit dur s'est mis à bafouiller comme un gamin pris en faute et j'en ai profité pour filer à l'anglaise.

J'ai marché un moment dans le quartier du port en cherchant mon auto. Le pas lent, les images de guerre et de massacres vibraient autour de moi et, sur un quai tout proche, le bateau attendait déjà, qui emporterait mon Richard de l'autre côté de la mer avec son bataillon disciplinaire.

C'est tout ça qui tourne dans ma tête pendant que ma fourchette torture méthodiquement les carapaces de langoustes qui décorent mon assiette. Le gamin qui vient desservir me tire de mes songes.

– C'est un régime de faveur ? je lui demande en montrant les reliefs de langoustes.

Il a un sourire gêné, hausse les épaules.

– Oh, c'est pas vraiment une faveur, mademoiselle. Ici, il y en a plein, des langoustes.

Il se tortille, il y a quelque chose qu'il ne veut pas me dire. Alors, je l'asticote.

– Les autres pensionnaires, ils n'en ont pas eu, eux… Pourquoi moi ? Tu peux me dire, tu sais…

– Je vais me faire tuer si je le dis…

Je le fixe un instant, il capitule vite :

– C'est l'inspecteur, mademoiselle. Ce matin, il est passé à l'office. Il avait remarqué votre voiture devant l'hôtel. Tout le monde la remarque… Il m'a demandé si vous étiez descendue ici, et je lui ai dit que oui. Mais il l'avait déjà compris tout seul, ça change rien, faut pas m'en vouloir pour ça. « Je reviens dans deux minutes, il m'a dit. Attends-moi… » Et il a filé sur son scooter.

» Quand il est revenu, il m'a donné ces deux langoustes en demandant que le cuisinier les prépare spécialement pour vous, sans rien vous dire…

» Sans rien vous dire, mademoiselle… Je l'avais promis ! Et maintenant, je vais me faire tuer, moi…

– Alors, tu mourras un peu plus riche, je plaisante en glissant un billet de cinq cents francs[20] dans la poche de sa chemise blanche.

[20] Cinq cents anciens francs, soit cinq nouveaux francs, le plus petit billet en cours.

CLAVELINE

Novembre 1960, premier étage de l'immeuble du tabac-journaux de la rue de Picardie (dit « chez La Muda »), Djidjelli, département français de Constantine, Algérie.

Je savais qu'il reviendrait. C'était obligé qu'il revienne.

Et cette nuit, il a lancé des gravillons aux carreaux de ma chambre. Il était deux heures du matin mais, dans mon sommeil, j'ai tout de suite entendu les faibles tintements. J'ai immédiatement sauté du lit en silence et j'ai ouvert la fenêtre sans le moindre bruit. Je savais que c'était lui, évidemment, personne d'autre ne jette de gravillons sur mes vitres. Mais quand j'ai reconnu sa silhouette qui se détachait de l'obscurité de la rue, mon cœur a dérapé dans ma poitrine.

J'ai refermé la fenêtre sans un mot et j'ai enfilé une robe dans le noir de ma chambre. Puis j'ai chaussé les espadrilles de corde, celles qui ne font aucun bruit quand on marche, et je me suis glissée jusqu'à la terrasse dans la maison endormie. Là, j'ai descendu l'escalier extérieur comme une chatte et, dans l'ombre des auvents des boutiques, j'ai remonté la rue de Normandie jusqu'à notre petit terrain vague où, je le savais, Najib m'attendrait dans l'ombre des branches basses du néflier du Japon.

Tout ça ne m'a pris que quelques minutes à peine, mais ce temps si court a suffi pour que tout se recharge dans ma mémoire. Najib, je le connais depuis toujours ou presque… Quand il est sorti de l'hôpital, on était dans la même classe. Enfin, dans le même cours, en cours élémentaire ; lui, à l'école des garçons, moi, à celle des filles. On se voyait tous les mardis après-midi, pour préparer le spectacle des écoles. Il avait l'air plus jeune que nous, mais personne n'a jamais su son âge ; en tout cas, c'était le meilleur élève des deux écoles. Monsieur Germain devait tricher pour qu'il ne rafle pas tous les premiers prix, à la fête de fin d'année scolaire. Monsieur Germain croit sans doute que personne ne s'en est jamais rendu compte, mais je le sais, moi, et je sais maintenant qu'il avait raison de le faire. Il fallait que Najib ait quelque chose d'ordinaire, sinon, les gens l'auraient pris en grippe.

On s'est tout de suite vus souvent, lui et moi, en dehors de l'école. Au début, je n'avais pas le droit de dépasser les limites de la devanture du tabac-journaux de ma grand-mère sur le trottoir de la rue de Picardie. Alors, il venait là pour me voir. Il était libre, lui, et on jouait des heures entières, tous les deux. On aurait pu jouer à n'importe quoi sur ce rectangle de ciment de six mètres cinquante, du moment qu'on y jouait ensemble. Aux osselets, à la marelle, au mistigri, au tour de France, et à tous ces jeux qu'il inventait sans cesse et qui étaient toujours les plus drôles.

Maman s'est habituée à le voir toujours là, et quand, en grandissant, j'ai eu le droit de dépasser les limites de la vitrine, elle était plus tranquille lorsqu'elle savait qu'on était ensemble. D'ailleurs, on était toujours ensemble. Quelquefois, il pouvait rester manger à la maison, les jours où papa était en voyage à Constantine ou à Alger pour ses affaires. Et pour son premier anniversaire, maman lui a même offert une paire de patins à roulettes sur laquelle il lorgnait depuis des mois dans la vitrine de son bazar de la rue de Vivionne.

Son premier anniversaire… Il pouvait avoir six, huit ans, cette année-là. Monsieur Germain avait décidé qu'il fallait désormais fêter l'anniversaire de Najib, et que ce serait le jour où on l'avait trouvé sur les marches de l'hôpital, le 12 avril 1947, faute d'en savoir davantage.

Les années ont passé, pas l'envie d'être ensemble. Il n'avait jamais rien d'autre à faire qu'à s'occuper de moi. On jouait un peu moins, on parlait davantage. On se promenait dans les rues de la ville, on riait, on allait à la plage.

Je suis arrivée à notre terrain vague un peu essoufflée car j'avais marché vite et mon cœur battait à tout rompre. Najib m'attendait là, habillé de clair dans la pénombre des branches basses du petit néflier.

Quand je me suis approchée, il m'a vue et on s'est précipités en ouvrant grand les bras. Nous sommes restés un long moment serrés l'un contre l'autre, dans le bruit de nos respirations qui faisait tourner la tête sur le fond silencieux de la nuit, sans trouver de paroles. Tant de choses à se dire, et tant d'autres encore qu'on n'aurait pas le temps d'effleurer. Tout est allé si vite.

– Je suis là, Claveline, et je ne retournerai pas dans les montagnes…

Ce sont les premiers mots qu'il a réussi à prononcer.

Une petite phrase de rien du tout, mais quand je l'ai entendue sortir de sa bouche, j'ai su que c'était la seule que j'avais envie d'entendre, exactement celle que j'avais espérée pendant tout ce temps où il était parti, sans jamais oser me le formuler de manière aussi claire.

Je l'ai serré plus fort, comme pour étouffer ces larmes qui montaient tout à coup et qui s'arrêtaient au bord de mes paupières. Mon cœur tapait comme un fou dans ma poitrine, et je sentais le sien lui répondre à travers l'étoffe de mon corsage.

– Je n'y retournerai pas, et on ira en France, comme on s'était promis. Et je tiendrai promesse. Maintenant, j'en suis sûr, il n'y a que ça qui compte...

J'ai alors relâché un peu mon étreinte pour pouvoir regarder son visage. Il m'a retenue, serrée contre lui une seconde, puis il m'a laissée faire. Dans la lueur du lampadaire à travers les feuillages, je redécouvrais les cicatrices de son visage qui commençaient déjà à s'estomper, je laissais courir mon doigt sur l'estafilade de sa lèvre. J'avais presque oublié ces marques, et quand je pensais à lui ces dernières semaines, c'est son visage d'avant qui me revenait. Je voulais tellement oublier les horreurs du mois de juillet, ces journées qui avaient tout fait basculer dans le cauchemar.

La dernière fois que j'avais vu Najib avant qu'il parte, il était égaré. Comment tout avait-il pu s'effondrer si vite ? Nous emporter si loin, avec tant de violence ?

C'est au printemps que la guerre a enfoncé sa première corne dans notre vie si jeune. Le jour où Ziad est venu chez Najib. Najib me l'a raconté le soir même, évidemment. Mais je crois que ses paroles ont mis des semaines pour se glisser jusqu'au fond de nos crânes. Les Français allaient partir un jour ou l'autre, les indépendantistes allaient les flanquer dehors. L'Algérie allait devenir algérienne. Ce n'était pas facile de s'enfoncer cette idée dans la tête. Pas facile de se dire que tout ce qu'on a connu depuis qu'on est né va basculer d'un jour à l'autre. D'autant moins facile quand les parents ne veulent rien entendre. « Partir pour aller où, qu'ils disaient. C'est impossible. On est nés ici, nos parents y sont nés, on a tout ici, les amis, les souvenirs, la famille, les tombes des papets, où voulez-vous qu'on aille ? »

En tout cas, Ziad en était convaincu, lui : les Français allaient devoir s'en aller, et il avait rejoint le F.L.N. Najib était resté assommé par cette nouvelle. Ziad, son ami Ziad, son seul véritable ami peut-être.

Et ce jour-là, Ziad avait sorti trois photos de sa chemise et il les avait jetées sur la table. « Regarde, si tu crois qu'on a le choix... » Les photos montraient des choses horribles, d'affreuses tortures que Najib n'a même pas osé me décrire. « Tu es mon ami, lui avait annoncé Ziad, et ce que je dois te dire me rend malade. Mais, voilà le sort que l'A.L.N. réserve aux Arabes qui restent du côté des Français... »

Oui, c'est bien ce jour-là que tout a commencé à tomber en ruine. Mais on ne savait pas encore à quel point, ni à quelle vitesse tout allait se retrouver par terre.

Pendant quelques semaines, les mots de Ziad ont cheminé lentement dans nos têtes. Un peu plus chaque jour, on a commencé à entrevoir ce qu'il essayait de dire. On a commencé à écouter les actualités d'une autre manière, à la radio. Eh oui, on a commencé à comprendre, tout doucement.

Et puis, il y a eu cette bombe, ce dimanche de juillet.

À partir de là, tout s'est accéléré très vite.

Ce dimanche-là, je n'étais pas au cinéma. J'avais été punie parce que j'étais rentrée à huit heures cinq, la veille au soir. Cinq minutes auxquelles je dois une fière chandelle car, sans elles, j'aurais été installée comme d'habitude dans les premiers rangs du cinéma *Le Glacier*, tout près de la bombe.

Dès que j'ai appris qu'il y avait eu un attentat, cet après-midi-là, j'ai couru jusqu'à la place Clemenceau. Najib était à la séance, je le savais. J'étais folle d'angoisse. Mais dès que je suis arrivée sur place, monsieur Corti a essayé de me rassurer. Najib s'en était sorti avec des égratignures, et il allait en tout cas assez bien pour aider à transporter les victimes après l'explosion. Mais il restait introuvable.

En interrogeant tout le monde, j'ai fini par trouver des gens qui avaient vu les militaires l'emmener, et leur blindé prendre la direction de Tamentout-Fedj-M'zala…

Quand monsieur Corti et monsieur Germain ont ramené Najib à Djidjelli, il était dans un état épouvantable. Son visage et son corps étaient couverts de blessures qui s'étaient infectées avec cette chaleur moite. Mais les plus gros ravages, ils étaient dans sa tête. Najib était complètement déboussolé et la fièvre le tenait au bord du délire. Les premières fois où je l'ai vu, à l'hôpital, il roulait des yeux effarés qui n'arrivaient à se fixer sur rien, et, quand je le voyais dans cet état misérable, j'étais tout près de m'effondrer. Impossible de parler, ou presque.

Pendant le trajet de retour de Tamentout-Fedj-M'zala, il était resté prostré sur la banquette arrière de l'Aronde, enroulé dans une couverture qu'il avait tirée sur son visage enfoui entre ses bras, et il avait été impossible de lui arracher la moindre parole.

Avec moi, il essayait de parler, parfois, mais quand il se rendait compte qu'il n'en serait pas capable, il finissait pas baisser la tête pour cacher ses larmes qui remplissaient ses yeux.

Aussi, je ne restais jamais bien longtemps dans cette chambre commune de l'hôpital, parce qu'il était insoutenable de lui imposer cette souffrance.

Quand il a pu sortir de l'hôpital, il est resté enfermé chez lui plusieurs jours durant. Je lui amenais des fruits, un peu de semoule, mais il n'y touchait guère, et en regardant chaque jour le broc à eau en émail et la bassine, je me rendais compte qu'il n'avait même pas le courage de faire sa toilette, lui qui se serait usé la peau à force de l'astiquer, en temps ordinaire. Quinze jours ont passé, plus détestables les uns que les autres.

La dernière fois que je l'ai vu avant qu'il parte, il n'a pas été capable de me dire grand-chose, mais il m'a serrée dans ses bras pour la première fois depuis le drame. Au bout d'un moment, il a réussi à me dire : « Je m'en vais cette nuit », d'une voix qui semblait sortir d'une caverne.

Je savais bien ce que ça voulait dire, mais je n'ai pas répondu, c'était inutile. Alors, Najib m'a serrée un peu plus fort dans ses bras, et il m'a dit : « Je t'aime » pour la première fois.

Il a prononcé ces mots lentement, et ils avaient une force déconcertante pour un chuchotement. Et cette force effaçait tout le reste.

Jusqu'à cette seconde, j'ignorais qu'une joie aussi triste pouvait tourbillonner aussi fort l'espace d'un instant.

Et cette nuit, enlacés à l'ombre du néflier, tout ça nous revenait, bien entendu. Mais tout était différent.

Je le savais, avec cette certitude qui vient du fond du cœur, du fond de l'âme.

Najib me parlait cette fois, il retrouvait sa force. Son envie de vivre, et je savais qu'elle pouvait déplacer des montagnes.

Il me disait qu'on allait partir, en France, qu'il se débrouillerait, qu'il avait déjà des pistes. Et moi, dans ces bras-là, je savais bien que tout serait tellement difficile, mais c'était la première fois depuis toutes ces semaines que je me sentais vivre. Je respirais, enfin, je sentais mon cœur battre.

Un coq a chanté du côté des faubourgs. Par-dessus les toits, la nuit devenait plus claire. Des autos arrivaient du fond de la rue de Normandie, les yeux ronds des Jeep des militaires. Déjà l'heure de la première patrouille. Automatiquement, on s'est coulés dans l'ombre, allongés sous les épais feuillages, plaqués contre la terre.

Les Jeep de la patrouille se sont arrêtées un moment à l'angle de la rue et on a dû attendre qu'elles s'en aillent. Du coup, il faisait presque jour quand on s'est séparés à la hâte. J'ai regagné la maison. Najib a filé je ne sais où, et c'est mieux que je n'en sache pas davantage.

Dès que j'ai refermé la porte de ma chambre, le réveil de mon père s'est mis à sonner dans la pièce voisine.

En chemise de nuit, allongée sur mon lit, j'attends que maman vienne gratter à ma porte. Les volets découpent des rais de lumière qui zèbrent la chambre de bandes claires et je me sens étrangement calme, ma respiration est tranquille. Najib est revenu. Impossible de savoir quand on pourra se revoir, évidemment. Mais il m'a dit qu'on partirait en France et je veux le croire. Pour nous deux, impossible de rester à Djidjelli et d'y vivre ensemble, quoi qu'il arrive avec cette saleté de guerre.

Que des enfants jouent ensemble, passe encore. Les gens ne trouvent pas trop à redire. Mais j'ai plus de seize ans, maintenant... Et ici, un Arabe ne fréquente pas une jeune Française. Même à Alger, ce serait impossible.

Mais en France, oui, on pourrait rester ensemble, vivre dans le même appartement. Tout est différent, en France, on le comprend bien en écoutant la radio. Et tiens... y a qu'à voir cette Française qui se promène dans les rues avec sa belle auto décapotable, depuis quelques jours. Qu'est-ce qu'elle est belle ! On voit qu'elle est libre. Rien à voir avec les femmes d'ici. On voit bien qu'elle vient d'un autre monde. De France.

Au début, avec ses petits corsages et le foulard rouge qu'elle noue dans ses cheveux quand elle est en voiture, je croyais que c'était une actrice.

Et je lui ai parlé ! Jeudi dernier, au milieu de l'après-midi. Je tenais la boutique de mémé comme tous les jeudis, et elle est entrée dans le magasin comme une princesse. Elle a pris un exemplaire de chaque revue féminine sur les présentoirs, *Marie-Claire, ELLE, L'Écho de la mode, Nous Deux* et même *Antoinette*, que personne n'achète jamais d'habitude.

Je n'avais jamais vu quelqu'un acheter autant de magazines d'un seul coup. Et elle m'a payée avec un billet de cinquante mille francs[21] tout neuf qu'elle a sorti de la poche plaquée de son pantalon corsaire. Elle l'a sorti de sa poche ! Pas d'un sac à main ou d'un

[21] Cinquante mille anciens francs, cinq cents nouveaux francs, la plus grosse coupure.

porte-monnaie, comme aurait fait n'importe quelle autre femme ordinaire.

J'ai dû appeler mémé, parce qu'il n'y avait pas assez de monnaie à lui rendre dans la caisse. On est restées toutes les deux dans la boutique pendant que mémé grattait dans le coffre du bureau, au premier étage.

– On dirait que vous avez l'intention de lire…, je lui ai lancé en montrant la pile de magazines.

– Je sais pas trop, elle m'a dit. C'est pas vraiment pour lire…

J'ai vu qu'elle hésitait à me dire quelque chose. Puis elle a compris que mémé allait mettre un moment à amener la monnaie et elle a ajouté :

– J'ai commencé à écrire une histoire…

– Vous êtes écrivain ?

– Non, non, elle a répondu comme pour se défendre.

Elle a failli s'arrêter là, mais elle a vu que j'attendais la suite, alors elle a ajouté comme pour elle-même :

– Sauf si être écrivain consiste à avoir une machine à écrire posée sur un bureau et à la regarder chaque jour en espérant qu'elle se mette à taper toute seule !…

Elle a ri de sa bêtise et j'ai ri moi aussi.

– Mais vous avez écrit un début d'histoire…

– Oh, des débuts, j'en ai écrit des tonnes. C'est la suite qui devient difficile. Je crois que je suis tout à fait incapable d'écrire un roman…

Je ne sais pas ce que trafiquait mémé dans le bureau du premier, mais je priais le seigneur pour qu'elle mette des heures à trouver les quarante mille francs à rendre à la demoiselle. J'étais tout excitée de parler avec elle.

– Y a un rapport avec les revues ? je lui ai demandé.

Elle a hoché la tête :

– Hum… un peu. Mais je n'ose pas trop le dire. Depuis que je suis ici, j'ai commencé une nouvelle histoire…

Et là, d'un seul coup, j'ai tout compris. J'ai immédiatement su que je voyais juste, et je lui ai dit toute fière :

– Et en relisant votre texte, vous vous êtes dit que ça pourrait ressembler à un début de ces feuilletons qu'on lit dans les revues féminines, et vous voulez voir avec laquelle ça pourrait coller…

Elle a fait une drôle de tête, avec des yeux tout ronds, et j'ai cru que j'avais dit une grosse bêtise, qu'elle voulait écrire des choses plus sérieuses comme on lit dans les vrais livres, ceux de Colette ou de Françoise Sagan par exemple, pas des bêtises comme ces feuilletons des revues pour les filles. J'ai dû rougir, j'avais honte. Mais elle s'est mise à hocher la tête, et elle m'a dit :

– Alors, toi, ma petite ! T'as pas la cervelle en veilleuse… C'est exactement ça !

Déjà, les pas de mémé descendaient l'escalier. La demoiselle a ajouté, un peu plus bas, comme si elle me faisait une confidence :

– J'ai relu les pages que j'ai écrites depuis que je suis à Djidjelli. C'est un peu mièvre, un peu guimauve, mais il y a quelque chose…

– En tout cas, c'est peut-être comme vous dites, ces feuilletons, un peu mièvre et gnangnan sur les bords… Mais moi, je les adore ! Tous les mois, je les dévore…

Elle m'a regardée alors exactement comme j'avais envie qu'elle me regarde. Mémé entrait dans la boutique avec les quatre billets de dix mille.

– Mais c'est génial, ça ! a lancé la Française. Et puisque tu es une spécialiste, je te porterai les copies carbone pour que tu les lises. Tu me donneras ton avis. Ce serait chouette !

C'est bête, mais j'étais fière.

Mémé lui a tendu ses quarante mille francs, je lui ai rendu le reste de sa monnaie de la caisse, et la demoiselle est sortie de la boutique avec sa pile de magazines en me lançant :

– Je t'apporte ça très vite. Tu me diras ce que tu en penses…

Je suis restée sur un petit nuage, je crois que mes pieds ne touchaient plus par terre.

RICHARD

APPELÉ DU CONTINGENT MATRICULE CI 60/5/E, 3E B.I.L.A.

Novembre 1960, caserne d'El Milia, Grande Kabylie, circonscription de Djidjelli, département français de Constantine, Algérie.

Je tourne l'objet entre mes mains. Un rectangle de papier blanc marque une page.

L'adjudant me fait un signe de la tête. J'ouvre le livre.

Un trait de crayon gris marque un paragraphe que je peine à lire dans la pénombre :

Code de justice militaire – Section 4 : De la trahison

Article L331-3

Constitue également un acte de trahison puni de la réclusion criminelle à perpétuité le fait, en opération de guerre :

1° De provoquer, sans ordre du commandant, la cessation du combat ou d'amener, sans ordre du commandant, le pavillon ;

2° De provoquer à la fuite ou d'empêcher le ralliement en présence de l'ennemi ou de bande armée.

Je referme le livre. La tête me tourne. Les mots rebondissent dans ma tête. Le bruit de ma respiration enfle entre les murs de la cellule.

À cette heure, je devrais être avec Sylvie, pour mon premier quartier libre en ville.

En ce moment même, elle doit s'impatienter sur la place d'El Milia avec son panier à pique-nique posé sur le siège arrière de l'auto. Et moi, je suis dans cette cellule, avec ces mots qui tournent dans ma tête.

L'adjudant me parle. J'essaie de fixer mon attention sur sa voix. Une voix qu'il tente de garder neutre, mais où les mots accrochent et me parviennent dans une brume, comme s'ils venaient de très loin.

– Je viens de rédiger mon rapport, soldat. Je n'y ai pas écrit la vérité, et j'espère que je n'aurai pas à le regretter…

Qu'est-ce qu'il veut me dire ? Je n'arrive pas à concentrer mon esprit sur ce qu'il raconte. Sylvie m'attend, et je ne viendrai pas. Je ne peux pas penser à autre chose. Je ferme les yeux et je la vois, sur la place d'El Milia, elle m'attend, commence à regarder sa montre. Elle a dénoué le foulard qui tenait ses cheveux pendant le voyage et elle l'a noué au volant de bois clair. Elle a étendu son bras sur le dossier du siège du passager et son regard flotte d'une chose à l'autre, les maisons ocre du village, une fauvette sur la branche d'un figuier, un indigène traversant la place sur son âne, le portail de la caserne, au loin, tout au fond de la rue principale. Elle s'impatiente, et je ne viendrai pas.

L'adjudant parle encore. Il a vu que je ne comprenais pas. Il précise, à contrecœur :

– Je n'ai pas écrit la vérité, ce n'est jamais reluisant pour une section d'avoir fabriqué un traître. Et cela vous évitera le tribunal militaire. Mais avant de transmettre mon rapport au commandant du bataillon, tout à l'heure, il fallait que je m'assure de plusieurs choses...

Là-haut, de l'autre côté des barreaux de l'étroit soupirail, la nuit se fait doucement. Je pense à Sylvie, et je n'arrive plus à imaginer ce qu'elle est en train de faire. Va-t-elle attendre à l'auberge, rester dans son auto ? Se dégourdir les jambes sur la place ? Jusqu'à quand ? Neuf heures ? Dix ? Et ensuite ?...

Et l'adjudant ? Je ne comprends pas où il veut en venir.

Il se tait maintenant, me regarde en silence. Et les images me reviennent des deux jours passés.

Quand nous sommes partis en opération dans les montagnes, je n'avais qu'une idée en tête, évidemment : ce quartier libre que j'aurai à mon retour.

La veille, des indicateurs indigènes avaient aperçu une douzaine de rebelles, à pied, emporter vers les montagnes le chargement d'un camion qui les avait attendus longtemps au bord de la piste de Labo Charifi. Probablement des armes. Et notre section avait été envoyée en embuscade sur le sentier qu'ils emprunteraient peut-être, d'après les recoupements de l'état-major de secteur.

À la nuit tombée, un camion nous avait amenés jusqu'à une piste de montagne où débouchait le mauvais sentier que nous devions suivre. Nous avions trimballé le matériel et les armes sur nos épaules par ce sentier impossible, avec deux fusils-mitrailleurs 24-29 et leurs caisses de cartouches en plus du barda ordinaire.

Vers trois heures du matin, nous nous étions postés sur la crête rocheuse d'un ravin et avions organisé le camouflage de nos positions dans la nuit sans lune. Puis, à tour de rôle, nous avions essayé de dormir quelques bribes.

D'après les calculs de l'état-major de secteur, les fellaghas auraient dû passer par le sentier qui courait au fond du ravin en début de matinée. Mais à treize heures, rien n'avait encore bougé dans la mer de rocailles.

Treize heures… L'espoir pouvait pointer que ce serait un coup pour rien, cette fois encore.

Déjà, je comptais les heures qui me séparaient de mon premier quartier libre. Vingt-six. Sylvie tournait dans ma tête, au milieu de mille autres choses, mille autres espoirs. L'embuscade sortait peu à peu de ma tête.

Déjà notre troisième véritable opération, sans compter les patrouilles quotidiennes de routine dans les djebels. Et nous n'avions toujours pas tiré la moindre cartouche, à part sur le champ de tir de la caserne.

Onze semaines à El Milia, et pas le moindre accrochage. Je commençais à espérer que ça durerait jusqu'à ma libération. Parce qu'à ce que j'entendais à la radio il semblait bien qu'en France plus grand monde n'y croyait encore, à l'Algérie française, et cette guerre pouvait aussi bien s'arrêter d'un jour à l'autre.

De Gaulle avait lâché les pieds-noirs. À la radio, au début du mois, il avait parlé du « futur gouvernement de la République algérienne ». Oui, on va rentrer en France, c'est une question de mois, je le sentais de plus en plus clairement.

J'étais perdu dans les allers-retours entre ces espoirs, Sylvie, que j'allais voir le lendemain, mon premier quartier libre, quand un murmure a couru derrière les rochers de notre position.

Quelque chose se passait, là-bas, dans la vallée.

Automatiquement, les mains ont saisi plus fermement les armes. Les épaules raidies, nous avons écrasé silencieusement nos cigarettes, fouillant des yeux le lointain des rocailles.

Dans la direction qu'avait désignée la sentinelle, au diable sur la gauche, on pouvait discerner une série de points noirs minuscules qui semblaient immobiles, au fond du ravin.

Nos regards sautaient de ces points minuscules à la sentinelle, les yeux vissés dans ses jumelles, qui hochait lentement la tête.

Il ne fallut qu'une dizaine de minutes pour que les points immobiles deviennent des fourmis avançant laborieusement dans la pierraille. Mon cœur se mit à battre. Une vingtaine de silhouettes. Cette fois, on allait se battre.

La voix de l'adjudant, très basse, rappelait les consignes. Laisser approcher. Vérifier les œilletons de nos fusils, ajuster un seul homme dans la ligne de mire, précisément, comme à l'entraînement, et, au signal seulement, commencer à tirer, tranquillement, en changeant de cible pour chaque coup tiré. Et ne cesser le feu qu'au moment où tous les ennemis seraient à terre.

C'était la première fois qu'on allait tirer sur des hommes.

– Merde ! souffla alors la sentinelle.

Pliée en deux derrière les rochers, elle s'approcha précipitamment de l'adjudant qui se tenait près de moi, près de la radio.

– Y a un problème, mon adjudant…

La sentinelle expliquait fiévreusement que les silhouettes là-bas ne ressemblaient pas tellement à une colonne de fellaghas, finalement, mais plutôt à un groupe de villageois partis ramasser du bois, car il y avait des femmes et des enfants parmi eux et tous portaient des fagots de bois mort. C'était très clair dans les jumelles.

L'information se répandit très vite dans la petite troupe étirée sur la crête au gré des rochers, et une indécision flotta. Maintenant, on devinait des silhouettes plus petites, plus fluettes.

L'adjudant hésita un instant, puis me donna l'ordre de rendre compte au Q.G. par radio, sans oublier de parler des femmes, des enfants, des fagots de bois, et d'attendre les consignes.

Cette fois, la réponse ne fut pas immédiate, on dut l'attendre une bonne minute. Pendant ce temps, l'adjudant ordonna de rester en position, prêts à lancer l'attaque. Le casque radio sur les oreilles, je pensais que c'était là une consigne de pure forme. Nous ne pouvions pas recevoir l'ordre d'ouvrir le feu sur des villageois.

La radio grésilla dans mes oreilles. La réponse du Q.G. était inaudible dans la friture. J'avais changé de place pour mieux voir le fond du ravin, et la réception s'était dégradée. Je me précipitai aussitôt sur la petite plate-forme sur laquelle j'avais parfaitement capté ce matin. Je l'atteignis en quelques enjambées. Je m'appuyai contre un rocher pour reprendre mon souffle. À cet instant, la voix de l'opérateur radio du Q.G. nasilla dans mes oreilles. Comme il n'avait pas eu de réponse, il répétait son message :

– Q.G. à Chat sauvage. L'attaque est maintenue, destruction de l'objectif. Je répète : attaque maintenue, destruction de l'objectif.

Tout vacilla autour de moi, je tombai assis au pied de mon rocher. Une respiration monstrueuse soulevait ma poitrine et je manquais d'air pourtant. J'avais dû mal comprendre, c'était impossible.

Mais dix secondes plus tard, le radio répéta le même message, comme il continuerait à le faire tant qu'il n'aurait pas reçu notre réponse, selon la procédure.

Près de la crête, l'adjudant devenait nerveux, attendait fébrilement les ordres. Au fond du ravin, la colonne devait entrer dans la zone propice.

J'étais incapable de parler, incapable de transmettre l'ordre. L'adjudant m'interrogeait du geste et je le regardais s'agiter, à moins de vingt mètres, sans rien pouvoir faire. Il comprit qu'il y avait un problème, s'approcha souplement.

– T'as la réponse ? On attaque ?

J'étais perdu, je ne pouvais pas transmettre cet ordre.

L'adjudant répéta sa question, et cette fois je sentis ma tête s'agiter, négativement.

– Quoi ! Le Q.G. ordonne d'annuler la mission, de suspendre l'attaque ?

Cette fois, je hochais affirmativement, plusieurs fois. Je ne voulais pas ce geste, non, j'étais juste incapable de faire autre chose.

L'adjudant s'approcha plus près de moi. Des gouttes de sueur dévalaient mon visage.

– Putain, toi… tu joues au con ! grogna-t-il entre ses dents.

D'un geste brusque, il arracha les écouteurs de mes oreilles pour les poser sur les siennes.

Il m'a regardé fixement dans les yeux un instant, attentif aux grésillements du casque. Puis son œil est devenu plus mobile et j'ai compris qu'il écoutait alors le radio du Q.G. répéter son message.

Puis il bascula aussitôt le bouton de l'émetteur et articula.

– Chat sauvage à Q.G. Reçu cinq sur cinq, cette fois. Y avait de la friture. Chat sauvage lance l'attaque. Je répète : bien compris, on lance l'attaque.

J'étais toujours assis au pied du rocher, et il m'a toisé un instant.

– Vous êtes aux arrêts, soldat. Donnez-moi vos armes.

Il avait saisi brusquement ma mitraillette et mon pistolet qu'il avait jetés un peu plus loin, dans un buisson.

– Si vous vous rapprochez de vos armes, je vous abats sans sommation.

Puis il avait regagné la crête et lancé l'attaque. Les craquements des fusils-mitrailleurs, les détonations des M.A.S. 36 avaient ébranlé les parois rocheuses de leurs échos de tonnerre.

– À quelle heure ils allument la lumière ? demande l'adjudant comme s'il sortait soudain, lui aussi, de ses propres pensées.

Il désigne l'ampoule qui pendouille au bout d'un fil, au milieu de la cellule. Je ne sais pas répondre. Je ne suis là que depuis ce matin, depuis que nous avons regagné la caserne.

– Voilà, soldat, reprit-il après une hésitation. Quand j'ai rédigé mon rapport, tout à l'heure, j'aurais pu écrire la vérité… Que vous avez tenté d'empêcher l'attaque en falsifiant les ordres du commandement. Car c'est bien cela qui s'est passé, n'est ce pas ? Nous sommes bien d'accord, soldat ? C'était bien là le sens de vos mouvements de tête en réponse à mes questions : vous avez tenté de falsifier l'ordre d'attaquer la colonne…

J'ai un mal de chien à imaginer que cette histoire

est bien réelle, et davantage encore à concevoir que c'est à moi qu'elle arrive.

Mais l'adjudant dit vrai :

– Oui, mon adjudant, je réponds dans un souffle. J'étais incapable de transmettre l'ordre de tirer sur ces femmes et ces gosses. Et j'ai répondu à vos questions par des mouvements de tête que je n'ai pas pu empêcher, dans le but d'annuler l'attaque, ce qui était contraire aux ordres du Q.G.

– Bien !... Nous savons donc, vous et moi, que c'est cela la réalité. Mais nous sommes les seuls à le savoir. Et j'ai choisi d'écrire autre chose dans mon rapport. J'ai choisi d'oublier vos mouvements de tête. Si je les oublie, il n'y a plus de trahison. Plus de tribunal militaire, plus de réclusion criminelle.

» Si vous n'avez pas tenté de transmettre un ordre contraire à celui que vous avez reçu, mais seulement négligé de le transmettre aussi rapidement que vous auriez dû le faire, ça change la donne. Ce n'est plus une trahison, c'est une négligence. Vous pigez la nuance ? Elle est de taille, non ? »

Mon cerveau se remet lentement en route. Je demande :

– Pourquoi faites-vous ça ?

L'adjudant a une moue.

– Allez savoir pourquoi nous faisons les choses... Mais disons qu'une trahison dans les rangs de ma section serait du plus mauvais effet pour mes états de service. Et puis... et puis cette guerre est tellement pourrie... J'aurais sans doute dû vous le rappeler encore une fois, et redire à quel point, en quittant la caserne...

Il laisse filer un silence, comme s'il écoutait l'écho de ses paroles.

– Oui, cette guerre est infecte, à un point difficile à imaginer. Les fellaghas n'hésitent pas à protéger leurs colonnes sous ce genre d'apparences, avec des femmes et des gosses, pour donner l'impression d'un groupe paisible. Mais il y avait bien des armes dissimulées dans ces fagots, et nous les y avons trouvées après l'embuscade.

» Des armes qui auraient tué des nôtres, des civils, des colons, leurs femmes et leurs gosses, si nous ne les avions pas interceptées. Car c'était bien la colonne que nous attendions, soldat, j'en ai été convaincu tout de suite, à cause des fagots. Mais j'ai quand même demandé l'ordre du Q.G… Une décision de ce genre n'est pas une broutille…

» Et, oui, j'aurais sans doute dû expliquer tout cela une nouvelle fois avant de partir pour cette embuscade. Expliquer que nous n'aurions peut-être pas seulement à livrer bataille, mais aussi à commettre des actes insupportables, pour éviter d'autres horreurs, contre les nôtres cette fois, dans quelques jours, dans quelques semaines…

» J'aurais dû expliquer cela une fois de plus, pour que mes hommes soient prêts autant qu'on puisse l'être.

» Mais c'est écrasant de rappeler tout cela sans cesse, remuer toute cette boue, toute cette merde… De devoir le formuler avec des mots, en plus d'avoir à le faire…

» Au fond, j'ai de la chance que votre réaction n'ait pas fait tâche d'huile, et que nous ayons pu lancer l'attaque.

» Ainsi ai-je une part de responsabilité dans votre… dans votre « négligence », puisque c'est bien de cela dont il s'agit, maintenant. Nous sommes bien d'accord, soldat ?

– Qu'est-ce que j'encours pour cette négligence ?

– Je dirais que le commandement proposera certainement une affectation disciplinaire…

Une affectation disciplinaire, dans un bataillon disciplinaire… À quoi cela peut-il bien ressembler ? À l'enfer, peut-être. J'articule :

– Je devrais vous remercier, j'imagine…

– Cela ne changerait rien. Je n'attends pas de remerciements. La solution que j'ai choisie est préférable pour tout le monde. Vous aurez une affectation peu enviable, bien entendu. Mais ça reste préférable à la réclusion criminelle…

Je hoche, sans grande conviction sans doute. Et je demande :

– Vous vouliez me voir avant de transmettre votre rapport au commandant. Pour quoi faire ?

– Je vois que votre cervelle se remet en marche… lance-t-il avec un faible sourire.

Puis le sourire s'efface. Il me fixe pour ajouter :

– Je voulais m'assurer que vous n'allez pas me chier dans les bottes, soldat.

– …

– J'aurais eu l'air fin si j'avais envoyé un rapport qui dissimule une vérité que vous auriez été vous-même clamer sur les toits par la suite…

– Pourquoi aurais-je pu clamer cela ?

– Parce que vous auriez fait de ce refus un acte politique, par exemple, un refus que vous auriez revendiqué de toutes vos forces. On l'a déjà vu dans cette guerre, et on le verra encore. Cette guerre est folle…

– Non, mon adjudant. Il n'y a rien de politique… Je n'ai pas pu, c'est tout. C'était plus fort que moi.

– Je le savais déjà. Il suffisait que je vous voie pour m'en convaincre. Vous n'irez pas au tribunal militaire.

Et vous recevrez votre affectation disciplinaire dès demain sans doute, ou dans les jours qui viennent.

– Où vont-ils m'envoyer ?

– Comment voulez-vous que je sache ? Mais à coup sûr ce sera pas Byzance…

L'adjudant se lève. Il attend, debout près de moi, en silence. Je ne comprends pas, alors il tend la main. Je tiens encore son Code de justice militaire entre mes doigts. Je le lui rends. Il s'éloigne, frappe trois coups sur la porte de métal. La sentinelle bascule les lourdes ferrures. Sur le seuil, l'adjudant se retourne, me lance encore un regard. Je n'arrive pas à le déchiffrer.

La porte se referme. Je suis seul. Au plafond, l'ampoule s'allume.

Sur la place d'El Milia, Sylvie m'attend-elle encore ? La fraîcheur tombe à cette heure. Elle va refermer la capote pour s'en retourner à Djidjelli, glisser son foulard dans la poche de sa robe, peut-être. Elle va mettre songeusement le moteur en route, s'engager sur la mauvaise piste, ses feux rouges vont s'enfoncer dans la nuit sombre, y danser un moment au rythme des ornières, puis ils finiront par disparaître à la première courbe. Alors, le monde s'écroulera, tout doucement, sans faire de bruit.

Été 1961

NAJIB

Juillet 1961, harka[22] *909, section 04 « Durandal », en mission dans les montagnes du Djurdjura, secteur de Ath-Hamdoune, département français de Tizi-Ouzou, Algérie.*

Il est drôle, Michel. Un vrai moulin à paroles. C'est le seul Français de la section, avec le sergent. Dès qu'il n'a rien à faire, il a toujours son transistor collé à l'oreille, à chercher ses trois fichues chansons, toujours les mêmes, et il saute sans arrêt d'une station à une autre en espérant tomber dessus. Enfin, sur les stations qui passent à l'endroit où on se trouve ce jour-là.

Et, s'il tombe par hasard sur une émission de cinéma, il m'appelle pour qu'on l'écoute ensemble. J'arrive parfois à en attraper quelques bribes quand Michel arrête de parler, le temps de reprendre son souffle… Mais ça fait toujours passer le temps quand il n'y a rien à faire.

Parce que quand on a fini le boulot, il n'y a plus rien à faire.

D'ailleurs, quand on a fini le boulot, il ne reste plus rien.

[22] Harka : unité armée composée « d'indigènes d'Algérie », combattant aux côtés de l'armée française.

C'est même exactement ça, notre travail, qu'il ne reste rien.

Et lorsque les armes se taisent, lorsque l'écho des explosions s'estompe et que la poussière retombe sur les ruines, il ne reste plus qu'à attendre.

Attendre que les prochains ordres tombent par radio. Ou attendre la colonne, quand on a besoin de ravitaillement, de munitions, de vivres, d'essence ou d'eau.

Mais attendre en tout cas.

Alors, on installe un vague campement, un peu à l'écart des ruines, à couvert des attaques de fellaghas toujours possibles parce que les indigènes nous détestent, évidemment.

Et on tourne en rond pendant des heures, on parle les uns avec les autres, on s'ennuie bien sûr, il y en a qui jouent aux cartes. Les autres tuent le temps comme ils peuvent.

Parfois, un adjudant ou un capitaine nous rejoint avec son escorte, le temps de vérifier que le travail a été bien fait, et il nous donne de nouveaux ordres, nous indique le prochain douar, la prochaine mechta à détruire. Le sergent note l'endroit sur sa carte, quelques détails fournis par les indicateurs indigènes, et on se met en route sur les pistes de montagne, dans les gorges de roches. Sur ces chemins escarpés, Durandal, notre automitrailleuse, avance toujours en tête, puis le camion Simca, et les deux Jeep qui suivent.

Aujourd'hui, le travail a été facile. On est arrivés à proximité de la mechta un peu avant midi. Cette fois, c'était juste quatre ou cinq petites maisons accrochées au flanc d'un ravin, un hameau où vit une poignée de personnes en temps ordinaire, et qui sert parfois d'étape aux fellaghas, à ce qu'il paraît.

On l'a aperçu de loin depuis la piste, à cinq cents mètres, et le caporal qui était à côté de moi sur Durandal a donné le signal d'arrêt de la section. Comme à chaque fois, depuis tous ces mois, il a regardé dans ses jumelles, puis il a sorti sa carte et sa boussole et il a lancé :

– C'est là. Ça a l'air vide. On vérifie.

Pas besoin d'en dire davantage. C'est chaque fois pareil. En moins d'une minute tout était prêt.

Bien sûr, quand il ne reste plus personne dans la mechta ou dans le douar, c'est mieux pour nous. On était un peu soulagés, pour aujourd'hui. En espérant que ce n'était pas un piège.

Le crépitement de la mitrailleuse a rempli le ravin. Puis les trois obus de mortier ont été tirés sur le petit village. Nos yeux étaient fixés dessus, et le sergent scrutait tout ça dans ses jumelles :

– C'est bon, y a rien qui bouge. On avance.

Le temps que les deux gars du mortier sautent sur leur Jeep, et le convoi s'est mis en route. On progresse doucement à ces moments, les yeux fixés sur les flancs de la gorge, sur les crêtes qui dominent, sur les taillis, sur les murets. Mais il n'y avait rien de louche, cette fois.

On a dû finir le chemin à pied sur le sentier étroit qui menait au hameau depuis la piste. On est entrés dans le village désert, mitraillette à la hanche, toujours sur le qui-vive dans notre formation habituelle : le sergent en pointe, Michel sur la gauche, moi sur la droite, et le reste de la troupe déployé en deux ailes qui contrôlent les flancs et l'arrière. Avec Ahmed qui ferme la marche, une montagne de muscles capable de trimballer à lui seul un fusil-mitrailleur 24-29, de faire feu à la volée, campé sur ses deux jambes, et de nous sauver la mise quand des tireurs embusqués surgissent d'une fenêtre.

Mais cette fois, le village était vraiment désert. Nous avons inspecté les maisons une à une, les armes à la main, avec toutes les précautions ordinaires. Puis les étables, les remises, le four à pain, les abris à outils et les autres recoins. Tout était vide, personne là-dedans. Dans les foyers éteints, les cendres étaient froides.

Les habitants avaient été prévenus de notre arrivée assez longtemps à l'avance pour avoir le temps de tout emporter. Il ne restait rien, ni hommes, ni bêtes, ni tapis, ni couverture, ni rien d'autre. Déjà les deux artificiers posaient les charges et déroulaient les fils des détonateurs.

Planqués derrière des rochers, on a entendu les explosions. Une seule maison de pierre a résisté mieux que les autres, et les gars ont fini le boulot à la grenade.

Vers deux heures de l'après-midi, on avait terminé, une fine poussière poussée par la brise enroulait ses écharpes dans les gorges. Il ne restait plus qu'à attendre. Comme d'habitude. Attendre les ordres et lever le camp vers un autre hameau, un autre douar.

Pendant ces longs moments, faut que j'occupe ma tête, qu'elle n'ait pas trop la liberté de penser. Alors, je me récite toutes ces choses que je connais par cœur. Mes fiches techniques de films, évidemment, mais aussi des tas de poèmes, des passages de livres qui m'avaient plu, de tous ces livres que monsieur Germain m'avait donnés, dans une autre vie.

Dans une autre vie, oui… Quand je pense à moi, comme j'étais avant, je me rends bien compte que je suis devenu quelqu'un d'autre.

Parce que ce n'est pas toujours aussi simple qu'aujourd'hui. Tous ces villages qu'on doit détruire servent d'appui aux maquis de fellaghas, d'une manière ou d'une autre. Certains les ravitaillent en nourriture, servent d'infirmerie pour soigner les blessés ; dans d'autres douars, il y a des fellaghas qui vivent là, des combattants qui ne rejoignent leurs unités que pour des opérations ponctuelles, des militants du F.L.N. qui soutiennent les idées et l'action de l'A.L.N.

Alors, non, les choses ne sont pas toujours aussi simples qu'aujourd'hui. Le plus souvent, on tombe sur des douars où les habitants sont encore sur place, et il faut d'abord les en chasser avant de tout détruire. Mais d'autres fois, ce sont des combattants armés qui défendent le village, et là, c'est une attaque en règle que nous devons livrer. Pilonner au mortier, tirer à la mitrailleuse, au fusil-mitrailleur pour *nettoyer* le douar avant de lancer l'attaque pour le prendre.

« Nettoyer le douar. » C'est vrai que je suis devenu quelqu'un d'autre. Il y a six mois, je n'aurais jamais pu dire une horreur pareille. Et maintenant, ces mots viennent tout seuls dans ma bouche.

Au début, je pensais surtout au mal que j'étais en train de faire, et ça m'était insupportable. Détruire des maisons encore chaudes, tirer sur des gens. Entendre le cri de l'homme que ta balle traverse, l'apercevoir s'effondrer, découvrir son cadavre dans la poussière quand on s'approche, regarder son visage et se dire : « Celui-là, c'est moi qui l'ai tué. »

Oui, les premières fois c'est insupportable.

Puis les missions s'enchaînent. Et un jour, un copain tombe à tes côtés dans une embuscade, et il meurt là, tout près de toi, dans des râles qui écorchent les oreilles, alors qu'il faut bien continuer à se battre.

Quelques rafales te frôlent et tu penses que le prochain, ce sera peut-être toi. Et voilà tout d'un coup que surgit la meilleure raison de riposter sur ceux qui sont en face. Se défendre. Ne pas y laisser la peau.

À ces moments, au cœur de la bataille, quand le bruit et la fureur se déchaînent et que les balles sifflent autour de toi, y a un endroit de la cervelle que tu ne connaissais pas jusque-là et qui se met en route. Un endroit qui prend les commandes tout seul, sans même avoir à te demander ce que tu en penses, parce que tu es incapable de penser. Un endroit de ton cerveau qui se réveille tout à coup et qui comprend immédiatement que si c'est pas eux qui tombent, c'est toi qui rouleras dans la poussière. Alors, te voilà en train de tirer, et d'y mettre du cœur. Tu vises bien, pour tuer. Et tu te rends soudain compte que tu t'appliques à le faire de toute ton âme, de toute ton énergie vitale, ce sale boulot de merde. Au fond de toi, quelque chose a compris que tout le reste en dépend.

Tu es devenu un combattant. Et ce n'est plus l'horreur qui te serre le ventre quand tu vois un ennemi s'effondrer sous ton tir. Mais c'est un éclair de joie qui traverse la poitrine quand ta balle l'emporte, le soulève et qu'il retombe lourdement sur le sol.

Et c'est une espèce d'apaisement étrange de retrouver le cadavre de celui qui voulait te tuer, abandonné par les fuyards, quand tu arrives au village.

Alors, oui, je suis devenu quelqu'un d'autre. Et je sais déjà que quand tout ça sera fini je ne pourrai jamais en parler à personne. Ceux qui n'ont pas connu ces moments ne peuvent pas comprendre. Ils ne peuvent pas comprendre comment Najib, si souriant et si serviable il y a quelques mois à peine, peut aujourd'hui expliquer qu'il faut nettoyer un douar avant de le détruire, des horreurs pareilles. Ils me prendraient pour un monstre. Car ils ne sauraient jamais qu'eux-mêmes auraient fait exactement la même chose s'ils avaient été à ma place. En moins bien peut-être. En plus moche.

Non, je ne pourrai jamais repenser à tout ça, après. Et il y aura un après. Je le veux. Tellement. Et pour qu'il y en ait un, un jour, il faut se battre, ne pas rester sur le carreau avant l'heure.

Heureusement, on s'entend bien avec Michel et le sergent qui commande notre section. Huit mois qu'on est ensemble, maintenant. Ça passe à une vitesse folle. On parle souvent. Avec le sergent surtout. Avec Michel aussi on parle beaucoup, et même davantage sans doute parce qu'il serait capable de parler avec les pierres s'il n'y avait rien d'autre. On est proches, avec le sergent. On le sait. Quand on se retrouve tous les deux, on arrive à parler. Les autres, les indigènes de la section, ils ne parlent jamais de ce qu'ils ressentent. J'ai l'impression qu'ils font comme si tout ça n'existait pas vraiment. Comme si, en rejoignant la section Durandal, ils avaient ouvert une parenthèse qui les avait engloutis, et qu'ils avaient décidé une fois pour toutes de rester tout ce temps sans reprendre leur souffle, sans respirer, sans penser à autre chose que survivre jusqu'à demain en attendant que la parenthèse se referme.

Au fond, c'est un peu ce que je suis en train de faire, moi aussi. C'est pas tellement différent. Sauf que moi, j'en parle. J'en parle avec le sergent, de temps en temps. Et ça me fait du bien de penser qu'il comprend ce que je lui raconte. Et d'écouter ce qu'il essaie de me dire. C'est un gars chouette. Ça m'aide à me convaincre que je ne suis pas un monstre.

C'est pendant les heures d'attente, en me récitant toutes ces choses que j'ai apprises, que j'ai retrouvé *La Chanson de Roland*. J'ai un peu de mal, parce qu'on ne l'avait lue qu'une seule fois avec monsieur Germain, à l'école. Mais je m'y remets chaque jour et je l'aurai bientôt retrouvée tout entière.

C'est à cause de Durandal, bien sûr, que je suis retombé sur *La Chanson de Roland* en fouillant ma mémoire. Je n'y avais jamais repensé depuis le cours moyen. C'est Ahmed qui m'a expliqué que le précédent sergent de la section avait choisi ce nom, avant d'être blessé dans une embuscade et d'être remplacé par notre sergent. Il n'a rien d'officiel, ce nom-là, parce qu'en vrai on est la section 04 de la harka 909.

C'est juste que ce sergent-là avait peint DURANDAL en majuscules noires sur le devant de l'automitrailleuse de tête et que le commandant qui nous chapeaute avait laissé faire.

Et sur la portière de gauche, ce drôle de bonhomme avait écrit six vers de *La Chanson de Roland*. Six vers que je relis chaque fois que mon regard les rencontre et qui résonnent chaque fois étrangement dans ma tête. Je crois que je comprends un peu mieux chaque jour ce qui l'a poussé à écrire ces phrases sur cette auto blindée de son écriture régulière :

L'épée au poing, fier et sanglant
Il crie aussi le bon Roland
Il court dans la bataille
Jonchant de morts le sombre val
Il frappe, il brise, il taille
Partout résonne Durandal.

Ce qui est formidable avec la poésie, c'est qu'avec peu de mots on arrive à sentir exactement une impression précise. Et là, ces quelques lignes peintes sur la portière de notre automitrailleuse disent exactement ce que je ressens quand je pense à ce qu'on est en train de faire, toute cette furie qui nous emporte et qui résonne dans nos têtes.

Quand je retrouve une nouvelle bribe de *La Chanson de Roland*, c'est bête, mais je suis content. Pendant ce temps, je laisse mon regard flotter sur les gars de la section qui trompent l'attente comme ils peuvent. Certains nettoient leurs armes, les démontent, les remontent, les font tourner dans leurs mains. Il y en a un qui affûte si souvent la lame de baïonnette de son U.S.M.1 qu'elle est devenue toute fine, un jour il ne restera plus que le manche.

Mais la plupart des Arabes passent leur temps assis sur leurs talons, autour d'un feu de *meta*[23]. Ils posent leurs quarts en équilibre sur des pierres au-dessus des flammes bleutées pour faire un mauvais thé vert, qu'ils boivent à petites gorgées silencieuses, entrecoupées de maigres paroles et de biscuits de soldats qu'ils ramollissent dans le liquide tiède.

Ils n'aiment pas cette attente, eux non plus. Chacun a laissé une famille, un fils, des filles, des amis, un village, pour venir se battre aux côtés des Français. Ils n'aiment pas trop y penser, et ils n'en parlent jamais, sauf, parfois, quand notre route passe près de leur village, là-bas, derrière une montagne.

Et puis, il y a Michel, toujours à raconter ses histoires invraisemblables. Lui, il parle à tout le monde, même avec les Arabes qui baragouinent tout juste le français et qui se fichent comme de l'an quarante de tout ce qu'il leur raconte. Et il passe le reste de son temps avec

[23] Meta : plaquette d'alcool solidifié fournie en dotation par l'armée, et qui brûle sans fumée.

son transistor collé à l'oreille, toujours à guetter les trois mêmes chansons, celles qu'il s'échine à apprendre par cœur en essayant de les chantonner en même temps qu'elles passent.

Mais comme ils ne les diffusent jamais deux fois de suite, évidemment, il a déjà tout oublié quand, quelques jours après, il retombe dessus. Moi, je les ai retenues dès la première écoute, pardi. Alors, je les lui ai écrites sur une feuille, mais même avec ça il n'arrive pas à les apprendre. Et pour l'air, c'est encore une autre histoire… Quand il aura fait des progrès, il chantera comme une casserole.

Pendant ce temps, moi, je pense que je suis en train de gagner mon billet pour la France. « Gagner mon billet pour la France. » Combien de fois je me la suis répétée, cette phrase ? Des milliers sans doute. Quand je n'en peux plus, quand tout devient trop pénible, je ferme les yeux et je pense à Claveline. Je pense à la France où on ira tous les deux, un jour, où on vivra ensemble.

Oui, nous irons en France, et personne ne pourra dire que je l'ai volé, mon billet pour vivre là-bas avec Claveline. Personne ne pourra le dire, si je reste vivant jusque-là.

Supplétif[24]. Voilà ce que je suis maintenant. C'est peut-être pas terrible, mais je suis au moins quelque chose. Quelque chose qui existe pour l'armée française. Pour la première fois, j'ai même un papier officiel de la République dans ma poche : Najib Jijel, supplétif de l'armée française.

Najib, je sais même pas qui a choisi ce prénom, et encore moins pourquoi. C'était à l'hôpital, et personne n'a jamais su qui avait bien pu écrire ça sur la

[24] Supplétif : engagé algérien combattant aux côtés de l'armée française, sans avoir officiellement le statut de militaire. Les supplétifs algériens sont regroupés dans des harkas, d'où le nom de harkis, auxquelles étaient volontiers confiées des missions périlleuses ou ingrates, sous le commandement d'un sous-officier de l'armée française.

feuille accrochée au pied de mon lit le jour où je suis arrivé.

Jijel, oui, je sais d'où ça vient. Quand il a fallu m'inscrire sur le registre de l'école, monsieur Germain m'a demandé si j'avais une idée de nom que j'aimerais porter, et j'avais répondu ce qui m'était passé par la tête. Jijel. Ce qui veut dire Djidjelli, en arabe. « Mais oui, c'est très bien ça, m'avait répondu Germain, Najib Jijel, ça sonne bien ! Bravo monsieur Jijel ! »

Najib Jijel, c'est le nom que j'ai fait inscrire au bureau de recrutement de Constantine, même si j'ai appris depuis que ce n'est pas mon vrai nom. Ou plutôt, au contraire : je sais maintenant que c'est celui-là, le vrai, et l'autre, je ne veux plus jamais l'entendre. J'aurais même préféré ne jamais avoir à le connaître.

Je m'étais bricolé un extrait de naissance en choisissant comme lieu de naissance un bled perdu au fond de la Kabylie que j'avais trouvé sur une carte. Le recruteur l'a à peine regardé. Il m'a juste demandé pourquoi je voulais m'engager, et je lui ai dit la vérité, ou presque.

De toute façon, depuis que j'avais fui le maquis des rebelles, je n'avais plus beaucoup le choix. Je connaissais trop de choses sur leur organisation et, un jour ou l'autre, ils m'auraient retrouvé parce que mon frère ne me pardonnerait jamais de les avoir quittés. Et encore moins d'être devenu harki.

Pourtant, je suis loin d'être le seul dans ce cas. Rien que dans notre section, nous sommes quatre supplétifs indigènes à être passés un jour ou l'autre par les maquis de l'A.L.N. Avec nous, ce qui intéresse l'armée française, c'est qu'on connaît les habitudes des fellaghas, évidemment. C'est utile pour ce qu'on a à faire.

Parfois, je repense à Ziad aussi. Je repense à toutes ces choses qu'il m'avait racontées et qui ont fait qu'après l'horreur que j'ai vécue au centre de torture de Tamentout-Fedj-M'zala je n'avais pas su imaginer une autre solution que rejoindre le maquis de l'A.L.N.

Je sais parfaitement que tout ce que Ziad m'a expliqué est la vérité. C'est vrai que ce pays appartient aux indigènes, c'est vrai que les Français l'ont envahi il y a à peine plus de cent ans, en conquérant chaque village, chaque ville dans un bain de sang. C'est vrai que les indigènes y sont traités de manière honteuse. C'est vrai qu'ils n'ont même pas le droit de vote, qu'il y a très peu d'écoles pour leurs enfants, que presque tous vivent dans la misère…

Oui, tout ça est vrai, autant aujourd'hui que le jour où Ziad me l'a expliqué. Personne ne m'avait jamais parlé de ça avant et je n'avais jamais voulu le voir tout seul, j'imagine.

Oui, je sais tout ça. Je le *sais*.

Mais ce que je *sens*, c'est tout autre chose.

Ce que je sens au fond de moi, c'est qu'aujourd'hui, chaque balle que je tire me rapproche un peu de Claveline. Chaque jour me rapproche du moment où je pourrai traverser la Méditerranée pour aller en France, chaque heure me rapproche un peu du moment où Claveline pourra m'y rejoindre.

Quand j'étais au maquis de l'A.L.N., c'était exactement le contraire. Chaque bataille m'éloignait un peu plus d'elle, chaque tuerie la rendait un peu plus inaccessible, et le jour où elle aurait dû partir en France parce que les rebelles auraient gagné la guerre, je n'aurais jamais pu la suivre. Je l'aurais perdue à jamais.

Cette idée m'était insupportable. Et, à elle seule, elle aurait suffi à me faire quitter le maquis de l'A.L.N. Même s'il n'y avait pas eu mon frère.

LOPEZ

Juillet 1961, lieu-dit Crique de la piscine Rabta, route de la corniche, Djidjelli, département français de Constantine, Algérie.

Dire que je pensais faire un saut à Oran de temps en temps…

Il y a neuf mois que je suis ici, et je n'y suis retourné qu'une seule fois, pour Noël. Neuf mois… presque dix. Incroyable comme ça passe vite.

Pourquoi je pense à ça, maintenant ? Parce que je m'emmerde, pardi. Je suis en avance, et elle arrivera en retard, comme d'habitude.

Et je souris comme le ravi de la crèche, tout seul face à la mer.

La vérité, j'aime cette attente. Cette impatience qui vous vibre dans le corps, dans l'esprit aux aguets, en alerte joyeuse. Et chaque fois que le ronflement d'une auto gonfle sur la route, le cœur se met à battre, il semble vous dire : « C'est elle ! C'est elle ! C'est elle ! », et ensuite il se calme lorsqu'il sent que la voiture ne va pas ralentir, qu'elle va filer sans s'arrêter sur la route de la corniche.

Je fais semblant de me plaindre, mais cette attente, c'est une bénédiction. Surtout là, confortablement installé, les fesses dans le sable, à l'ombre d'un rocher, tranquille. La brise sur mon visage, la mer qui s'étale quelques mètres plus bas et, la perle des perles, la plus sensationnelle des sculptures modernes qui se découpe sur le bleu de la mer, juste devant mes yeux : mon scooter Lambretta garé sur sa béquille.

Je suis bien, là... Pour un peu, j'en oublierais presque cette saleté d'enquête.

Mais il est difficile à effacer, ce commandant de l'armée de terre qui m'a mis plus bas que terre, ce matin.

Il avait fini par accepter de me recevoir quand il a compris que je ne lâcherais pas prise. Ce qui lui a pris presque trois mois, quand même.

J'avais déjà eu un mal de chien à convaincre le commissaire. « Je trouve singulier que vous dépensiez autant d'énergie sur ces trois malheureuses affaires, me répondait-il. Si vous vous échiniez autant sur les quinze autres, vous ruineriez notre ministère en heures supplémentaires, inspecteur... »

C'est vrai que j'y passe du temps sur ces trois affaires. Et comme ce qui s'y profile ne fait plaisir à personne, je dois ferrailler contre tout le monde pour continuer à avancer.

Car ce ne sont pas les bâtons dans les roues qui ont manqué pour me dissuader de fouiner là-dedans. Jusqu'à ce matin, parce que maintenant ce ne sont plus de simples bâtons dans les roues, non. C'est un coup de bambou sur le crâne.

Quatre mois de siège pour rencontrer ce commandant à qui je voulais juste poser quelques questions toutes simples. Car il n'est pas bien compliqué de retrouver les mains courantes de la caserne du secteur et de regarder qui était de service dans la salle radio du quartier général de secteur à un moment donné et n'y était plus à un autre moment, dans la même journée. Avec un peu de bonne volonté, ça aurait pris… allez, disons dix minutes.

Et ça fait quatre mois, entre les tergiversations du commissaire et les reculades du militaire. C'est pas traîner la patte, ça ?

Car il y a quatre mois, donc, j'ai pensé à un truc tout bête. Si, lors de cette fameuse attaque avortée contre cette grosse ferme, il y avait réellement eu des fuites sur les projets des militaires, il existait un moyen très simple d'en retrouver l'origine.

Dans un premier temps, les assaillants avaient eu l'information que les militaires affectés en permanence à la défense de cette ferme avaient reçu l'ordre, ce jour-là, de quitter leur poste pour se porter en renfort à la centrale électrique de Beni Filane. C'était, cette nuit-là, la première fois depuis des mois que la ferme ne serait pas défendue par des troupes conséquentes. Et l'attaque avait été prévue par les assaillants à la faveur de cette occasion exceptionnelle.

Mais dans un second temps il y a eu contrordre, et, en revanche, cette fois, le commando des assaillants n'a manifestement pas eu l'information. Car ils ont maintenu le projet de l'attaque… Pour l'abandonner aussitôt qu'ils se sont rendu compte que les militaires étaient toujours en place, contrairement à ce qu'ils pensaient.

Or, si les décisions stratégiques sont prises derrière les portes closes des bureaux d'officiers, toutes les informations transitent nécessairement par la salle de radio de la caserne. Cela ne coûtait pas grand-chose de regarder sur les registres de main courante quels soldats étaient en service dans cette salle à l'heure de transmission de l'ordre de départ pour Beni Filane, et lesquels, parmi ceux-là, n'y étaient plus à l'heure de l'envoi du contrordre...

Quand j'ai exposé cette idée au commandant du bataillon, ce matin, il m'a considéré d'un air condescendant, comme un enfant un peu simple qui se trompe de question :

– Inspecteur, depuis cette attaque dont vous parlez, y en a-t-il eu d'autres du même genre ?

– De quel genre d'attaques voulez-vous parler ? répondis-je en faisant l'âne.

– Épargnez-moi vos enfantillages. Je sais très bien que si vous vous intéressez à cette affaire, qui n'a occasionné aucune victime parce qu'elle a fait long feu, c'est que vous l'avez mise en relation avec les deux autres... Car à elle seule, celle-là n'a évidemment aucun intérêt.

Avec les deux autres... Il en était donc arrivé aux mêmes conclusions que moi. Il avait compris qu'il existe un groupe d'attaques particulières, qui n'ont rien à voir avec des raids de fellaghas. Et il me lâchait ça franco de port, sans la moindre hésitation.

Il perçut ma surprise. Sa réplique suivante fusa :

– Eh oui, inspecteur... Que croyez-vous ? Que les militaires sont plus cons que les fonctionnaires de police ? Mais répondez à ma question : y a-t-il eu d'autres attaques du même genre depuis ?

Je remuais négativement la tête, commençant à entrevoir où il allait en venir. Il poursuivit, très sûr de lui :

– Et depuis combien de temps, s'il vous plaît, n'y en a-t-il pas eu ?

– Depuis cinq mois environ…

– Vous pensez sans doute que c'est un miracle ? Que ça s'est arrêté par opération du Saint-Esprit ?

Je compris tout d'un coup d'où lui venait son assurance. J'ai répondu sans réfléchir davantage :

– Il n'y a plus eu d'attaque de ce genre parce que vous avez fait le ménage…

– C'est une façon de le dire, inspecteur… Et Dieu merci, dans l'armée, nous avons des procédures plus expéditives que dans la police, quand il s'agit de faire le ménage…

– Il y a donc bien eu fuite, commandant. Un de vos soldats transmettait à l'extérieur des informations sur le moment propice où attaquer certaines fermes, particulièrement bien choisies…

– Et non seulement nous avons identifié le coupable, mais nous l'avons aussi neutralisé, inspecteur…

» Aussi, je peux vous garantir que vous pouvez refermer le dossier de ces trois regrettables affaires. Il n'y en aura pas d'autres, soyez tranquille. Je vous l'affirme. »

Pour lui, la discussion était close. Il était pressé de me voir déguerpir.

Je m'enfonçais un peu plus dans mon siège. Pas question de laisser tomber aussi vite :

– Il n'y en aura peut-être pas d'autres… Mais les deux précédentes ont bel et bien eu lieu, commandant, avec leurs crimes crapuleux…

– Quelques crimes crapuleux… la belle affaire ! Et les vraies attaques, celles des fellaghas, elles ne sont pas ignobles ? Vous en faites quoi ?

» Intéressez-vous donc plutôt à celles-là ! Ce sera plus utile ! Elles sont tellement plus nombreuses… et elles n'ont pas cessé, elles. Elles se multiplient même dramatiquement. Il y en a partout à travers le pays, qui provoquent encore aujourd'hui des centaines de victimes...

» Un peu de bon sens, que diable, inspecteur ! Il faut arroser là où ça brûle, pas là où c'est déjà éteint...

– Je ne peux pas refermer ces dossiers tant que les coupables ne seront pas remis à la justice. C'est mon métier, commandant...

À ce moment, il commença à perdre son calme :

– Vous commencez à me les briser sérieusement, inspecteur Lopez, avec vos grands airs idéalistes. Je vous ai dit que le coupable a été neutralisé. Il est mort dans un accrochage en pleine montagne, le lendemain même du jour où je l'ai démasqué...

– Mort dans un accrochage... C'est expéditif au moins...

– Les tribunaux militaires ont d'autres chats à fouetter que de se soucier de la racaille, inspecteur. Et moi, je dois bien m'en débrouiller, de cette racaille qu'on m'envoie. Vous savez ce que c'est, un bataillon disciplinaire ? Il faut que je vous explique le genre de gaziers que je récupère pour faire tourner mon bataillon ?

– Il reste que ces attaques n'ont pas été menées par le soldat que vous avez... neutralisé, commandant. Mais par des complices, par des hommes à l'extérieur de la caserne, des salopards de la pire espèce, qui n'hésitent pas à profiter de la guerre pour piller de riches fermes et à maquiller leurs crimes crapuleux en attaques de fellaghas. Et les sinistres crapules de ce gang sans foi ni loi courent encore...

– Cessez donc vos effets de manche, inspecteur. Vous n'êtes pas devant un tribunal. Ces gangsters sont impuissants, maintenant. Sans leur indicateur, ils ne pourront plus nuire.

Il avait mis dans son ton un point final gros comme une basilique. Mais je revins à la charge :

– Qu'ils ne puissent plus nuire est une bonne chose, commandant. Mais il reste que mon travail est d'identifier les complices de votre homme, ceux qui menaient ces attaques crapuleuses, de les remettre à la justice. Avez-vous obtenu de votre soldat des informations à leur sujet ? Elles me seraient utiles…

– Croyez-vous que j'ai le temps de me soucier de broutilles ? Croyez-vous que ça m'intéresse ? J'ai bien plus urgent à faire. Le savez-vous ? En ce moment, je mène une guerre bien mal engagée, et qu'il ne faudrait pas perdre… C'est déjà assez difficile !

» Laissez tomber cette affaire, inspecteur. S'il le faut vraiment, je saurai vous y contraindre… Ça suffit maintenant !

– Bigre !… Une menace ?

Jusqu'à ce moment de la conversation, le visage du commandant avait décliné toutes les nuances de l'agacement, de la contrariété et de l'exaspération.

Il vira subitement à la colère. Et l'homme prononça la réplique suivante lentement, en déliant chaque syllabe, d'une voix tranchante comme un coup de sabre :

– Non… Pas une menace. C'est une information.

Il me fixa longuement, tentant de dominer la rogne qui le submergeait :

– Mais que croyez-vous donc ! Que croyez-vous qu'il se passera, si vous mettez la main au collet des crapules qui ont commis ces ignominies ?

– Ils seront incarcérés, puis ils seront jugés pour leurs actes et condamnés, voilà ce qui se passera…

– Non, inspecteur, ce que vous dites est purement anecdotique.

» Si vous arriviez à leur mettre le grappin dessus, ces quelques malfrats seraient jetés en prison, c'est vrai, et quelques-uns iraient peut-être même à la guillotine… La belle affaire ! Essayez de voir plus loin que le bout de votre nez de flic en culotte courte qui donne des leçons sur des sujets qui le dépassent, bordel de merde !

» Non ! Si je vous laissais retrouver ces salopards, si vous arriviez à les faire incarcérer, alors, l'affaire éclaterait au grand jour. C'est cela qui se passerait. Et ce serait une catastrophe ! Le châtiment et vos foutaises de justice, c'est de la connerie en barre…

» Car la presse s'emparerait aussitôt de l'affaire, elle en ferait ses choux gras. Les communistes la monteraient en épingle. Et ce serait catastrophique pour l'opinion publique ! On ne parlerait plus que de ces deux malheureux cas crapuleux sur des milliers d'attaques bien réelles de fellaghas et d'attentats monstrueux. Pendant des semaines, on ne verrait plus qu'eux.

» Vous croyez qu'elle a besoin qu'on lui serve de telles aubaines sur un plateau, l'opinion publique, pour prendre cette guerre en grippe ?

» C'est à cause de cela que je vais vous faire retirer de cette affaire. Vous ne me laissez pas le choix. Et j'ai les moyens de le faire. L'armée a les pleins pouvoirs sur les opérations de police. Et je ne sais même pas quel crétin trépané a laissé ces dossiers échouer sur le bureau d'un fonctionnaire de police, mais c'était une connerie monumentale. Elle va être réparée, faites-moi confiance.

» Vous allez pouvoir vous occuper d'autre chose, inspecteur. On va vous trouver un joli bac à sable. À votre mesure. Vous êtes incapable de vous occuper de choses sérieuses, vous l'avez assez démontré. Je saurai vous empêcher de nuire... »

Le commandant était parvenu à gonfler ces mots d'un mépris et d'une violence incroyables pour un ton aussi calme. Ils m'avaient cinglé bien mieux que la pire insulte.

Les échos de cette conversation résonnent encore dans ma tête quand deux mains toutes fraîches se posent doucement sur mes yeux.

– Qui c'est ?...

Je ne l'ai pas entendue approcher, elle est arrivée par-derrière. Un ruban de parfum s'enroule autour de moi. Un rire sonne, clair comme un matin.

– Je voulais vous surprendre, je me suis garée dans le dernier virage, là-bas...

– Hou, là, là ! Au moins cent mètres ! Attention, tout ce sport, ça va vous couper les pattes. Je ne vous avais jamais vue marcher plus de quinze mètres...

– J'aime vous entendre rire... Vous aviez l'air bien sérieux quand je suis arrivée, absorbé dans des choses sombres... Je vous préfère comme ça !

– J'étais en plein travail...

– Il y en a beaucoup qui aimeraient travailler comme ça ! rit-elle avec un geste ample qui embrasse tout le paysage, la mer, l'écume blanche, les rochers, le soleil, en faisant virevolter sa robe légère dans la brise marine.

Puis elle s'envole vers la plage :

– Je vous laisse travailler, j'ai plus important à faire !

Son petit sac de plage jeté sur son épaule bronzée, elle bondit entre les rochers de grès ocre que son rire dévale.

Je ne me lève pas tout de suite, dégustant ce parfum de bonheur qui flotte autour de moi. Combien de temps qu'on danse sur ce fil enchanté sans en rompre le charme ? Je ne cherche même pas à savoir, on s'en fiche.

Pendant des années la vie ne vous lâche rien que des mesquineries minables, et encore faut-il les lui arracher, sans compter la bonne humeur qu'on dépense à rester joyeux pour lui plaire, et tout à coup, sans raison, allez savoir pourquoi, elle vous balance sans prévenir des trésors dans les pattes.

Cette fille, il suffit de penser à elle, penser qu'elle respire quelque part dans le monde pour que tout prenne aussitôt des teintes guillerettes. La terre entière n'en porte pas deux comme elle, il n'y a pas la place.

Et puis, il y a ce fil, sur lequel on se retrouve tous les deux, tendu au-dessus d'un abîme. Ce fil sur lequel on danse en trouvant le bon équilibre, sans avoir à chercher. Il est là. Il coule de source. Chacun de ces moments passés ensemble vous badigeonne le cœur d'un bonheur dont il reste encore quelque chose même après des journées entières. Heureusement, car on ne se voit pas si souvent au bout du compte, une fois par semaine, peut-être. Juste ce qu'il faut pour garder l'équilibre.

Elle est déjà dans l'eau quand j'arrive sur la plage miniature de *la piscine Rabta*. Une crique sauvage, minuscule, qui semble fabriquée par des dieux tout exprès pour la baignade.

Tout autour de l'étroite bande de sable où elle a déroulé sa rabane, les rochers abrupts plongent dans une eau turquoise qu'ils enserrent comme un paradis de la taille d'une piscine, ouverte sur le grand large.

Oui, un endroit parfait pour la baignade, pour le bonheur des yeux, et pour les amoureux. Pour les amoureux… Est-ce bien ça au fond ? Hum, non, bien sûr… C'est tellement mieux. Amoureux, c'est ordinaire, ça arrive à tout le monde. Là, c'est vraiment autre chose… On se retrouve de temps en temps, et tout devient magique.

Alors, faut pas chercher à comprendre… Pas chercher à comprendre pourquoi on se dit « vous » chaque fois qu'on se retrouve, un *vous* comme un jeu qui marquerait une distance imaginaire et qui jubilerait à chaque fois : « Tu as vu comme on est proches, on peut bien dire "vous", on est la même chose… » Pas chercher à comprendre pourquoi ça devient « tu », toujours, à un moment ou à un autre, où tout bascule sans perdre l'équilibre, jamais, au-dessus de l'abîme paisible, pourquoi les corps se rapprochent alors, mon doigt qui effleure son flanc comme une caresse de sable, son pouce qui court sur ma lèvre alors que les cœurs se livrent, que l'âme se met à nu et qu'on ressent si fort, alors, qu'on est ensemble.

Une fois seulement, un soir de cet hiver, nous nous sommes laissé emporter plus loin, dans cet appartement qu'elle loue à la villa Thétis depuis qu'elle a quitté l'hôtel. Ce soir-là, l'équilibre aurait pu se rompre, basculer dans du plus ordinaire. Mais non, il n'en fut rien.

Au matin, je rassemblais mes vêtements épars dans la pénombre, craignant confusément de me retrouver par terre. Elle a ouvert un œil, m'a regardé, espiègle : « J'ai envie d'un café, vous voulez m'en faire un ? Il y en a dans la cuisine. » Elle était sur le fil, là-haut, je l'ai su tout de suite ; et sa voix y dansait, comme à l'ordinaire. Et j'ai su la rejoindre.

Elle nage au loin, me fait signe des bras tout en criant gaiement dans une gerbe d'écume :

– Cette crique est parfaite ! Je crois qu'on ne s'est jamais baignés deux fois sur la même plage…

– C'est qu'on ne se voit pas si souvent, finalement… je lui lance.

– C'est vrai, il y a seulement quelques centaines de criques tout autour de la ville ! Allez, viens nager ! On joue à celui qui se dégonfle…

– Essaye un peu de m'empêcher de venir nager !…

» Mais je joue pas, non ! Tu nagerais jusqu'à Marseille juste pour ne pas perdre… »

Déjà, elle file droit vers le large dans son crawl impeccable.

Automne 1961

CLAVELINE

Octobre 1961, rue de Clerville, Djidjelli, département français de Constantine, Algérie.

Le cours complémentaire relâchait ses captives par grappes inégales dans la rue de Clerville quand les coups de klaxon assourdissants ont figé la rumeur de la sortie des classes de filles.

J'ai reconnu tout de suite les deux tons effrontés.

À une cinquantaine de mètres, garée à cheval sur le trottoir, Sylvie m'envoyait de grands moulinets de bras au-dessus de son pare-brise.

Un foulard ciel sur ses cheveux bruns coupés court, c'est bien moi qu'elle appelait de ses bras nus, et toute la rue s'était retournée vers sa voiture.

J'ai réussi à masquer la fierté qui battait dans mon cœur d'être ainsi interpellée par Sylvie comme une vieille copine en pleine sortie des classes. Au fond, c'est bien un peu ça, je crois bien que depuis tout ce temps, à discuter ensemble plusieurs fois par semaine, on a fini par devenir copines. Mais je ne me l'étais jamais formulé de cette manière.

Sylvie avait l'air tout excitée dans sa décapotable.

Sur un vague signe d'excuses ravies, j'abandonnai les copines et me dirigeai vers la belle auto, en m'appliquant à ne pas laisser mes jambes m'entraîner trop vite. Tout le cours complémentaire avait les yeux braqués sur moi.

Il me restait encore vingt mètres à faire pour la rejoindre quand j'ai aperçu l'enveloppe qu'elle agitait au bout de son bras. Lorsqu'elle a compris que je l'avais remarquée, elle m'a crié :

– C'est elle ! C'est elle !

Elle avait l'air terriblement joyeuse, mais je ne comprenais pas le sens de ses paroles. Ça l'amusait encore davantage, je crois.

– C'est elle ! C'est elle ! me répétait-elle en riant tout en agitant la lettre.

Elle était sortie de la voiture et j'ai pressé le pas pour la rejoindre.

Debout à côté de son auto, elle avait une allure folle avec son corsaire blanc cassé, son chemisier en vichy bleu pâle presque sans manches et des ballerines corail qui lui donnaient une silhouette de vedette. Au bout de ses doigts, l'enveloppe qu'elle agitait doucement dans ma direction, comme pour me faire courir plus vite, en riant aux éclats.

J'allais la saisir quand elle prononça sa phrase de manière enfin compréhensible :

– C'est… *ELLE* !

Avant que j'aie réalisé, elle m'a attrapée et m'a soulevée du sol en tournant comme un manège. Tout tourbillonnait autour de nous et elle répétait sans cesse :

– C'est *ELLE*, Claveline, c'est *ELLE* !

Toutes les filles du cours complémentaire observaient la scène de loin et je voyais d'ici les hochements de tête réprobateurs de la surveillante vissée à côté de la porte, sur le perron de l'école.

Quand Sylvie m'a reposée par terre, je reconnus immédiatement l'emblème du magazine *ELLE* tamponné en noir sur l'enveloppe beige, juste à côté du timbre.

– Ils sont intéressés par notre *Tonkinoise* ! Tu te rends compte, Claveline ? Ils vont publier *La Tonkinoise* !

J'étais abasourdie ! Je ne sais pas ce que j'avais le plus de mal à comprendre : que le magazine parisien ait daigné répondre à un envoi posté à Djidjelli, département de Constantine ; que cette réponse improbable ait pu de surcroît être positive ; ou que Sylvie ait bel et bien parlé de « notre » *Tonkinoise*.

– Mais oui, bien sûr, Claveline, c'est « notre » *Tonkinoise*. Sans toi, je n'aurais jamais pu l'écrire... Pas comme ça en tout cas... C'est toi qui m'as guidée. Et je sais que c'est grâce à ton travail qu'ils ont accepté de l'éditer !

– Mais... mais, j'y suis pour rien, je bafouillais. Je n'ai pas écrit une seule ligne. C'est toi qui as tout fait, c'est ton histoire...

Sylvie ne voulait rien savoir. J'étais toute chamboulée, plantée là, au milieu de la rue, la lettre au bout de mes bras ballants, les mots de Sylvie se mélangeant à ceux que je venais de lire dans une ronde étourdissante.

Sylvie avait déjà eu *ELLE* au téléphone. Ils envisageaient de commencer à publier *La Tonkinoise* au mois de décembre ! Le feuilleton qu'ils avaient programmé pour l'hiver ne plaisait pas du tout à la nouvelle rédactrice en chef, et elle avait tout de suite eu le béguin pour cette histoire terriblement moderne et si exotique. Enfin, ce ne serait pas *La Tonkinoise*, parce qu'il faudrait sans doute changer de titre à cause d'une histoire de droits, de propriété littéraire ou un truc dans le genre. Mais c'est bien « notre » texte qui les intéressait, me disait-elle.

Décidément, elle y tenait, à « notre » feuilleton.

Elle prétendait que sans l'enthousiasme que j'avais mis à lire chacun des épisodes, semaine après semaine, elle n'aurait jamais trouvé le courage de poursuivre l'écriture, qu'elle aurait tout laissé en plan comme d'habitude, comme elle l'avait toujours fait jusque-là, depuis qu'elle essaie d'écrire.

Et puis, elle m'expliquait que mes conseils avaient été indispensables. En vérité, je lui avais juste expliqué quelques petites choses que j'avais remarquées sur ces feuilletons que je dévore chaque semaine depuis que je sais lire.

Par exemple, comme Sylvie s'était servie de sa propre histoire de fille qui saute dans un bateau pour rejoindre son amour parti à la guerre, elle avait naturellement placé son histoire à Djidjelli parce qu'elle trouvait ce décor fantastique.

Et je lui avais juste fait remarquer que ce serait sans doute mieux de transposer l'histoire dans un autre endroit. En Indochine, par exemple. Car aucun magazine féminin n'aurait voulu d'un feuilleton qui se passe en Algérie, empêtrée dans cette guerre qui n'en finit pas et dont tous les Français – et à plus forte raison toutes les Françaises – ont vraiment ras la casquette.

Bref, l'Indochine, c'était mieux. Plus facile. Plus exotique même, mystérieux comme une fumerie d'opium dans les brumes du fleuve Song-Ka quand le jour se lève, tout en gardant le côté écorché d'un amour en temps de guerre…

Mais une guerre qui avait le bon goût d'être terminée depuis des années, celle-là, de faire partie de l'Histoire.

Sylvie a pigé tout de suite. Elle a immédiatement commandé un tas de livres sur ce pays à la librairie Reigner pour y transposer aussitôt son histoire.

Une histoire parfaite, moi je dis. Romantique, passionnée, pleine de mystère, d'aventure, d'un amour flamboyant et de larmes amères.

Au fil des semaines, je lui donnais çà et là un conseil pour que ça colle davantage à l'esprit de ces feuilletons que je connais par cœur, évidemment. J'avais repéré tout de suite que ce qu'elle écrivait était vraiment taillé sur mesure pour *ELLE* et je l'encourageais à poursuivre dans ce sens.

Et puis, j'ai aussi mis mon grain de sel pour la touche finale. Elle avait écrit une fin romantique, très belle, mais beaucoup trop désespérée pour ces magazines. Je lui ai dit :

– Ça, non. Si tu veux que quelqu'un le prenne, il faut pas que ça finisse dans un puits de ténèbres, ma belle, mais que ça vienne des ténèbres, pour finir dans une explosion de lumière !

– J'en ai marre de toi..., elle m'a répondu aussi sec d'un air de fausse colère. J'en ai marre que tu aies toujours raison, petite princesse !

Et elle avait immédiatement filé reprendre la fin sur sa petite Japy portative.

On avait fini par monter dans sa voiture sous le regard des copines qui continuaient à traîner devant le cours complémentaire pour connaître la suite, et elle m'avait raccompagnée chez moi en faisant un long détour sur la route de la corniche, le temps de discuter davantage.

– Ce sera comme ça ! Je veux que nos deux noms apparaissent. D'ailleurs, ils sont déjà sur la couverture des manuscrits que j'ai envoyés à tous les magazines. Et on se répartira les droits. Tu auras trente pour cent. Et ne me dis pas non ! Tu auras besoin d'argent pour t'installer en France. Avec ça, tu n'iras pas loin, mais c'est toujours un début…

Quand on est arrivées devant la maison, je pensais qu'elle allait me laisser là comme d'habitude. Mais elle a coupé le contact de son auto.

– Je voudrais voir ta mère, elle m'a dit sur un ton où pointait le mystère, me rejoignant sur le pas de la porte.

Nous sommes montées à l'étage où nous avons trouvé maman en train de faire des comptes dans le bureau. Sylvie a plaisanté sur les paperasses et la tyrannie des administrations qui nous enquiquinent. Maman a ri de bon cœur, il me semble. Puis elle a proposé du vin d'orange pendant que Sylvie commençait à expliquer toute cette histoire.

En l'écoutant, je trouvais moi-même tout cela encore parfaitement abracadabrant, et même inconcevable.

Mais c'était bien la réalité, et maman devrait contresigner les contrats d'édition, comme je suis encore mineure.

Évidemment, ma mère, elle n'arrivait pas à y croire. Elle savait bien que Sylvie écrivait un feuilleton, je lui en avais assez rebattu les oreilles. J'étais si contente. Mais elle n'avait jamais pris ça trop au sérieux, avait cru à des trucs de gamine, des fadaises de Parisienne.

Maintenant, elle s'apercevait que non seulement le feuilleton était bel et bien terminé, mais surtout qu'il avait été accepté… par *ELLE*, s'il vous plaît ! Excusez du peu.

Et par-dessus le marché, Sylvie lui précisait en détail pourquoi mes conseils avaient été suffisamment indispensables pour la décider à faire de moi le coauteur de cette histoire.

Elle tombait des nues, maman, les yeux agités dans des va-et-vient incessants entre Sylvie et moi-même.

Elle me regardait avec un drôle d'air, comme si elle me voyait pour la première fois, comme si j'étais subitement devenue quelqu'un d'autre. Mais, dans une famille de commerçants, on comprend vite les choses quand il y a un chèque à la clé.

J'avais dix-sept ans maintenant, expliquait Sylvie, le droit d'ouvrir un compte en banque… et désormais une bonne raison de le faire !

Maman a vite accepté cette idée.

Moi, cette dernière heure m'avait définitivement propulsée sur un petit nuage dont il me semblait ne jamais devoir descendre.

Une heure plus tôt, j'étais encore une de ces gamines qui sortent du cours complémentaire en se donnant des airs, et maintenant, à peine le temps de trois respirations étourdissantes plus tard, je buvais le vin d'orange avec Sylvie et ma mère, qui m'en avait servi un verre avec ceux des adultes, après seulement une minuscule hésitation. J'avais bien vu qu'elle n'avait d'abord pris que deux petits verres de cristal dans le buffet, mais, avant de refermer la porte de bois sombre, elle avait suspendu son geste et en avait saisi un troisième d'un geste décidé.

J'étais devenue une jeune femme.

J'allais ouvrir mon compte en banque. Sylvie me considérait presque d'égale à égale. J'étais sa copine. Sa copine ! Je ne lui en connaissais pas d'autres à Djidjelli. Et j'allais avoir mon nom imprimé dans *ELLE* pendant trente-sept semaines…

Il me semblait que je tournais encore dans les airs sans toucher par terre, comme tout à l'heure dans la rue de Clerville, et que cette ronde folle ne s'arrêterait jamais.

Mais… Sylvie continuait encore.

Je n'en croyais pas mes oreilles. Surtout que maman avait l'air de trouver ça assez naturel pour déjà hocher la tête alors qu'elle n'avait pas terminé sa phrase :

– Ce soir, nous allons fêter ça autour d'une table avec quelques amis. J'ai réservé au restaurant de l'hôtel *Casino*. Vous laisserez bien Claveline venir avec nous. Je vous promets de veiller sur elle et de la raccompagner avant minuit ! Promis. Vous avez ma parole… C'est d'accord ?

Manger au restaurant de l'hôtel *Casino* ! Minuit… Un soir de semaine ! Avec Sylvie ! Et monsieur Germain, j'imagine, et l'inspecteur Lopez, sans doute, et je ne sais qui d'autre… Et moi, là, avec eux, sans mon père, sans ma mère, comme une autre adulte ! Et maman qui acquiesçait sans avoir hésité une seconde !

Allongée dans mon lit, le regard absorbé par les rais de lumière que les volets dessinent au plafond, je vois toute cette soirée qui trotte dans ma tête. Impossible de dormir bien sûr. Quelle heure peut-il être, depuis que je tourne entre mes draps ? Deux heures du matin…

Toutes les phrases que j'ai entendues planent dans l'obscurité de ma chambre. Celles de Sylvie devant le cours complémentaire, celles de maman qui ne m'avait jamais parlé de cette manière, celles du repas au *Casino*, les yeux fixés sur la plage à travers les baies ouvertes.

Là, pendant le repas, je n'ai pas tout compris… Surtout quand Lopez et Sylvie se sont embarqués dans cette histoire d'attaques dont j'ignorais tout ou presque. Germain suivait, lui, même s'il n'a pas dit grand-chose.

Moi, j'avais beau ne pas tout comprendre, j'ai bien vu que c'était complètement sordide. Des truands qui massacraient des familles entières de riches colons pour voler de l'argent, des bijoux, les valeurs et les objets, et qui se débrouillaient pour maquiller ça en attaques de fellaghas.

Quel drôle de métier, flic, toujours à tremper dans des saletés pareilles. Surtout pour un gars aussi jeune. Et plutôt beau gosse d'ailleurs, dans son genre. Sylvie a beau ne pas trop l'afficher quand il y a du monde, j'ai bien vu qu'elle n'y est pas indifférente. J'avais déjà remarqué un petit quelque chose dans sa voix quand il débarquait par hasard dans notre conversation, pendant nos rencontres autour du travail sur le feuilleton. J'étais contente pour elle. Parce que son Richard, elle l'avait attendu… Elle avait attendu pendant des mois ses lettres qui n'arrivaient jamais. Et elle avait bien dû finir par admettre la réalité : la guerre lui avait enlevé son homme. En entendant toutes ces histoires de massacres et de fellaghas qui me semblaient venir d'un autre monde, je ne pouvais m'empêcher de penser qu'elle avait eu raison de laisser la vie faire. Et je sais bien que, quoi qu'il se passe entre elle et Lopez, il ne peut rien y avoir de moche. Avec elle, rien ne peut être moche.

Mais il y a un truc que j'ai dû comprendre de travers. Je ne vois pas comment Sylvie aurait pu aider Lopez dans son enquête, bien que ce soit ce qu'il a laissé entendre… Elle ne connaît presque personne ici.

Et encore moins à Constantine. Elle n'y a jamais mis les pieds, que je sache. Ah… Mais si, au fait, elle y a bien été, il y a quelques semaines, pour acheter des livres, m'avait-elle dit en vitesse.

Mais ça ne m'aide pas à comprendre comment elle aurait pu donner à Lopez des renseignements sur des gens qui séjournaient à Constantine. Pourtant, il m'a bien semblé que c'était un peu ça, quand Lopez n'a pas réussi à tenir sa langue sur les péripéties de sa journée à la préfecture du département.

Je ne pigeais pas tout, mais je m'en fichais complètement. J'étais toujours sur mon petit nuage. Ça devient une habitude depuis que j'ai rencontré Sylvie, cette impression de ne plus toucher terre…

Je repense à tout ça qui file dans ma tête. Puis je pense à cet argent que je vais avoir à moi pour aller en France.

Je pense à Najib, à la tête qu'il va faire quand je vais lui raconter cette aventure incroyable.

Je me perds dans ces rêves de France et de retrouvailles quand, soudain, de légers tintements égratignent le silence de la chambre.

Mon cœur s'est mis à battre tout seul dans ma poitrine. Sur le coup, j'ai cru que c'étaient des petits cailloux qui frappaient contre mes vitres, et « Najib » a traversé ma tête.

Mais non, c'est pas ça. Quelque chose a bien tinté, mais pas à ma fenêtre. Sur la vitrine du rez-de-chaussée. Dans la boutique. Je dresse l'oreille.

Non, pas de bruit. J'attends plusieurs secondes en retenant mon souffle. Rien.

Mais quand j'inspire à nouveau, un faible craquement monte de la boutique.

Je rejette mon drap sans un bruit, glisse hors de mon lit sans allumer la lumière et ouvre ma fenêtre sans faire entendre le moindre frottement, comme je sais faire. Puis je me penche avec précaution pour regarder dans la rue de Picardie.

À ce moment, un sifflet éclate, juste en face.

Immédiatement, une galopade résonne en bas, sur le plancher de la boutique, puis trois hommes déboulent dans la rue en courant. La seconde suivante, le guetteur qui a sifflé jaillit de l'ombre de l'auvent de la boutique d'en face et s'élance à leur suite.

En quelques secondes, les quatre silhouettes disparaissent à l'angle de la rue de Normandie, enveloppées dans l'ombre de burnous qui masquent leurs visages.

RICHARD

SERGENT, CHEF DE LA SECTION 04 « DURANDAL », HARKA 909

Août 1961, en mission dans les montagnes du Djurdjura, secteur de Ath-Hamdoune, département français de Tizi-Ouzou, Algérie.

La fatigue vibrait dans mon corps, et le monde vibrait lui aussi dans ses sautes de lumière. Je m'étais assis sur la chaise de gauche, oubliant le salut réglementaire. Le commandant avait encore laissé un temps de silence, puis il avait ouvert le tiroir de son bureau, y avait saisi un petit objet qu'il avait dû préparer à l'avance car sa main l'avait trouvé sans avoir à chercher, et il l'avait déposé sur le plateau de bois clair.

J'ai dû faire un effort pour accommoder ma vision.

– Vous savez ce que c'est, soldat ?…

L'objet était net, maintenant. Sans comprendre, je répondis automatiquement :

– Des galons de sergent, mon commandant.

– C'est presque ça… En réalité, ce sont *vos* galons de sergent, soldat.

Il m'avait considéré un moment en silence avec un air satisfait, puis sa main avait à nouveau plongé dans le tiroir, en avait tiré une feuille de papier. Un feuillet blanc recouvert d'une écriture fine que j'avais reconnue tout de suite.

– Et ça, savez-vous ce que c'est ?

– C'est le rapport de l'adjudant de ma section à propos de ma « négligence », mon commandant.

Il avait agité distraitement la feuille pendant quelques secondes, puis il l'avait déchirée avec application, en deux, en quatre puis en huit, et avait déposé les morceaux empilés à côté des galons. Ensuite, il m'avait considéré en silence, en tournant entre ses doigts son fin stylo quatre couleurs en métal argenté.

La tête me tournait, la fatigue jetait des flocons de ouate qui volaient dans la pièce. Trois nuits sans dormir ou presque : deux à crapahuter dans la montagne pour cette chierie d'embuscade, et la dernière comme un cauchemar, recroquevillé sur le bat-flanc de ma cellule, dans la lumière terne de l'ampoule restée allumée jusqu'au petit matin.

D'un côté, il y avait ce rapport. En mettant les choses au mieux, il m'aurait valu une affectation disciplinaire dans un bataillon impossible, avec toutes les fortes têtes. Mais à coup sûr, ma « négligence » m'aurait surtout coûté un minimum de six mois de service supplémentaires dans cette unité de merde ; un an de plus, peut-être, avant de retourner en France.

D'un autre côté, il y avait ces galons de sergent dans la section d'une harka dont le chef de troupe allait être rapatrié en France, après avoir été blessé dans un accrochage. Cette section se retrouvait sans chef, faute de volontaire parmi les gradés pour commander cette bande d'indigènes. Et le commandant avait besoin d'un homme à y coller dare-dare.

J'en avais rien à faire de ces foutus galons, mais du coup, cette nouvelle affectation devenait une promotion au rang de sous-officier, un excellent point pour mes états de service, d'après le commandant. Ce qui me permettrait de rentrer en France un peu plus tôt si je m'acquittais de cette mission de manière exemplaire…

Le commandant savait y faire et, en quittant le bureau pour rejoindre ma chambrée, j'avais signé mon « engagement volontaire » pour commander la section 04 « Durandal » de la harka 909.

– Ça va, sergent ?

La voix de Najib me tire des souvenirs. Ils émergent de la mémoire dans un ordre imprévisible, comme les cartes d'un même paquet que l'on battrait sans cesse. Parfois, la même carte revient souvent à la coupe alors que d'autres ne sortent jamais pendant de longues périodes, avant de ressurgir sans crier gare quand le hasard décide que c'est leur heure.

– Oui, ça va, je réponds en secouant la tête comme pour me réveiller. J'étais barré dans mes vieilleries. Je suis claqué. Marre de conduire. Et l'autre qui roupille…

Najib jette un coup d'œil machinal sur la banquette arrière de l'automitrailleuse où Michel dort encore, la tête rejetée en arrière. Dans le rétroviseur extérieur, le camion bâché et les deux Jeep qui suivent sur les cahots de la piste. Je pense que le canyon qu'on est en train de remonter serait un endroit parfait pour une embuscade… Mais il n'y a jamais d'embuscade sur la piste pour Durandal. Nous-mêmes ignorons jusqu'au dernier moment l'endroit où nous devons aller. Comment quelqu'un pourrait-il nous attendre quelque part ?

– À quoi tu pensais, sergent ?

Je hausse les épaules.

– Allez, raconte, insiste Najib. Je m'ennuie. Les souvenirs vont encore venir grignoter ma cervelle.

– 'Tain, t'es pas chié comme gonze, je rigole. Tu préfères que ce soit moi qui me ronge la cervelle.

– Mais non, ça va rien te ronger du tout, c'est pas pareil quand on cause...

Il a raison, c'est pas pareil. Et je commence à lui raconter la façon dont je suis devenu sergent, en commençant par l'embuscade, il y a plus de huit mois ou peut-être huit siècles, ce jour où je n'ai pas pu retransmettre ce putain d'ordre de l'état-major.

Najib me répond qu'il comprend, lui.

Il comprend toujours, Najib.

On roule encore, je raconte le coup des galons sur le bureau du capitaine.

– Whaou ! Ça, ce serait sensass au cinéma, sergent, dans un film de John Ford, par exemple...

Sûr que cette scène serait mieux imprimée sur une pellicule enfermée dans une boîte en fer-blanc qu'à traîner dans ma caboche...

Mais je suis lancé, Michel dort toujours à l'arrière, on est sortis du canyon par le col qui donne sur une large vallée aride où le regard embrasse tout l'espace, et je me laisse porter par les mots qui racontent la suite. Mon instruction express de sous-officier de l'armée française. Le sergent blessé de la 909-04 « Durandal », que je suis allé visiter à l'hôpital militaire de Tizi-Ouzou.

Mal à l'aise dans la grande chambre claire qui sentait l'éther, je l'ai trouvé près de la fenêtre, sur le huitième lit métallique émaillé de blanc. Il dormait, l'air très jeune dans son sommeil. Une bande blanche à liseré bleu clair enroulée autour de son crâne maintenait une épaisse compresse rougie sur sa tempe.

Sous le drap tiré, sa jambe droite reposait sur une espèce de trépied surélevé.

J'allais sortir de la chambre pour revenir plus tard quand il a ouvert les yeux. Son regard a glissé sur mon visage, sur mes galons de sergent, et il a murmuré :

– Alors, c'est toi qui vas me remplacer à la 909-04…

J'ai hoché la tête.

– Tu sais pourquoi je suis là ? il m'a demandé.

– Parce que tu as été blessé, j'ai répondu sans réfléchir en désignant sa jambe.

Il s'est mis à remuer négativement la tête, les yeux perdus dans le vague.

– Non… Je suis là parce que je suis vivant.

Il a tourné son visage vers la fenêtre et a continué son murmure presque inaudible, le regard flottant dans les feuillages du grand figuier de la cour :

– Je suis vivant parce qu'un gars a été tué à ma place. Un gars qui s'appelait Icham. Faut que je te raconte. Il faut que tu saches quel genre de gars tu vas trouver à Durandal…

Il laisse un temps, son visage immobile toujours tourné vers les feuilles de l'arbre où se perd son regard. Puis il reprend son murmure :

– On venait de nettoyer un douar, quelque part dans le djebel Kalidha, et on s'était installés sur une plate-forme rocheuse proche des ruines romaines pour attendre les ordres quand, tout à coup, une douzaine de fellaghas ont surgi des broussailles en tirant des rafales, du côté du campement où je me trouvais.

» J'étais directement sous leur feu, ma Thomson démontée sur mes genoux pour le nettoyage. Et avant que j'aie pu dégager le pistolet de ma ceinture, une première balle m'a touché au front… »

En disant cela, il a ramené son visage vers moi, esquissant un geste qui désignait son bandage, et son regard clair s'est planté dans le mien pour raconter la suite :

– Presque au même moment, une autre balle m'a fauché en traversant ma cuisse. J'étais au sol. Incapable de bouger. Je ne voyais rien, et j'entendais les impacts qui pleuvaient tout autour de moi.

» Ça canardait dans tous les sens. J'étais trop sonné pour faire un mouvement et me mettre à couvert. Puis les coups de feu se sont espacés, et le silence est tombé sur une dernière rafale.

» *Je suis vivant…* a traversé ma tête. J'ai pu bouger un peu, me hisser légèrement sur un coude, regarder autour de moi.

» À une trentaine de mètres, les fellaghas gisaient à terre. Et, juste entre eux et moi, campé sur ses deux jambes, Ahmed toujours debout, le F.M. 24/29 encore entre ses pognes, le canon fumant balayant la zone où les ennemis reposaient sur le sol.

» À ses pieds, il y avait un corps, un des nôtres, celui-là. Icham, qui s'était interposé lui aussi, criblé de balles, désarticulé dans une marre de sang sur la terre ocre.

» Voilà pourquoi je suis vivant, sergent. Voilà le genre de gars que tu vas trouver à Durandal. Des Ahmed, des Icham. Des gars qui s'interposent sans hésiter une seconde pour sauver leur sergent. Si ces deux-là avaient eu la moindre hésitation à se jeter entre moi et les balles des rebelles pour me couvrir de leur feu, je ne serais plus là. Je ne serais plus là, et Icham serait encore vivant…

» C'est ces gars-là que tu vas commander. Tu dois juste gagner leur confiance… »

Le sergent blessé avait alors fermé les yeux un long moment, comme pour reprendre son souffle. Puis il a continué tout en gardant les yeux fermés :

– Les premiers temps, ils vont t'observer, voir à qui ils ont affaire. Il faut être un chef, c'est ce qu'ils attendent, et ce sera ton rôle. Mais écoute-les. Ils en savent davantage sur cette guerre que tu n'en sauras jamais. Et plusieurs d'entre eux ont combattu dans les rangs des fellaghas avant de rejoindre l'armée française. Demande leur avis, ouvertement. Sans finasser. Respecte leur parole. Puis arrête ta décision. Explique-la. Prends le temps de la faire traduire en arabe et en berbère, et écoute leurs remarques.

» En opération, sois toujours le premier de la troupe, avance en tête, surtout quand vous serez exposés. Toujours devant. C'est là que tu seras le plus en sécurité, crois-moi, parce que si tu as le courage de t'exposer le premier, ils feront l'impossible pour te défendre.

» Mais si tu t'avises d'en envoyer un autre à ta place quand il y a du danger, tu perdrais toute estime, et tu ne tirerais plus jamais rien de bon de cette bande. »

Il a rouvert les yeux à la fin de sa phrase, et j'ai hoché la tête. Tous les mots qui me venaient me semblaient ridicules. Mais il fallait dire quelque chose :

– Comment t'es tombé à la 909, toi ? T'étais en bataillon disciplinaire ?

Il a haussé les sourcils, l'air de ne pas comprendre ma demande.

– Je ne suis pas *tombé* à la 909, sergent. J'ai demandé cette affectation dès le début de mes classes. J'avais eu un sursis pour terminer mon agrégation de lettres classiques. Il y a un poste d'assistant qui m'attend à la fac de Toulouse. Je pourrai le prendre à la prochaine rentrée sans doute…

Il a agité sa main de gauche à droite pour expliquer qu'il n'avait pas envie d'en dire davantage, que ce serait compliqué, puis il a tourné à nouveau son visage vers la fenêtre. Un soupir a vidé sa poitrine, il a fermé les yeux jusqu'à ce que je m'en aille.

Dans les vibrations de chaleur, au bout de la piste maintenant toute droite, le village d'Ath-Hamdoune se dessine. Nous devrons le traverser pour rejoindre le lieu de notre prochaine mission. Najib a enlevé sa veste de treillis et commence à défaire les boucles de ses rangers.

– Oooh, toi, t'as encore une lettre à poster… rigole Michel, qui s'est réveillé. T'écris plus qu'un journaliste !

– Pfff, souffle Najib en retirant ses chaussures, des lettres, j'en envoie à peine une par semaine, maintenant. Et je ne sais plus trop quoi dire. Il me semble que j'ai déjà tout expliqué cent fois et que je ne fais que retourner les mêmes mots dans tous les sens possibles…

– Mais toi, au moins, tu arrives encore à écrire… j'enchaîne sans quitter la piste des yeux. Y a des mois que je n'ai rien écrit, moi. Je ne peux plus. Pour dire quoi ? Que c'est toujours pareil ? Que rien ne change ?

Ma vie d'avant s'est évanouie avec tout ce qu'il y avait dedans : Sylvie, les copains dont je ne reçois plus la moindre lettre, les concerts, le twist, les espoirs et le reste… Et moi qui n'ai plus d'énergie pour faire vivre tout ça dans ma mémoire, toujours sur le qui-vive, à tromper la mort en évitant les balles, tout en faisant le job, pour continuer à espérer rentrer en France, un jour. Rentrer autrement qu'entre quatre planches, avec la plaque d'identité nickelée qui pend autour de mon cou toujours intacte.

Il faut bien rester vivant pour qu'il puisse y avoir une suite, un jour. Et retrouver peut-être, alors, ce qu'il restera de la vie d'avant, s'il en reste quelque chose. Et cette tâche dévore tout, ne laisse la place à rien d'autre.

– C'est normal, sergent, que tu n'arrives plus à écrire, se moque Najib avec un sourire d'ange. C'est parce que t'es vieux, toi. Quand j'aurai ton âge, ce sera pareil pour moi !...

– Petit con ! je lui lance avec une calbote en prime.

Notre colonne entre dans Ath-Hamdoune. Dès les premières maisons du village, je ralentis et Najib saute en marche, courant sur la terre battue de la rue. Il porte un pantalon civil de toile légère, une chemise claire et va pieds nus ; on pourrait le prendre pour un de ces gamins indigènes qui traînent dans les rues de tous les villages qu'on traverse. En courant sur sa patte folle, il s'enfonce dans le dédale des ruelles où il va zigzaguer pour rejoindre la boîte à lettres des postes qu'il trouvera sur la place centrale, comme dans tous les villages. Puis, après quelques détours, il nous rejoindra de la même manière à la sortie du bourg.

En postant ses lettres dans une boîte publique, il évite la censure militaire, son courrier arrive plus vite.

Roulant au pas dans la rue principale, je ne vois même plus les regards de haine que les villageois lancent sur notre colonne. Je pense à Najib qui écrit à Claveline, à moi qui n'arrive plus à écrire.

Le courrier nous parvient de manière anarchique. Difficile de suivre notre colonne qui change d'endroit chaque jour ou presque. Je suis sûr que beaucoup de lettres se perdent, mais j'en reçois quelques-unes de loin en loin. Sylvie s'y montre moins enthousiaste malgré ses efforts que je devine et qui m'écorchent. Je ne trouve plus les mots pour lui répondre.

Des mois que je ne lui ai pas envoyé le moindre feuillet. Il faut que j'essaye encore, dès que j'ai une heure tranquille. Même quelques lignes. Mais ses lettres semblent venir de tellement loin, d'un autre monde, tellement inaccessible.

– Ah ! Au fait, Ricky ! claironne tout à coup Michel dans mes oreilles. Je serai bientôt prêt pour le concert de twist !

Michel… Impossible de réfléchir quand il lance son moulin à paroles. Dans le rétroviseur, Najib, au loin, court pour nous rejoindre. Je ralentis machinalement pour qu'il nous rattrape plus vite, tout en répondant :

– 'Tain, Michel, on était peinards quand tu roupillais. Tu veux pas te rendormir encore un peu. Juste quelques siècles… Ce serait chouette.

– Mais… mais, j'te jure, Ricky… Les paroles des chansons, je les sais presque. Celles de *Souvenirs, souvenirs*, aucun problème, elles sont faciles. Et celles des deux autres chansons, Najib me les a écrites sur une feuille… Au pire, je pourrai toujours les lire !

» Et pour la batterie, j'ai trouvé… Avec des caisses à munitions, c'est super. Ça fait un boucan du tonnerre ! Tè, vé, j'ai taillé des baguettes spécialement pour toi, dans des branches d'olivier. Tiens regarde ! C'est pas sensass, ça ? »

Il me tend les deux « baguettes » par-dessus le dossier de mon siège. Je les attrape.

– Whaou, bravo ! je lui lance. Maintenant qu'on a ça, il manque plus grand-chose pour faire un orchestre ! Et puis, elles pourront toujours servir de manches de pioche si y a besoin. Tu les a faites assez solides…

– J'te jure, Ricky, on va le faire notre concert ! Pour les gars de la section… un soir. Avec la lumière des phares pour l'éclairage ! Chuis sûr que ce sera terrible !

Michel… Quand je suis sorti, abasourdi, du bureau du commandant de la caserne d'El Milia et que je lui ai expliqué que j'avais dû me porter « volontaire » pour diriger une harka, il ne savait même pas que ça existait, une harka. Il n'avait même aucune idée de ce que ça pouvait être, ce truc-là.

Mais je n'ai même pas eu le temps de commencer à lui expliquer, qu'il était déjà en train de courir vers le bureau du capitaine en me criant par-dessus l'épaule :

– Si t'y vas, Ricky, je te suis, pardine ! C'est recta ! Moi aussi, chuis volontaire pour m'engager dans ta barka machin chose. Je vais signer tout de suite ! Avec toi, ce sera chouette !

Najib nous a rattrapés, il ouvre la portière, saute sur le siège pendant que j'accélère. Ses yeux tombent aussitôt sur les « baguettes » :

– Mazette, c'est quoi ce truc, des nouvelles armes ? il rigole. On va attaquer au gourdin maintenant…

– T'es con, Najib, c'est des baguettes… Des baguettes de batterie, pour Ricky, pour le concert de twist qu'on va faire, tu sais…

– Si je sais ?… Risque pas qu'on l'oublie depuis que tu nous serines. Ça y est, tu connais les paroles ?

– Ouais, mon pote, ça y est. Enfin… presque.

Printemps 1962

SYLVIE

Mars 1962, villa Thétis, route de la plage, voie 2, Djidjelli, département français de Constantine, Algérie.

Ça y est, c'est fini. Qu'est-ce qui est fini ? Eh bien, à peu près tout, sans doute.

Je tourne dans cet appartement du premier étage de la villa Thétis, et il me semble étranger. Le soleil d'hiver entre dans la pièce par la baie vitrée, la mer étale ses dégradés de bleu frangés d'écume blanche, tout paraît tranquille, pourrait être serein, mais une distance effrayante s'est creusée qui m'éloigne du monde, qui m'éloigne des choses. Je flotte de pièce en pièce, entre ces murs laqués, ces meubles modernes, un décor où je me sens étrangère.

Pour un peu, je me demanderais qui a bien pu avoir cette idée baroque de tirer le bureau au beau milieu de la grande pièce, collé à la baie vitrée, face à la terrasse, face au grand large, pour y installer la machine à écrire.

La cuisine où le fourbi s'étale, étrangère elle aussi. La petite cafetière italienne achetée au bazar Hadj Lamri et qui m'a observée tout au long de journées entières, tiédissant doucement à côté de la machine à écrire, il me semble ne pas la reconnaître. Ou alors une image ancienne ressurgie des fumerolles d'un passé vaguement nostalgique.

Je remarque tout à coup qu'en errant dans l'appartement j'ai laissé toutes les portes ouvertes, y compris celles de la penderie et la porte palière. Peut-être parce que tout se referme autour de moi, et me laisse seule dans un monde où je n'ai plus ma place.

J'aurais dû m'en aller depuis belle lurette, si j'avais eu deux sous de jugeote. J'aurais dû m'en aller dès le moment où j'ai compris que, Richard s'étant évanoui dans les montagnes avec ses galons et sa bande d'indigènes, je n'avais plus aucune chance de le revoir ici.

Après être restée en plan comme une pauvre fille sur la place d'El Milia, ce soir où j'aurais dû le revoir pour la première fois, pour son premier quartier libre, j'ai dû attendre plus de six semaines pour avoir enfin de ses nouvelles. Oui, j'ai attendu six semaines l'explication de son absence à notre rendez-vous ! Il n'y est pour rien, Richard, évidemment que ce n'est pas de sa faute. Mais c'est long, six semaines, après être restée plantée là comme une sotte, toute seule sous les regards derrière les fenêtres, sur la place d'un village où les autocars des lignes régulières ne passent même plus parce qu'il y a trop de grabuge.

L'enveloppe est arrivée couverte de tampons militaires car elle était d'abord partie en France avec les sacs de courrier des appelés, avant de revenir en Algérie en plusieurs étapes, par la poste civile.

Et, après tout ce temps, cette lettre m'était arrivée tellement raturée par la censure militaire qu'elle était devenue pratiquement incompréhensible. J'ai eu un mal de chien à cerner cette histoire de harka qui lui était tombée sur les épaules sans crier gare. Puis Richard m'expliquait qu'il n'avait plus aucun espoir de permission maintenant, mais qu'en échange il pourrait *sans doute* rentrer en France deux mois plus tôt que prévu… Et il me conseillait de rentrer à Aubagne parce que, avec ce qu'il voyait dans les montagnes, il craignait que tout devienne vite terrible, même dans les endroits encore assez tranquilles comme Djidjelli.

Mais je suis encore là. Je n'en fais qu'à ma tête, évidemment.

Pourtant, depuis des mois, papa s'y est mis lui aussi. À chaque coup de fil que je passe, il me presse de sauter dans le prochain bateau en partance. Il me dit qu'à Alger ça canarde dans tous les coins, que l'O.A.S. jette de l'huile sur le feu et qu'il ne voit pas comment les choses pourraient rentrer gentiment dans l'ordre, après toute cette violence.

Et moi, maintenant, je sens bien que même ici ça se gâte. Tout s'effiloche. Plusieurs familles ont déjà quitté la ville et leurs maisons restent closes.

Oui, si j'avais été quelqu'un de raisonnable, je serais retournée à Aubagne dès que j'ai compris que Richard avait plongé dans un autre monde, si étranger à tout ce que je peux connaître qu'il n'essayait même plus de m'en parler dans ses lettres, quand il arrivait encore à écrire. J'aurais dû partir, oui.

Mais qu'aurais-je fait de plus en France ? Richard n'y était pas davantage, il n'y serait pas avant des éternités. Des éternités moins deux mois, pour être juste. Et la vie était douce à Djidjelli, comme je l'avais imaginée en rêve. En plus agréable. Quand je roulais en sillonnant ces rues, ces routes accrochées au-dessus des criques et des plages dans mon auto vert électrique, il me semblait à chaque fois vivre dans un film. C'était exactement là que j'avais envie d'être. Je m'étais mise à vivre ici, à respirer cet air, à me fondre dans ces paysages, à aimer cette ville. À trouver des repères à mes jours, à rencontrer des gens, à combler peu à peu, journée après journée, le grand trou que la disparition de Richard avait creusé dans ma désinvolture.

Il y avait cette histoire de feuilleton dans laquelle on avait plongé sans trop s'en rendre compte, avec Claveline…

Et sans que je ne m'en rende davantage compte, quelque chose s'était noué avec Lopez, que je voyais de loin en loin, le temps d'un verre, d'un repas, d'une baignade.

Des histoires s'étaient ouvertes, et elles m'expliquaient tout bas dans le creux de l'oreille que ma vie était ici, dans cette ville taillée juste à ma mesure où dès mon arrivée tout m'avait paru magique.

Et ce matin, je suis perdue. Ces histoires se sont refermées une à une, imperceptiblement, sans soubresaut, juste du temps qui passe.

Et ce matin, en me réveillant, je les ai toutes retrouvées closes.

Claveline, Lopez, ce bel appartement de la villa Thétis inondé de lumière, la douceur des jours qui passent à Djidjelli, tout ce qui m'a retenue ici plus d'une année durant, depuis que j'ai quitté ma chambre de l'hôtel *Casino*, tout cela m'abandonne.

Quand j'ai songé à Claveline, mon regard s'est porté sur les numéros de *ELLE* empilés sur le rebord de la bibliothèque. Les seize premiers épisodes de notre feuilleton, et les autres vont suivre.

Tonkinoise. Le titre a été conservé, finalement. Ils ont juste supprimé l'article, c'était bien la peine d'en faire un fromage. Mais elle s'en fichait bien du titre, Claveline… Il fallait voir sa joie quand on a reçu le premier épisode imprimé dans le numéro du 18 décembre !

Cette semaine-là, elle en avait fait commander soixante-quinze exemplaires par sa grand-mère. Et tous sont partis le jour même. Toute la ville s'est précipitée pour l'acheter, les copines de classe de Claveline, les amies de sa mère, de la grand-mère, tout le monde, y compris Lopez, monsieur Germain et plusieurs autres hommes. Le tabac-journaux de La Muda n'a pas désempli de la journée. Claveline sautait partout dans cette effervescence, parlant à tout le monde, excitée comme un troupeau de puces.

Sa joie faisait plaisir à voir, et moi, je ne boudais pas la mienne.

Mais ce matin, les numéros de *ELLE* qui arrivent semaine après semaine me semblent autant de petits cercueils qui s'empilent sur ma bibliothèque. Les seize premiers cercueils d'une histoire morte, désormais, figée une fois pour toutes, une histoire qui se tient enfermée entre ces pages qui sentent l'encre et le papier massicoté, comme un cimetière sent la terre fraîchement remuée.

Cette journée si joyeuse au tabac-journaux de La Muda, c'était tout à la fois son baptême et son enterrement, en fin de compte. Un baptême charmant et un enterrement de première classe, faut reconnaître.

Quand on était en train de l'écrire, là, oui, elle était vivante, notre histoire ! La façonner ligne après ligne, inventer sa respiration, ses rebonds et ses glissades nous faisaient vibrer, discuter, nous enflammer, nous faisaient rire à chacune de nos rencontres. Et même quand je passais des journées entières seule devant ma machine à écrire, je sentais le regard pétillant de Claveline qui m'accompagnait par-dessus mon épaule.

Oh oui, cette histoire vivait à ce moment, elle grandissait, étendait peu à peu ses racines et ses branches.

Maintenant, elle est là, inerte, enfermée dans des lignes typographiées, en attendant de se réveiller quelquefois, comme un fantôme, lorsque d'autres regards s'en emparent le temps d'une lecture. Puis le couvercle de sa tombe se referme sur les ténèbres quand on ferme le magazine.

Voilà les charmantes pensées qui nourrissent mon cafard ce matin, pendant que mon regard flotte sur les numéros de *ELLE*.

Tout y est enfermé, cette histoire est close. Les numéros qui continueront à arriver chaque semaine n'y changeront pas grand-chose.

Une autre histoire s'est refermée, elle aussi, sans faire plus de bruit, une histoire enfermée dans deux feuillets que Lopez a glissés dans sa poche, celle-là.

Je ne veux pas parler de Lopez et de moi en général, non. Entre nous cela n'a jamais été une histoire. Nous nous sommes vus, oui, et l'attente de ces rencontres mettait nos cœurs en fête. Des moments pleins, chacun existant par lui-même, sans rien devoir au précédent ni au suivant, ni à rien d'autre. Des moments comme des parenthèses, toujours au temps présent, sans parler du passé, sans projet d'avenir. Cela ne construit pas une histoire.

Rien de semé, pas d'espoir de récolte, pas de peur de l'orage qui viendrait tout flanquer par terre. Juste un présent qui s'offrait à chaque fois, le cœur léger, l'âme insouciante. En dehors de ce présent, tout n'était qu'incertitude, dans sa vie autant que dans la mienne. L'évidence de nos moments n'en était que plus forte.

Et puis, le présent s'est usé, il s'est effiloché. Il aurait fallu passer à autre chose. Ni lui ni moi ne voulions d'autre chose.

Hier, avec Lopez, nous sommes encore allés nous promener sur la colline de la Vigie. Tiens… Ça au moins, ça me fait sourire ! Pas la promenade, non, qui n'était pas des plus drôles.

C'est « Lopez » qui m'a fait rire, de l'avoir toujours appelé par son nom de famille. Ou alors « inspecteur » parfois, jamais son prénom. C'est drôle.

Au début, je cherchais juste à marquer l'illusion d'une distance, sans doute. Tu parles d'une distance… J'avais toujours le cœur joyeux quand il s'agissait de le voir, dès les premières rencontres.

Hier, sur les sentiers de la colline de la Vigie, Lopez m'a fait lire ces deux feuillets couverts de son écriture fine avant de les glisser dans sa poche. Des feuillets qui refermaient une aventure ne ressemblant à rien de ce que j'avais pu vivre.

Et ce matin, cette aventure flotte dans ma tête. Je sens qu'elle a envie de revivre. Je m'installe sur le sofa et je ferme les yeux.

Il avait mis des mois avant de me parler de « son » affaire. La première fois, c'était le jour où le commissaire l'avait convoqué pour lui ordonner de laisser tomber définitivement cette histoire.

Il était allongé sur le sable, tout ruisselant encore après notre baignade. Je lui trouvais un air morose, malgré les efforts qu'il déployait pour paraître joyeux comme à son habitude. Toujours gai, Lopez. Se montrer cafardeux doit lui paraître le comble de l'inconvenance, afficher son chagrin quelque chose d'obscène.

– Dis-moi ce qui va pas, j'avais lancé en me tournant vers lui, allongée sur ma rabane.

Il avait hésité. Puis il avait commencé à raconter. Je l'avais écouté. Quelques-uns de ses mots sonnaient étrangement. Je posais des questions, je voulais tout comprendre.

– Qu'est-ce qui t'a mis la puce à l'oreille ?

– Le premier soir, je suis resté au commissariat jusqu'à plus d'heures, à éplucher les dossiers de mes affaires. Je revenais sans cesse sur les photographies de corps mutilés malgré le dégoût qu'elles m'inspiraient.

» Et j'ai fini par trouver ce qui me tracassait. Les mutilations des corps étaient vraiment horribles. On sentait la violence des coups de couteau, des coups de hache.

» Mais certaines de ces photos montraient des mutilations… Bah, difficile de dire cela sans passer pour un dingue, mais, disons… des mutilations moins franches. À y regarder de plus près, les entailles dans les chairs étaient moins nettes que sur les autres images, moins décidées, plus superficielles, comme si la main qui les avait faites n'avait pas osé appuyer son geste. Elle n'avaient presque pas donné de sang.

» Pour qu'un corps saigne, il faut que le cœur continue à battre. Si ces blessures n'avaient pas saigné, c'est que le bonhomme était mort avant.

» Alors, j'ai cherché, et sur presque toutes les victimes j'ai trouvé un impact de balle. Dans la tête le plus souvent, mais parfois dans le cœur, au milieu de la poitrine.

» Or, dans tous les autres cas, les tortionnaires avaient laissé leurs victimes mourir de leurs blessures.

» Ici, les victimes étaient déjà mortes au moment où elles avaient été mutilées.

» C'étaient des simulacres de tortures. Des blessures infligées après la mort pour donner le change. Pour faire croire à des attaques ordinaires comme on en voit tant par ailleurs… »

Des détails aussi sombres tranchaient bizarrement avec la lumière de cette plage. Et il était encore plus étrange de les entendre sortir de la bouche d'un homme… allez, je peux bien le dire une fois – une seule – … d'entendre de telles horreurs sortir de la bouche d'un homme qu'on aime, avec qui on vient de se baigner. C'était étrange mais fascinant, parce que c'était une enquête, un effort pour percer un mystère, et que cela, malgré nous, nous entraîne.

J'écoutais, et des échos étranges résonnaient dans ma tête autour de certains mots, certaines images me titillaient de temps à autre.

Le temps passait vite et le jour commençait à faiblir sur cette crique. Sur la fin du récit, alors que Lopez me parlait de sa rage d'être contraint de laisser les salopards coupables d'ignominies pareilles demeurer libres comme l'air, parce qu'on voulait définitivement étouffer cette affaire, les échos des mots qui avaient accroché mes oreilles revenaient en boucle, comme s'ils cherchaient à me dire autre chose.

Puis, subitement, j'avais été frappée d'une illumination.

Lopez s'était tu soudain car j'étais restée pétrifiée, le geste suspendu au-dessus de mon sac de plage.

– Eh, Sylvie, ça va ?

– Ça va, oui.

– Qu'est-ce qu'il t'arrive ?

– C'est rien. Je viens de penser à quelque chose… Ça va passer.

D'un seul coup tout s'éclairait. Pas seulement du côté de l'enquête de Lopez, non. Mais surtout une vieille conversation à laquelle je n'avais rien compris à l'époque, et qui devenait subitement limpide. Une conversation que j'avais eue avec un petit marlou à tête d'ange qui fumait des cigarettes de troupe d'Algérie, dans un bar glauque du port de Marseille.

Tout collait parfaitement.

Sur le coup, au *Betty Boop*, je ne pouvais pas comprendre car le gars ne parlait qu'à demi-mot en se donnant des airs d'affranchi, et moi, je ne pouvais pas imaginer qu'il puisse être question d'affaires aussi sordides.

Maintenant, ses mots me revenaient par bribes. Et c'était bien la même histoire, avec les fermes isolées, les attaques et tout le reste.

Le petit dur, emporté par les vapeurs d'alcool et l'envie d'en jeter à une jolie fille, n'avait pas eu le temps de beaucoup parler, parce qu'un autre type, un truand d'un autre calibre celui-là, était venu lui fermer le clapet d'un simple regard, du haut de ses chaussures bicolores. Et le petit dur aux bras tatoués s'était retrouvé penaud comme un gosse pris en faute et il avait fermé sa bouche.

Mais il avait eu le temps de laisser échapper deux ou trois détails qui traînaient encore dans ma tête.

Un peu étourdie dans le jour qui finissait, j'avais terminé de ranger mes affaires dans mon sac de plage.

– Ça va mieux ? avait demandé Lopez.

– Oui, ça va. Mais ce qui m'a fait tilt va te scier les pattes. Figure-toi que je crois bien savoir deux ou trois trucs à propos des gens que tu cherches…

Il était tombé des nues, bien entendu. Mais je ne voulais pas lui expliquer tout de suite :

– Ce n'est pas encore tout à fait clair dans ma tête. J'ai besoin d'une paire d'heures. Ça te dit qu'on dîne ensemble ? À la brasserie du Glacier, par exemple… Vers neuf heures ? D'ici là, j'aurai eu le temps de remettre de l'ordre dans mes souvenirs…

Au restaurant, je lui avais détaillé les bribes que j'avais retrouvées en fouillant ma mémoire.

Au rayon des informations à peu près certaines, il y avait Constantine. Je m'en souvenais parfaitement parce qu'au début je ne comprenais pas de quoi il me parlait. Pour moi, Constantine, c'était Eddie Constantine, le chanteur, le comédien, et ça avait fait beaucoup rire le petit dur qui m'avait expliqué que c'était une ville. Et c'était dans les faubourgs de cette ville que les gars dont il me parlait avaient posé leurs valises.

J'avais aussi retrouvé la ville de Sétif, où était cantonné le bataillon du soldat appelé qui transmettait les informations à ses complices – et qui les fournissait accessoirement en cigarettes de troupe. Cette information n'était pas nouvelle pour Lopez, qui était déjà allé à Sétif rencontrer le commandant du bataillon, mais elle confirmait qu'il s'agissait bien de la même histoire.

Côté souvenirs plus approximatifs, deux surnoms m'étaient revenus, avec le nom d'un bar, dont je n'étais plus tout à fait sûre. *La Tassa mala*, ou *L'Atassamala*, peut-être, un truc dans le genre en tout cas.

En m'écoutant, Lopez faisait des bonds sur sa chaise. Mais oui, bien sûr, Constantine… C'était logique. Une ville assez grande pour pouvoir s'y fondre et passer inaperçu, assez proche des fermes attaquées pour pouvoir faire l'aller-retour dans la nuit avec de bonnes voitures.

Voilà comment s'est emballée notre aventure.

Bien sûr, Lopez s'était vu retirer son enquête. Mais il était suffisamment remonté pour continuer en toute illégalité, en prenant le temps nécessaire sur ses jours de repos.

– Cette guerre va bien s'arrêter un jour ou l'autre, m'avait-il expliqué. L'armée ne gardera pas éternellement la mainmise sur les affaires de police. La justice finira bien par retrouver ses droits, d'une manière ou d'une autre. Et ce jour-là, je pourrai ressortir cette affaire.

Il avait retrouvé son entrain coutumier. Il n'allait pas s'aplatir. Il allait continuer, n'en faire qu'à sa tête. Et les bribes d'informations tombées du ciel que je lui servais sur un plateau relançaient complètement l'affaire. Du coup, il avait accepté que je l'accompagne à Constantine où l'enquête devait désormais se poursuivre.

Nous y sommes allés à de nombreuses reprises, tous les deux, dans le plus grand secret. Ces journées-là étaient follement excitantes. Le mystère, les faubourgs troubles de Constantine, les bars louches, cette enquête que nous menions ensemble, ces énigmes à résoudre.

Voilà l'histoire qui s'était refermée sur les deux feuillets que Lopez m'avait fait lire alors que nous faisions promenade sur les sentiers de la colline. Il y avait tout consigné de son écriture anarchique.

Nous avions déniché les bars où les gangsters se retrouvaient, découvert leurs logeuses, celles des chambres bon marché qu'ils avaient louées en arrivant, avant de commencer à mener la grande vie, à un moment qui coïncidait parfaitement avec la date de la première attaque.

Les logeuses nous avaient renseignés sur l'identité de leurs locataires, pour qui elles avaient manifestement gardé bien peu d'estime.

Nous avions aussi retrouvé trace de leur passage dans plusieurs bons hôtels de la ville où ils étaient descendus par la suite. Nous suivions leur périple comme en pointillés, apprenant à chaque étape de nouveaux détails.

Et, au commissariat de Constantine, nous avions découvert que cette bande avait été repérée, soupçonnée de quelques cambriolages dans les beaux quartiers de la ville. Quelques-uns des truands avaient été gardés à vue, avant d'être relâchés faute de preuves. Mais les dossiers étaient restés dans les archives. Lopez avait pu les consulter.

Comme par hasard, cette série de cambriolages avait commencé après que leur complice, l'opérateur radio qui leur donnait les informations sur les fermes à attaquer, eu mystérieusement trouvé la mort dans une embuscade, après avoir été démasqué.

Les cambriolages avaient donc précisément débuté au moment où, leur première combine étant tombée à l'eau, ils avaient dû en trouver une nouvelle pour continuer à mener la grande vie. Cela coïncidait encore.

Quand les gangsters avaient compris que l'air de Constantine devenait malsain pour leur santé, ils étaient retournés en France. À Marseille. Puisque c'est bien de là qu'ils venaient, comme les adresses relevées par la police sur leurs papiers d'identité le confirmaient.

C'est tout cela que Lopez avait consigné sur les deux pages arrachées à un cahier d'écolier : les noms, les surnoms, les lieux, les recoupements et les dates.

Assise sur des rochers au sommet de la colline, juste à côté de la petite chapelle de la Vigie, j'ai lu tout ce qu'il avait écrit. Avec tous ces renseignements, Lopez avait toutes les chances de leur mettre la main au collet lorsqu'il aurait les coudées franches.

Quand j'ai eu fini de lire, nous sommes restés un long moment silencieux, les regards perdus sur la côte rocheuse dentelée par les vagues. Les chalutiers rentraient au port, traînant des nuées de mouettes dans leurs sillages. J'ai tendu les feuillets à Lopez. Il les a glissés dans la poche de sa chemise.

Nous avons descendu la colline d'un pas mélancolique.

L'histoire des attaques s'était refermée sur les feuillets pliés.

Notre histoire à nous se refermait elle aussi. Elle avait doucement glissé hors du présent, appris le temps passé.

Et mon histoire avec cette ville lumineuse qui s'étendait à nos pieds se refermait par-dessus toutes les autres. Cette ville, où je ne savais plus très bien ce qui m'avait entraînée, de l'ombre de Richard ou d'une carte d'Afrique dépliée sur mon lit, qui m'avait fait rêver.

Toutes ces histoires refermées s'emboîtaient les unes dans les autres, comme des poupées gigognes.

Ces souvenirs m'ont emportée loin de la villa Thétis. J'en émerge lentement quand un bruit familier attire mon oreille. Dans le lointain, dans la rue qui descend de la ville, le vrombissement du scooter de Lopez, que je reconnais entre tous.

Je sors sur la terrasse. Sa silhouette qui fonce à toute vitesse en direction de la maison. Il roule comme un dingue. Je le regarde arriver, mille questions tournoient dans ma tête.

Il pile devant la villa, au milieu de la rue. En sautant de sa machine, il m'aperçoit à la rambarde de la terrasse, marque un temps d'arrêt en me voyant en chemise de nuit.

– Habille-toi, vite…

– Qu'est-ce qu'il se passe ?

– C'est grave, faut que tu viennes, tout de suite.

– Mais qu'est-ce que c'est ? Dis-moi…

Il hésite, n'arrive pas à se résoudre à forcer la voix depuis la rue.

– Je monte !

Il traverse le jardin au pas de course, la porte d'entrée claque.

J'attends sur le palier. Il arrive essoufflé. Blême. Son regard perdu glisse sur mon visage. Il prend une respiration et articule :

– Faut faire vite. C'est… c'est Claveline… Un attentat à la boutique.

NAJIB

Mars 1962, section Durandal de la harka 909 en mission dans la vallée du douar Lahssasna, secteur de Ouled Yaiche, département français de Sétif, Algérie.

– 'Tain, Ricky, c'est parfait pour le concert, là !

Le sergent vient d'arrêter Durandal sur un tertre commode pour passer la nuit, au beau milieu d'une large vallée qui s'étale sous la clarté de la lune. Le petit promontoire a un air de scène naturelle, et Michel n'a pas raté l'occasion. Le sergent soupire. Le visage de Michel implore comme celui d'un gosse. Je ne sais pas ce qui me pique quand je saute de l'automitrailleuse, mais je m'entends claironner gaiement aux gars de la troupe :

– Hé, les gars ! On a de la chance ! C'est concert de twist, ce soir !

Le sergent me lance un regard assassin, ou désespéré peut-être, c'est difficile à dire. Moi, je rigole. Je contourne Durandal pour lui dire à voix basse :

– Allez sergent, sois sympa. Y a des mois qu'il attend ça. Fais-lui plaisir, je suis sûr que ça va être drôle !

Le sergent hésite. Me voir marcher dans les bêtises de Michel le désarçonne. Il jette des regards alentour. Je sais à quoi il pense :

– D'ici, on voit venir à des kilomètres. Aucun risque que les fellaghas nous tombent dessus à l'improviste. On peut faire tout le boucan qu'on voudra, allumer les phares… Allez, sois chouette, fais-lui plaisir. Ça va amuser tout le monde.

Un temps de silence. Michel doit prier dans sa tête. Le sergent hausse les épaules :

– 'Tain, vous êtes cons, quand même…, il soupire, sans savoir qu'il vient de signer là sa capitulation définitive.

Michel, lui, le comprend tout de suite. Déjà, il file vers les autres véhicules :

– Non, non, les gars, vous garez pas en ligne… Mettez les engins en cercle, avec les phares en rond pour éclairer la scène !

Ils ne comprennent pas tout, les gars. C'est pas ordinaire. Ils le regardent s'agiter comme un Martien tombé sur terre.

– C'est pour le concert ! il explique à grands gestes. Vous savez, le concert de twist que le sergent et moi on va faire, spécialement pour la troupe… Comme Elvis Presley, en Allemagne, quand il faisait son service militaire !

Les Arabes et les Kabyles se regardent, perplexes. Mais déjà ils commencent à sourire. Ils sentent que ça va être drôle. C'est toujours drôle quand Michel s'en mêle, il est un peu *mejnoun*, Michel, un peu tout fou. Ils le savent, et ils l'aiment bien comme ça. Ils se lancent dans des explications entre eux, en arabe, en berbère. Des phrases courtes ponctuées de petits rires où le mot « twist » revient sans cesse. Ils le répètent à plaisir, « twist,

twist », la sonorité les amuse. À part quelques gars de la ville, ils ignorent ce qu'il veut dire bien sûr, mais tous sentent bien qu'un moment pas ordinaire se prépare.

Aussitôt, les véhicules redémarrent, le camion et les deux Jeep sont mis en cercle dans la nuit, les phares pointant sur le tertre qu'a désigné Michel. Lui, il s'active comme un diable au milieu de la lumière jaune, empile des caisses à munitions vides pour construire la batterie. Puis, avec une délicatesse dont je l'aurais pas cru capable, il y dépose les précieuses « baguettes » comme si c'était une offrande à des dieux oubliés, ou un flacon de nitroglycérine.

Le sergent hoche la tête, il rigole. Je crois qu'il s'amuse bien lui aussi, finalement :

– Putain, j'y crois pas…, il dit comme pour lui-même. Et moi qui laisse faire !…

Michel empile encore trois caisses pour le siège du batteur, puis, à grands gestes des bras, il appelle le sergent pour qu'il le rejoigne. Tout s'est emballé très vite et il n'a plus vraiment le choix, maintenant.

– Je te retiens, toi, il me lance en traînant le pas vers le siège. T'as pas fini d'être de corvée, je te jure…

– Quand j'aurai vu ça, je veux bien faire toutes les corvées que tu voudras, sergent Ricky Drums… Jusqu'à la fin du monde !

Pendant que le sergent s'installe sans conviction, Michel a sorti les feuilles où j'ai écrit les paroles, toutes froissées à force de traîner dans ses poches depuis des semaines.

– Bordel, mais j'y vois que dalle ! il s'exclame. Putain de phares…

Tout autour, les gars attendent, debout, en se dandinant d'impatience. Ils se tapent sur l'épaule, sur le dos, dans les éclats de voix et l'excitation qui monte.

Le sergent a attrapé les baguettes, et il commence à taper sur les caisses pour essayer le son. Chacune sonne différemment, il les change de place, les organise à sa manière. Petit à petit, ça se précise. Il y a du rythme dans les roulements qu'il décroche. Les gars se balancent en cadence. On se jette des regards surpris… Ah, ouais, ça ressemble à quelque chose !

Michel s'avance vers nous en agitant les bras pour avoir le silence :

– Bon, ça y est, on est prêts… Allez, on y va ! Attention les gars, c'est parti pour la première chanson !

– Putain, qu'est-ce qu'il faut pas faire…, grogne le sergent en souriant malgré tout.

– Allez, Ricky, vas-y, lui lance Michel. On démarre par *Souvenirs, souvenirs*, c'est celle que je connais le mieux… C'est toi qui commences, t'as plus l'habitude… Et tu me fais signe quand il faut que je me mette à chanter, pour que ça tombe ensemble !

Le sergent éclate de rire. Mais il se lance. Les baguettes frappent, volent d'une caisse à l'autre… et… ça sonne comme un rythme de musique !

Dans la troupe, les pieds tapent le sol, les mains frappent.

Puis Michel se met à chanter. Dès les premiers mots, c'est une catastrophe, il chante faux, s'embrouille dans les paroles.

Les gars rigolent, mais ils suivent la mesure avec leurs mains, avec leurs pieds. Le sergent tient bon le rythme. Et dans la troupe, des claquements de mains semblent répondre aux roulements du sergent, y a des gars qui connaissent la musique…

Ahmed sort du groupe, attrape une des caisses que le sergent a mises de côté, s'assoit par terre, la coince entre ses jambes comme une darbouka, et il joue lui aussi en tapant avec ses doigts, avec ses paumes. Des applaudissements fusent. D'autres encore se mettent à taper sur ce qu'ils trouvent. Tout le monde joue ensemble. C'est vachement chouette !

Michel est débordé, il a renoncé aux paroles, braille ce qui lui passe par la tête, et c'est plutôt mieux comme ça. Il a pigé le rythme maintenant. Sur les temps forts, il s'égosille : « Twist ! Twist ! », et ça donne quelque chose au milieu des youyous qui fusent.

Quelque chose qui n'a rien à voir avec le twist, faut reconnaître. Une espèce de frénésie où les rythmes mauresques se mélangent aux quatre temps du sergent dans une ambiance de tous les diables, et tout ça transpire ensemble sur les visages radieux où les gouttes dévalent.

Au bout d'un moment, les énergies s'essoufflent. Le silence s'installe peu à peu et on redescend doucement sur terre, dans cette vallée, sous la lune.

On se retrouve essoufflés, le sourire aux lèvres, ça plaisante dans toutes les langues. Ça tape sur l'épaule, ça tope dans les mains, comme s'il fallait qu'on se touche pour être sûrs qu'on n'a pas rêvé. Non, on n'a pas rêvé, on a fait ça ensemble. Le sergent se marre comme les autres, Michel exulte :

– Formidable, les gars ! Putain, vous…

Une idée lui passe alors par la tête, il s'interrompt lui-même :

– Hé, dis, Ricky… Ce qu'on a fait, tu saurais le refaire ? Tu te rappelleras ? Parce que ça, bordel… Chuis sûr qu'à la radio ça fait un massacre !

Tout est calme maintenant, la troupe s'est endormie à l'abri des tentes montées à la hâte. Quelques gars ont préféré la belle étoile, enroulés dans leur couverture brune. Les caisses à munitions sont empilées dans le fond du camion. J'ai pris mon quart vers quatre heures, avec une autre sentinelle. Je vois nettement sa silhouette qui se découpe sous la lune, de l'autre côté du campement. Dans la plaine de cette large vallée, rien ne bouge jusqu'à l'horizon, à part quelques écharpes de brume. Tout est tranquille dans l'air vif qui pique le visage. Le jour va bientôt se lever. À l'est, la nuit devient plus claire.

J'essaie d'occuper mon esprit à détailler le paysage, parce qu'à cette heure je n'ai pas le courage de me réciter quoi que ce soit. C'est pas une vie de passer son temps à réciter des trucs dans sa tête juste pour s'empêcher de penser. Mais depuis un moment je sens bien qu'il rôde dans mon esprit. Mon frère…

C'est le lendemain de ma première attaque qu'il m'a annoncé qu'on était demi-frères. C'est lui qui avait demandé à ce que je vienne, cette nuit-là, et c'est lui qui avait décidé que je ne retournerais pas avec les paysans du maquis Bou-Sidi.

C'est lui qui décide de tout dans ce secteur, c'est lui qui commande. Il voulait me garder près de lui. Laïziz était rentré seul en me laissant avec ce jeune commandant de l'A.L.N.

La nuit précédente, durant l'attaque, j'avais compris qu'il savait qui j'étais. Depuis, j'ai appris qu'il se renseigne systématiquement sur chacun des combattants recrutés dans le secteur qu'il commande.

Je suis resté à ses côtés pendant les douze journées suivantes. Douze journées et trois nuits, j'allais dire. Enfin, trois nuits en opération ; les autres, j'avais dormi sous la tente qu'il avait fait dresser pour moi près de la sienne. Trois nuits en mission, en comptant la première, celle de la ferme. Mais, cette nuit-là, je ne savais pas encore qu'il était mon frère. Douze jours durant, j'avais eu le temps de voir ses méthodes.

Il s'appliquait même à me les apprendre.

C'est Ziad qui m'avait introduit dans le maquis, et c'est lui qui avait expliqué au commandant qui j'étais, d'où je venais.

Il lui avait parlé de ma jambe maigre, qui ne m'empêcherait pas d'être un combattant efficace. Il lui avait dit que j'étais un élève brillant, que monsieur Germain comptait faire de moi un instituteur, ou davantage. Il lui avait parlé de tout, de ma mémoire extravagante, du patin à roulettes, de mon passage au centre de torture de Tamentout-Fedj-M'zala, et il lui avait aussi raconté comment on m'avait trouvé sur les marches de l'hôpital, un matin du printemps 1947.

Avec tout ça, il ne pouvait pas se tromper. Il avait compris qui j'étais.

Mon frère m'a raconté les choses peu à peu, au fil des jours.

Il s'était mis en tête de faire de moi un cadre de l'A.L.N et nos journées alternaient des phases où il m'apprenait les rudiments de l'art de la guérilla, et les révélations sur mes origines, sur nos liens, sur mon histoire avant l'hôpital de Djidjelli.

Les détails sur ma naissance, sur ma « famille », je les ai appris dans le désordre, comme une série de coups de poing en pleine poitrine.

Je ne parle pas de ma mère, qui est morte il y a presque cinq ans maintenant, dans le bombardement de Tachouda, le village où je suis né. Je n'avais aucun souvenir d'elle. Les premières images que je retrouve dans ma mémoire remontent à l'hôpital.

J'avais toujours trouvé normal de n'avoir aucun souvenir de ma vie d'avant, parce que je pensais que j'avais deux ans au moment où j'avais été abandonné.

En réalité, j'en avais quatre.

Ce commandant et moi étions demi-frères, nous n'avions pas le même père. Moi, personne ne sait qui était mon père. Et ma mère ne le savait pas plus que les autres. Parce qu'elle avait croisé une bande de militaires ivres, sur le bord d'une piste, une nuit de juillet 1942, et qu'ils l'avaient violée.

Elle rentrait à pied de la ferme de colons où elle faisait le ménage à cette époque, et les soldats, qui revenaient des festivités de Deni-Abram[25], s'étaient acharnés sur elle presque toute la nuit.

Au petit matin, elle était rentrée dans un état si épouvantable qu'elle n'avait pas pu cacher ce qui lui était arrivé, comme il aurait été tellement préférable qu'elle puisse le faire.

J'étais sonné par cette histoire. Je n'arrivais pas à comprendre pourquoi, victime d'un viol aussi horrible, ma mère n'avait pas trouvé le réconfort auprès des siens, auprès de mes frères, auprès de son mari, qui était leur père.

Au contraire, mon frère m'expliquait sans ciller que depuis cette nuit elle était méprisée parce qu'elle était impure. J'entendais ce genre d'âneries complètement atterré, sans comprendre.

Et rien ne s'était arrangé par la suite. Quand elle s'était rendu compte qu'elle était enceinte, son mari était entré dans une colère épouvantable. Pendant des jours, il avait bourré son ventre de coups de pied pour que je me décroche. Mais j'avais tenu bon, j'étais bien accroché.

Mon frère m'expliquait tout ça sans la moindre émotion. Pour lui, c'était limpide. Ma mère avait été

[25] Le village kabyle de Deni-Abram est rebaptisé Maréchal-Pétain en juillet 1942.

impure, il fallait qu'elle paie. Elle avait dû accoucher dans un champ, pas question qu'un bâtard puisse naître sous le toit de la famille.

Depuis cette nuit du mois de juillet 1942, elle n'avait plus jamais pénétré dans la maison des hommes qu'en simple servante, pour préparer les repas, faire le ménage, entretenir le linge. Elle dormait dans une espèce de cabane en bois adossée à la maison de pierre et, quand je suis né, c'est là que j'ai vécu avec elle. Car le père avait eu la *bonté* de me laisser vivre à ma naissance, au lieu de me jeter dans un ravin comme il avait menacé de le faire tout au long de la grossesse.

Les deux premières années, je ne suis jamais sorti de cette cabane. Le père de mes frères ne supportait pas de me croiser dans la cour de la maison. Et quand il n'a plus été possible de me tenir enfermé dans la cahute, il me battait comme plâtre lorsqu'il me trouvait sur son chemin, à la seule raison que son regard tombait sur moi et que ça lui était insupportable. Plusieurs fois, il m'avait laissé assommé sur la terre du sol.

Mes frères me méprisaient, comme tout le village. J'étais l'enfant impur, le souvenir vivant de la faute de ma mère.

Comment ma mère pouvait-elle être tenue responsable d'avoir été violée ? Cette idée me révulsait. Il m'était tout aussi incompréhensible qu'un jeune enfant ait pu être traité de cette manière.

Pour mon frère, c'était d'une logique implacable. Que je puisse trouver cela injuste lui semblait un manque de jugement inconcevable.

Après quelques tentatives, j'ai vite compris que ce n'était pas la peine d'essayer de discuter de cela. Il n'y avait rien à faire.

Et je le laissais raconter ; le besoin m'était venu d'en apprendre davantage.

J'étais le souffre-douleur de la famille. Je semblais beaucoup plus jeune que mon âge car il était hors de question que le père de mes frères me nourrisse. Ma mère n'avait eu d'autre recours que de me donner le sein pendant plusieurs années, faute d'autre chose pour me nourrir, à part quelques miettes qu'elle arrivait à chaparder en cachette.

Une nuit, alors que j'allais avoir quatre ans, cet homme, qui n'était pas mon père, était entré dans la cabane, et il avait voulu forcer ma mère comme il en avait pris l'habitude. « Une femme impure ne mérite pas autre chose », avait tranché mon frère, qui avait vu le désarroi traverser mon regard. Et je m'étais tu, encore.

Cette nuit-là, comme ma mère essayait de se refuser, il avait commencé à la battre pour la contraindre. Et quand, réveillé par les bruits de la lutte, je m'étais mis à pleurer, l'homme était entré dans une rage folle.

Il avait bondi sur moi, m'avait arraché à ma paillasse, secoué de toutes ses forces en m'insultant sauvagement, « sale petit bâtard » et la suite. Comme je continuais à pleurer, il m'avait frappé pour que je me taise. Mais j'avais hurlé de plus belle. Alors, il m'avait attrapé par la cuisse pour secouer plus fort. Et comme je hurlais encore, un accès de fureur lui avait fait briser ma jambe entre ses mains, puis il m'avait projeté sur le sol où j'étais resté inconscient. Silencieux, enfin.

Ensuite, il avait terminé ce qu'il était venu faire.

Quand ma mère avait pu revenir près de moi, elle avait trouvé ma cuisse ensanglantée par une fracture ouverte. Le fémur brisé avait déchiré les chairs et saillait dans la terre battue où je gisais dans une flaque de sang.

Malgré les soins de ma mère, ma jambe s'était tellement infectée que la fièvre était montée au point de me faire délirer. J'allais mourir bientôt, et l'homme disait que j'avais de la chance parce que la mort était bien douce pour le bâtard d'un porc et d'une femme impure.

La nuit venue, ma mère m'avait emporté loin du village.

Même si j'avais pu guérir de cette blessure, un jour ou l'autre, l'homme aurait fini par me tuer dans un accès de haine. Elle devait m'emmener loin pour me mettre à l'abri de sa furie.

Et quand, deux jours plus tard, elle était revenue au village, elle n'avait jamais avoué à personne ce qu'elle avait fait de moi, même sous la bastonnade.

Elle avait dû choisir l'hôpital de Djidjelli, dans l'espoir qu'on pourrait m'y sauver, et elle avait bien pris soin que rien ne puisse indiquer d'où je venais. Cette ville était éloignée de Tachouda, et il y avait peu de chances qu'on me retrouve là-bas.

Puis elle était retournée vivre son calvaire auprès de ses autres fils et de leur père.

Tout cela m'arrivait par bribes lâchées sans ordre, comme à l'improviste au gré des pauses de la journée.

Le soir, sous ma tente, j'y pensais pendant des heures. Et, tout au long de ces nuits sans sommeil qui me laissaient un peu plus à cran chaque matin, j'avais fini par comprendre certaines choses.

Par exemple, le fait que j'avais quatre ans quand on m'a retrouvé sur les marches de l'hôpital. Mon frère était sûr de ça. Mais alors, pourquoi n'avais-je jamais eu le moindre souvenir de ces quatre années ? Jamais la moindre image ? À deux ans, comme je le pensais avant, ça pouvait se comprendre. Pas à quatre… D'autant qu'à partir des premières images de l'hôpital je me souviens de tout avec une précision redoutable, à cause de cette mémoire maladive. De chaque moment ou presque.

Je compris alors que mon cerveau avait voulu tout effacer de ce qu'il savait d'avant, et qui était trop insupportable.

Et c'est peut-être pour compenser cette perte que, par la suite, il avait voulu absolument tout garder en mémoire chaque minute que je vivais, chaque ligne que je lisais, chaque scène que je voyais dans les films. C'est à penser ce genre de choses sans queue ni tête que je passais mes nuits.

Ou à me rappeler encore cette phrase qui m'avait tant travaillé, quand monsieur Corti avait dit à La Muda : « Toujours en train de rire, celui-là… » J'y avais réfléchi par la suite, et j'avais compris qu'il avait raison, que j'étais toujours en train de rire, toujours prêt à rendre service, toujours à avoir peur de décevoir. Peur de décevoir monsieur Germain, Claveline, mes amis de l'école, peur de décevoir les gens de Djidjelli à qui je m'empressais de rendre service le sourire aux lèvres. J'avais tellement besoin qu'on m'aime.

Je comprenais mieux pourquoi, maintenant. Ou plutôt je le sentais mieux, parce que l'expliquer n'est pas facile.

Mais à tout prendre, je préférais encore ça, plutôt que d'avoir basculé du côté de la haine, ce qui aurait pu se produire après ce que j'avais vécu mes quatre premières années. C'est sans doute grâce à monsieur Germain que j'avais échappé à cet engrenage de haine.

Je pensais que je l'aimais, monsieur Germain. Comme j'aimais Claveline. D'une autre manière, évidemment. Et je ne voulais pas les perdre.

Voilà le genre de choses qui peuplaient mes nuits sans sommeil sous la tente plantée à côté de celle de mon frère.

Mon frère, la façon dont il me racontait tout ça me laissait sans voix. Il parlait toujours avec cette même froideur, cette même distance qu'il avait en pleine attaque, la nuit où je l'avais vu pour la première fois. Cette nuit-là, j'avais été glacé de le voir tout près de moi, en pleine tuerie, contempler la clarté des étoiles avec cette sérénité effarante, tout en m'expliquant avec cette froideur clinique la meilleure manière de mener un massacre.

Je me souviens avec précision de chacune de ses phrases, et je n'y ai jamais trouvé l'ombre de la moindre émotion, du moindre regret, du moindre sentiment.

Il n'éprouvait aucune compassion pour les souffrances de ma mère. Pas davantage pour les miennes. Pour lui, c'était juste dans l'ordre des choses. Chacun avait fait précisément ce qu'il avait à faire.

Pourtant, en dehors de ces choses insupportables, il était plutôt attentionné avec moi. Il m'avait fait monter une bonne tente où je dormais seul, un luxe rare. Il s'occupait de mon instruction militaire avec attention et bienveillance. Je n'arrivais pas à le détester tout à fait. Simplement, sa froideur me terrifiait sous son intelligence vive. Et l'histoire qu'il m'avait racontée, mon histoire, celle de ma mère, me rendait malade. S'il avait été stupide, j'aurais pu le comprendre. Mais il était un homme intelligent, et il avait eu la chance d'avoir une instruction qui cultive cette intelligence. J'avais appris qu'il avait suivi une bonne école militaire, même s'il laissait flotter un grand mystère autour de ces années de formation.

Et puis il y avait ces coups de main auxquels je devais participer et qui m'étaient devenus encore plus insupportables depuis que j'avais compris que chacun d'eux m'interdisait davantage tout espoir de revoir un jour Claveline.

Dans l'esprit des combattants, les choses étaient claires. Il fallait que les Français s'en aillent. J'étais torturé par l'idée que chaque action à laquelle je participais rapprochait le jour où les Français devraient déguerpir du pays. Les Français et Claveline.

Et après ça, comment continuer à espérer, moi, pouvoir un jour vivre avec elle, en France ? En restant au maquis, je perdais toute chance de tenir ma promesse.

Le dernier jour passé près de mon frère, profitant des derniers rayons du soleil qui plongeait derrière les crêtes, nous venions de terminer un petit exercice sur la théorie de l'embuscade. La leçon achevée, on était restés tous les deux un moment sans rien dire, puis j'avais posé une question qui m'obsédait.

Pourquoi s'occupait-il de moi, maintenant, alors qu'il n'avait jamais rien fait pour le bébé que j'étais ?

Il avait réfléchi un instant, le regard perdu dans la carte d'état-major de l'armée française dépliée devant nous, sur une petite table.

Puis il m'avait répondu que j'aurais dû mourir, ce mois d'avril 1947. Que j'étais rachitique, brûlant de fièvre, ma jambe dégorgeant un jus infâme. Il m'avait vu dans cet état, dans mon délire. Il avait vu ma jambe noire et dure qui empestait comme une charogne.

– N'importe qui aurait dû mourir à ta place, avait-il affirmé d'une voix sûre.

Après cette phrase, son regard avait flotté sur les derniers éclats du soleil couchant sur la ligne de crêtes qui fermait l'horizon, puis il avait repris d'une voix lointaine, comme s'il pensait à voix haute :

– Oui, tu aurais dû mourir. Mais Dieu a voulu que tu vives. Puis Il a voulu que nos chemins se croisent à nouveau, qu'on se retrouve, et que nous soyons ensemble à présent. Et moi, je suis ton demi-frère, c'est à moi de t'offrir une chance de racheter ta faute, puisqu'Il le veut ainsi. De racheter ta faute et celle de ta mère.

» Et la voilà, la chance que je t'offre : celle de combattre, de combattre pour ton pays. Je t'offre de devenir un combattant de premier ordre, un chef qui pourra un jour retourner voir ses frères et leur père bafoué sans avoir à rougir. Un combattant qui pourra rentrer dans son village la tête haute, comme un héros, en ayant racheté l'honneur perdu de sa mère, en ayant gagné sa place parmi les hommes… »

Cette fois, je n'avais pas pu me taire :

– Tu es complètement fou ! j'avais crié. C'est pas Dieu qui m'a sauvé, c'est notre mère ! Elle m'a sauvé de vous tous, de votre bêtise et de votre sauvagerie ! Je ne veux plus entendre des saloperies pareilles…

J'avais perdu les pédales, lâché en vrac tout ce que j'avais sur le cœur, tout ce qui m'était insupportable :

– La vérité, c'est que tu es un monstre ! Et ton salaud de père avec toi ! Je ne veux jamais rencontrer cet homme ! Et toi non plus, je ne veux plus te voir. Je vais m'en aller cette nuit, je vais quitter ce maquis, quitter l'A.L.N. !…

La colère vibrait dans mes membres, elle m'avait emporté et j'étais surpris d'avoir osé crier des choses pareilles. Car j'avais crié pour finir, le camp tout entier avait dû entendre. J'ai pensé que mon frère allait entrer dans une rage folle, qu'il allait hurler lui aussi, me frapper. Puis, mesurant ce que je venais de dire, j'ai même craint qu'il m'abatte sur-le-champ sans le moindre état d'âme, comme je l'en savais capable.

Mais il ne s'est pas mis en colère. Il a replié la carte d'état-major avec le plus grand calme.

Quand il a eu fini, il a déposé la carte sur la table, l'a lissée avec soin de la paume de sa main. Puis il a regardé les plis impeccables d'un air satisfait, et il a murmuré d'une voix douce :

– Tu me déçois beaucoup. Tu es encore sous l'emprise des porcs qui ont fait ton éducation. Mais tu vas retrouver tes esprits, saisir ta chance. Tu ne partiras pas.

– Je partirai ! j'ai crié avec colère.

Il s'est levé tranquillement.

– Tu es mon frère. Je te tends la main. Je passe sur ta bravade. Tu ne partiras pas. Je te connais. Tu ne peux pas décevoir ton frère, ton frère qui te fait confiance.

– Je partirai, j'avais répondu d'une voix plus calme cette fois. Je ne veux pas d'un frère comme toi. Allez tous au diable...

Il m'avait regardé, surpris. Puis il avait haussé les épaules. Ramassant la carte d'un geste désinvolte, il m'avait souri. Avant de s'en aller d'un pas tranquille, il avait murmuré en se penchant légèrement sur moi :

– Alors, si tu t'en allais, tu ne me laisserais pas le choix. Il faudrait que je te punisse. Ta vie deviendrait un enfer. Et, un jour, je devrais te tuer de mes propres mains...

» À demain, petit frère. J'espère que tu seras plus calme. »

CLAVELINE

Mars 1962, hôpital de Djidjelli, département français de Constantine, Algérie.

Quand ils m'ont transportée, je n'ai rien senti. Je ne sens plus rien. J'entends des bruits, des voix lointaines qui me parviennent bizarrement déformées, mais c'est tout. Je ne sens rien du tout, comme si je n'avais pas de corps.

J'entendais ce qu'ils disaient dans la boutique, quand ils m'ont déposée sur le brancard, emportée dans l'ambulance. J'ai entendu les portières se refermer, le moteur démarrer, la sirène qu'ils avaient mise en marche, mais je n'avais pas la moindre sensation de déplacement.

Je ne vois rien non plus. Je ne sais pas si mes paupières sont closes, ou si je suis aveugle.

Mon cerveau fonctionne, puisque je pense à tout ça. Mais il marche de manière étrange, pas comme d'habitude. Quand je me demande si je suis devenue aveugle, ça ne me procure aucune terreur, aucune émotion. C'est une simple question, un bête problème de logique : si mes paupières sont ouvertes et que je ne vois rien, alors, je suis aveugle. Mais je ne sais même pas si elles sont ouvertes ou fermées. Je crois que je m'en fiche.

Le cerveau fonctionne mais je ne le contrôle pas. Il saute d'une idée à l'autre sans que je le veuille. Parfois, il s'arrête sur une phrase prononcée près de moi, dans la chambre. Parfois, il déterre des souvenirs, comme s'il choisissait au hasard des morceaux de mémoire qu'il regarde un moment avant de les jeter pour passer à autre chose.

Puisque mon cerveau fonctionne, je ne suis pas morte. Cette idée me traverse elle aussi sans la moindre émotion. C'est un constat : je suis vivante, mon cerveau marche encore.

Mais mon corps ne marche plus. Je n'ai plus aucune sensation. Seuls les sons qui me parviennent me relient encore au monde.

Non, pas seulement les sons. Je sens nettement l'odeur de l'éther depuis que je suis à l'hôpital. Et je suis tout à fait incapable d'avoir la moindre idée du temps qui passe. Suis-je là depuis dix minutes ? Depuis des heures ? Depuis des journées entières ? Je n'en sais rien. Parfois, il y a un trou noir dans ma tête, comme si je perdais connaissance et que des lambeaux de rêves traversent alors ces étranges ténèbres. Mais je suis incapable de dire sur combien de temps valsent ces mirages.

Quand je me suis réveillée la première fois, j'ai nettement senti l'odeur de la boutique. Le tabac frais, le papier des journaux, le bois ciré. Des gens parlaient. J'ai reconnu la voix du docteur Debussy qui avait dû accourir de son cabinet voisin, la voix de ma mère, et d'autres qui criaient.

Les idées défilent, je les regarde passer comme si je

n'avais pas de prise sur elles. Cette bombe, depuis combien de temps m'attendait-elle ?

Personne n'a rien jeté dans la boutique. Elle était là, cachée quelque part dans le grand meuble de bois qui sert de comptoir, et elle m'attendait. C'est là que tout a éclaté, la grande flamme orange. La bombe était sous le plancher. Puis, je pense que c'est là que j'aurais dû être, derrière le comptoir, juste là où la déflagration s'est produite.

J'avais quitté la caisse un instant, juste le temps d'attraper *Modes & Travaux* pour la mère Martinez, sur l'étagère la plus haute. Depuis le temps que je serine ma grand-mère de le rendre plus accessible, parce que c'est des vieilles qui l'achètent. N'empêche que là, si je ne m'étais pas éloignée de la caisse quand la bombe a explosé, je ne penserais pas à tout ça à cette heure. Elle est morte sur le coup, madame Martinez. Ils l'ont dit dans la boutique. Elle s'était approchée du comptoir pendant que j'attrapais le magazine. Elle est morte, mais c'est moi que la bombe attendait. Elle était placée juste sous la caisse, et, tous les jeudis après-midi, c'est moi qui suis à cette place.

La porte s'ouvre. Quelqu'un est entré dans la pièce, une infirmière peut-être. Non, pas une infirmière, ce sont plusieurs pas qui glissent sur le carrelage. Ils parlent à voix basse. Le médecin dit que la colonne vertébrale est touchée. Les cervicales aussi. L'idée que c'est pour ça que je ne sens plus rien me traverse la tête. Ça devrait me désespérer, je m'en rends compte. Mais non, c'est comme s'il parlait d'une étrangère.

D'un seul coup, une émotion traverse mon esprit. C'est comme une émotion lointaine, le souvenir d'une émotion peut-être… Cette voix qui vient de murmurer une phrase que je n'ai pas comprise, c'est la voix de Sylvie, j'en suis sûre.

Sylvie… Il me semble que l'ombre d'une envie traverse mes ténèbres. Qu'est-ce que c'était chouette de l'avoir rencontrée, cette fille. D'avoir fait un peu de chemin avec elle. Le prochain épisode de *Tonkinoise* arrivera demain. Enfin, si on est encore jeudi, je n'en sais rien. Mais non, finalement on ne doit plus être jeudi. D'autres jours ont dû passer. Peu importe. *ELLE*, on en vendait encore plus de quarante exemplaires chaque semaine, à la boutique. Mais il n'y a plus de boutique. Comment vont-ils faire, les gens ? Ils n'iront pas chez Alouch en tout cas, ils ont fermé la semaine dernière. Ils sont partis en France. Ils n'ont même pas pu vendre, plus personne ne veut acheter. Tout le monde ne pense qu'à partir en France. Et Sylvie, qu'est-ce qu'elle va faire ?

Sylvie. Des moments qu'on a passés ensemble ressurgissent. Je sens que je souris à l'intérieur de moi-même. Qu'est-ce que j'aimerais que ce sourire passe sur mes lèvres, qu'elle le voie, qu'elle voie que je souris pour elle. Mais est-ce que j'ai encore des lèvres ? Encore une question froide comme une étoile filante. Je me fiche bien de la réponse. J'aurais juste aimé sourire, tout à l'heure. Mais déjà, cette envie m'a quittée. Peu importe.

Je perds sans cesse le fil des gens qui parlent autour de moi. Ce n'est jamais à moi qu'ils s'adressent. Aucun ne m'a jamais parlé directement. Je dois être drôlement amochée. Les gens parlent, pourtant. Je les entends parfois. Leurs phrases m'arrivent isolées, je ne suis pas leur logique. Quand mes oreilles arrivent à accrocher quelques paroles, je ne sais même pas combien de temps est passé depuis la phrase précédente. Des secondes ? Des minutes ? Ou alors des années, des siècles peut-être. Non, pas des siècles. Ça, je sais que c'est impossible.

Parfois, il y a la voix de ma grand-mère, les sanglots de ma mère. Je me rappelle que maman était à sa boutique de la rue Reigner quand la bombe a explosé. Mémé devait être à l'étage. La déflagration n'a pas dû tout détruire là-haut. Pourtant, je me souviens parfaitement de la vitrine qui explose. Je l'ai vue, j'ai vu les grandes vitres pulvérisées, projetées dans la rue comme un nuage, c'est la dernière image que mes yeux ont vue.

Puis il y a eu des cris. Des gens ont dû recevoir des éclats de verre. Mais maman et mémé sont vivantes, elles viennent me voir. Elles sont venues à plusieurs reprises. Alors, plusieurs jours ont passé, sans doute. Je ne comprends pas ce qu'elles disent. Une fois, elles ont demandé au médecin si je pourrais être transportée en France. Qu'est-ce que j'irais faire là-bas ? Retrouver Najib ? Ça, ce serait chouette. Mais personne ne sait rien de nos promesses. Ces derniers temps, les parents parlaient de plus en plus souvent de la France. Mais ils hésitaient encore. Surtout ma grand-mère. La bombe a peut-être précipité les choses.

Parfois, il y a d'autres voix aussi. L'inspecteur Lopez, par exemple. Une fois, il était avec monsieur Germain. Une autre avec Sylvie. À moins qu'ils soient venus ensemble et que je m'embrouille. À un moment, j'ai entendu l'inspecteur dire qu'il s'en voulait de n'avoir pas pris assez au sérieux cette histoire, la nuit où des hommes étaient entrés dans la boutique. On avait fêté la réponse de *ELLE* au restaurant de l'hôtel *Casino*. Il y a combien de temps ? Six mois déjà ?... Ou huit, peut-être. Davantage ? Cette nuit-là, j'étais trop excitée pour m'endormir. Il y avait eu du bruit dans la boutique et j'avais ouvert la fenêtre de ma chambre pour regarder dans la rue. Les hommes s'étaient enfuis cachés sous leur burnous.

Cette fois, j'arrive à suivre ce que dit Lopez un assez long moment sans coupure. C'est rare. Il dit qu'il s'en veut d'avoir cru à une simple tentative de cambriolage. Maintenant, il pense qu'ils venaient déjà pour poser leur bombe. Et qu'ensuite ils avaient dû attendre plusieurs mois avant de recommencer, et réussir leur coup. Furtivement, je me demande si la bombe avait pu m'attendre là depuis tout ce temps, depuis cette nuit-là. Non, sans doute. Elle m'attendait, oui, mais pas depuis si longtemps. L'inspecteur a raison, ils ont dû revenir ensuite.

Lopez continue à parler, là-bas, dans un autre monde, et monsieur Germain lui répond, mais mon cerveau décroche.

Mes cervicales sont touchées, a dit le docteur. L'idée que je peux encore entendre me traverse. Entendre et sentir les odeurs, parfois. Ces nerfs-là ne passent pas par les cervicales, ils restent dans la tête. Mais alors, si c'est ça, pourquoi je n'y vois pas ? Et pourquoi ces questions stupides me traversent ? Je ne peux pas bouger le moindre muscle, je ne sais même pas si mes paupières sont ouvertes, je suis incapable d'émettre le plus petit son, le moindre souffle, et je me fiche complètement de la réponse. Le cerveau fait ce qu'il veut. Il fonctionne sur le courant qui reste. Je le regarde se mettre en route de temps en temps, tant qu'il peut encore, tant qu'il reste encore un peu de courant. Je le regarde, et je m'en moque.

La porte s'ouvre. Une seule personne entre, referme derrière elle. Elle s'approche de moi. Me murmure à l'oreille. C'est Sylvie. C'est Sylvie qui me parle. Qui me parle à moi, directement. Quelqu'un me parle pour la première fois, et c'est Sylvie ! Je veux l'entendre, je veux l'écouter. Pourvu qu'il n'y ait pas de coupure. Elle me parle, elle me dit qu'elle pense à rentrer en France. Qu'elle aimerait tant que je guérisse vite, que je puisse y partir moi aussi, comme dans ma promesse. Puis j'entends le froissement du drap qu'elle soulève. Elle murmure :

– C'est tes lettres, Claveline. C'est les lettres de Najib que je viens de poser sur ton ventre. Je les ai prises dans ta coiffeuse. Il fallait qu'elles soient près de toi, c'est leur place.

Je ne sens rien, mais je sais qu'elle a déposé ces lettres sur mon ventre. Une douceur immense se glisse dans ma tête.

– Et il y a encore une lettre, qui est arrivée hier. Je vais te la lire.

Elle commence, à voix très basse. Je reconnais les mots de Najib. J'aimerais tellement sourire. Une seconde, je crois bien que je me rappelle ce que c'est, être heureuse. La sensation me traverse, aussi vite qu'une flèche.

À côté du lit, Sylvie reste un moment sans rien dire. Elle a fini la lecture, elle me regarde, je pense. Ou elle regarde par la fenêtre, si je suis vraiment trop moche. Puis elle m'embrasse, sur le front, je crois. Je n'ai rien senti, mais j'ai entendu le baiser sur ses lèvres toutes proches.

– Qu'est-ce que je t'aime, petite Claveline, elle murmure.

Puis j'entends son pas léger qui s'éloigne, qui glisse lentement vers la porte. J'aimerais tant pouvoir lui crier que moi aussi je l'aime, que c'est une chance incroyable d'avoir rencontré un jour quelqu'un comme elle.

Oh, j'aimerais tellement pouvoir lui dire... Mais déjà, elle ouvre la porte. Sur le seuil, elle fait une pause, me regarde encore une fois. Je l'entends me dire :

– Merci pour tout ce que tu m'as donné, Claveline. Je sais comme tu m'aimes aussi.

La porte se referme tout doucement. Son écho vibre longtemps dans ma tête. Il reste un peu de courant, encore.

RICHARD

SERGENT, CHEF DE LA SECTION 04 « DURANDAL », HARKA 909

Avril 1962, secteur de Ouled Yaiche, département français de Sétif, Algérie.

On roule vers Sétif. Les cahots de la piste, les cahots dans la tête. Un merdier impossible. Des semaines entières abandonnés dans les montagnes, sans aucune consigne. Et tout à coup, cet ordre qui tombe. Il n'est pas tombé tout seul, faut dire. J'ai forcé les choses avec mon message. Mais de la réponse du Q.G., je n'ai encore rien pu dire aux gars, ni à Michel ni à Najib. Je n'y arrive pas. Faudra bien que je me décide avant Sétif. Ils ont bien pigé qu'il y avait un sérieux problème. Je crois même qu'ils ont saisi les grandes lignes. Mais je n'ai pas encore réussi à en parler avec eux. Comment va-t-on être reçus, là-bas ? Qu'est-ce qui va se passer ? Pour moi ? Pour les autres ?

Quand cet ordre est enfin tombé, ce matin, ce n'était pas celui que j'attendais. C'est le moins qu'on puisse dire. Et je n'arrive toujours pas à concevoir que ce soit possible.

Avant l'appel de ce matin, le dernier contact avec

le Q.G. remontait à des semaines : « Restez sur votre secteur. Ne le quittez pas avant d'en recevoir l'ordre », voilà les dernières consignes que nous avions reçues. Voilà ce à quoi on a occupé ces putains de semaines. À rester sur notre secteur de montagnes, et à rester vivants en attendant des ordres qui ne venaient jamais.

Ils le savaient pourtant bien, au Q.G., qu'on était en perdition. Alors, ça tricotait dans ma tête. Des semaines entières sans la moindre consigne, sans le moindre contact. Rien. Pas de réponse à nos appels. Pas de réponse à nos demandes de vivres. Pas de réponse à nos demandes de gas-oil. Pas de réponse non plus quand j'ai appelé pour signaler qu'on avait dû réquisitionner du mazout dans une ferme, puis à la cuve d'une école, une quinzaine de jours plus tard.

Je revois les regards de haine des musulmans qu'on tenait en respect de nos armes pendant qu'on remplissait nos réservoirs et les nourrices. Partout, ce ne sont que regards de haine quand on croise des indigènes.

Les dernières fois qu'on était passés dans le secteur de cette ferme et de cette école, les Européens étaient encore là. En quelques mois, ils ont déserté cette zone de montagnes, tout entière abandonnée aux mains des rebelles. Plus un Européen dans les parages. À part Michel et moi, dans notre section à la dérive.

J'ai tenu les ordres aussi longtemps que possible. Aucune idée de ce qu'il fallait faire. À part sauver sa peau bien sûr, ce qui devenait un peu plus compliqué chaque jour. Tenir les ordres.

Les accords d'Évian sont signés maintenant. La guerre est terminée, en principe. À la radio, on a entendu de Gaulle proclamer le cessez-le-feu. La paix, quoi, la fin de la guerre. Quand on a entendu ça sur le transistor de Michel, je pensais déjà à mon retour en France…

Mais le soir même, on essuyait un assaut des rebelles.

Cessez-le-feu, mon cul, ouais. Depuis, on esquive les accrochages. On louvoie dans le secteur en attendant des ordres qui ne tombent jamais. Radio désespérément muette. Et on se déplace chaque jour pour rester insaisissables. Un coin pas trop éloigné pour ménager l'essence qui manque. Mais dans une autre vallée, un autre versant d'une autre montagne. Une autre piste perdue, loin de tout village. Avec les fellaghas à nos trousses, qui nous pistent et ne rêvent que de nous accrocher dans une gorge pour nous exterminer jusqu'au dernier. Ils veulent notre peau, évidemment. La section Durandal, ils la connaissent. Ils savent quel était notre boulot. Ils savent ce qu'on a fait de ces villages, de ces hameaux. C'était leurs hameaux, leurs villages.

Pour eux, pas de cessez-le-feu qui tienne. Tous les gars de la troupe le savent. La haine des Algériens pour les harkas ne pourra pas s'éteindre. C'est notre mort qu'ils veulent. Et ils nous traquent dans les montagnes.

Ce matin, j'ai décidé de passer un appel à la radio. C'est ce qui a provoqué cet ordre à la con, d'ailleurs. Parce que, cette fois, je ne réclamais plus de consigne, non. J'ai attrapé le micro, basculé le commutateur, et j'ai prononcé le plus distinctement possible :

– Section 909-04 à Q.G. Je répète : section 909-04 à Q.G… On ne peut plus tenir. La pression est trop forte. La section 909-04 regagne sa caserne de rattachement. Je répète : en l'absence d'ordre, la 909-04 regagne Sétif aujourd'hui même.

J'ai attendu quelques secondes avec la friture des ondes courtes comme seule réponse.

Puis j'ai demandé au radio d'envoyer ce message toutes les cinq minutes, et j'ai annoncé aux gars, qui s'étaient regroupés tout autour de l'émetteur, que, s'il n'y avait toujours pas de réponse à midi, nous devrions être prêts à nous mettre en route pour Sétif.

Un murmure d'approbation a couru dans la troupe. On ne pouvait pas continuer comme ça. Un jour ou l'autre, on tomberait dans une embuscade plus sérieuse et on resterait tous sur le carreau. Il fallait regagner une zone moins exposée, dans une ville. Dans une caserne.

Je me suis mis un peu à l'écart pour attendre, et Najib est venu me rejoindre, shootant songeusement les cailloux sur son passage.

– Ils veulent nous laisser crever, sergent. Tu l'as bien compris, toi aussi…

Il avait raison, Najib. Il y a longtemps que je n'avais que ça dans la tête. Nous laisser tout seuls aussi longtemps dans ces montagnes, sans aucun ravitaillement, sans le moindre soutien, ne pouvait être interprété d'une autre manière. J'avais eu beau le tourner dans tous les sens pendant des journées entières, la seule explication possible était que ça aurait arrangé tout le monde que notre section tombe dans une embuscade, se fasse décimer, disparaisse. C'est un miracle que ça ne se soit pas passé de cette manière.

– C'est parce qu'on est une harka ? Parce qu'on est des bougnoules ? C'est pour ça qu'ils veulent plus de nous ?…

Il n'y avait pas de colère dans la voix de Najib, juste une immense lassitude.

Le radio avait couru vers nous, m'évitant de répondre :

– Sergent ! Sergent ! Viens vite, c'est le Q.G. Ils veulent te parler, à toi-même en personne…

Je m'étais précipité vers la radio, avait saisi le micro :

– C'est le sergent de la 909-04, à votre écoute.

La radio avait grésillé :

– Bonjour sergent. Assurez-vous que vous seul pourrez entendre ce message. C'est une information confidentielle.

J'avais fait signe aux gars qui s'étaient massés autour du haut-parleur de reculer de quelques pas, puis j'ai branché la fiche du casque dans le récepteur, j'ai posé les écouteurs sur mes oreilles :

– C'est bon, Q.G. Il n'y a que moi qui écoute maintenant.

Il y avait eu du mouvement à l'autre bout du fil. Mon regard flottait sur les gars de la troupe qui s'étaient plantés à quelques mètres, les yeux rivés sur moi, le souffle suspendu aux dernières nouvelles qui allaient tomber. Dans le casque, la voix qui nasillait n'était plus la même. Le capitaine avait pris le micro en main :

– Nous avons reçu votre message de ce matin, sergent, et…

Je n'ai pu m'empêcher de l'interrompre :

– Et tous les appels qu'on a passés ces dernières semaines ? Personne ne les a reçus ?

Il y a eu un temps imperceptible, puis la voix du capitaine a repris comme s'il n'avait rien entendu :

– Et, suite à votre message, je vous annonce une bonne nouvelle : vous allez rentrer à Sétif, effectivement.

Mon cœur s'est mis à taper dans ma poitrine. Retourner à Sétif ! Quitter ces montagnes à la con farcies de rebelles. Retourner à Sétif, dormir à l'abri des murs d'une caserne. Sétif, premier pas vers un port, vers un bateau, premier pas vers la France.

– On est prêts, Q.G., j'avais annoncé en souriant malgré moi en regardant des hommes. On peut se mettre en route sur l'heure…

– Entendons-nous bien, sergent. Vous allez rentrer à Sétif, vous et le soldat de première classe français qui vous accompagne…

– Comment ? Répétez s'il vous plaît, je ne comprends pas ce que vous dites.

– C'est pourtant simple. Le soldat et vous-même rentrez à Sétif, dès que vous pourrez vous mettre en route et…

– D'accord, Q.G. Et les autres ?

– … les supplétifs ne sont pas concernés par cet ordre. Seulement le soldat et vous-même.

– C'est impossible !

– Je répète, soldat. Les supplétifs ne sont pas concernés par cet ordre. Ils sont rendus à la vie civile. Leur engagement est terminé. Vous les laissez sur place.

À ce moment, j'avais détourné le regard. Je ne pouvais continuer à regarder ces hommes sans baisser les yeux en écoutant ça dans le casque. Le visage tourné vers la vallée déserte, j'avais lâché à voix basse :

– Ils vont se faire massacrer s'ils restent ici.

– Cela ne concerne plus l'armée française, sergent. Ils sont rendus à la vie civile. Je vous donne l'ordre de désarmer les indigènes et de revenir à Sétif avec le soldat français ainsi que toutes les armes de votre section.

– C'est impossible…

– Cessez de dire que c'est impossible, et exécutez l'ordre que je vous donne. Pourquoi serait-ce impossible ?

J'étais perdu. Ce que j'entendais était inconcevable. Je bafouillai la première objection stupide qui me passait par la tête :

– Nous avons quatre véhicules. À deux, nous ne pouvons pas les ramener tous les quatre…

Il y avait eu un temps à l'autre bout du fil. Le gradé consultait les registres.

– Eh bien, reprit-il, vous ramenez l'automitrailleuse et le camion, avec toutes les armes, les explosifs et le reste du matériel de campagne. Les deux Jeep, vous les rendez inutilisables. Vous les incendiez, par exemple. Et vous laissez les indigènes se débrouiller comme ils peuvent.

– À pied, sans armes… Ils ne vont pas survivre deux jours dans le secteur, ils vont se faire massacrer.

– Mais non, ils vont se débrouiller, ils se débrouillent toujours… Ça a assez duré, sergent. J'attends confirmation de la réception de l'ordre.

À ce moment, mon regard est tombé sur mes hommes. Il y avait un problème, ils le voyaient bien. Leurs regards étaient toujours plantés sur moi, le casque sur mes oreilles. La voix s'impatientait :

– J'attends confirmation de la réception de l'ordre, sergent…

Je vis ma main s'approcher du commutateur, le basculer, et je me suis entendu dire :

– Je confirme, Q.G. Je confirme que ma section tout entière va se mettre en route pour Sétif. Je ne désarme pas mes gars. Je répète : je ne désarme pas mes soldats. Nous nous mettons en route vers Sétif.

Dans les écouteurs, le capitaine s'étranglait. Je ne l'écoutais pas. J'ai arraché le casque de mes oreilles, l'ai jeté au loin dans le ravin. Puis je me suis redressé, j'ai armé ma mitraillette et commencé à vider mon chargeur sur la radio que je pulvérisais jusqu'à la dernière cartouche.

SYLVIE

Avril 1962, villa Thétis, route de la plage, voie 2, Djidjelli, département français de Constantine, Algérie.

Est-ce pour pouvoir pleurer tout son saoul qu'on organise des enterrements ? La rue de Picardie était noire de monde, le cimetière a paru trop petit et j'ignorais que mon corps pouvait contenir autant de larmes. J'ignorais que cette ville pouvait contenir autant de larmes.

Lorsque le cortège s'est formé, les gens se sont regroupés par familles dans un ordre mystérieux que chacun semblait connaître, les grappes familiales s'avançant à leur tour sans la moindre fausse note.

Je me suis retrouvée parmi les derniers à se mettre en marche, à côté de Lopez, tout à la fin du cortège.

Ça s'est fait tout seul. Nous, nous n'avons personne dans cette ville. Nous étions seuls. La fin était notre place. Comme monsieur Germain, qui marchait à nos côtés. Nous avons traversé la ville en silence, au pas lent du vieux cheval traînant le corbillard, là-bas, très loin, de l'autre côté de la foule.

Le cimetière. La petite porte de pierre carrée que nous avons franchie dans le silence froissé de raclements de pieds, sans pouvoir approcher de la tombe pour la mise en terre. Nous avons piétiné pendant plus d'une heure avant de pouvoir jeter notre poignée de terre sur le cercueil de chêne.

Alors qu'on attendait, je ne pouvais m'empêcher de regarder, par-dessus les tombes, les vagues qui gonflaient la mer, éclatant en gerbes d'écume contre les rochers tout proches. Dieu, que cette ville est belle. Même son cimetière, même à travers les larmes. Avec cette mer, là, derrière le muret qui n'en cache rien, qui la souligne de ses pierres claires.

Quand nous avons pu approcher de la tombe, le cercueil était entièrement recouvert par les poignées de terre.

De tout ce temps depuis la rue de Picardie, Lopez s'était tenu près de moi, en silence, et nos regards s'étaient croisés à plusieurs reprises. J'avais pensé que nous assistions à deux enterrements. Et notre histoire défunte semblait bien légère à côté du cercueil de Claveline. Nous avons embrassé ses parents que les remerciements semblaient avoir saoulés, titubant sous les accolades.

Avec Germain et Lopez, nous avons franchi la petite porte carrée d'un pas incertain. Puis nous nous sommes arrêtés autour de trois mots malhabiles. Un ciel d'orage avançait sur une mer folle, des déferlantes rares pour cette époque.

Monsieur Germain a expliqué qu'il avait un billet de train pour se rendre à Sétif, demain, à la caserne des chasseurs d'Afrique :

– J'aurais dû y aller plus tôt, a-t-il lâché comme pour lui même. Pour donner une chance à Najib de…

« Une chance de quoi ? » je me suis demandé en moi-même. Germain n'a pas fini sa phrase.

– Vous êtes sûr qu'il est à Sétif ? a demandé Lopez sans laisser au silence le temps d'installer un malaise.

– Non, je n'en suis pas sûr. Je sais seulement que c'est sa caserne de rattachement. Il y sera peut-être. Sinon, j'espère qu'on me dira comment entrer en contact avec lui. C'est à moi de lui porter cette nouvelle. Qui d'autre ? Je vais aller à Sétif, et je verrai bien comment faire. Je ne suis arrivé à rien au téléphone.

» Manifestement, c'est autant la panique dans la caserne que partout ailleurs dans le pays… »

Lopez avait hoché la tête.

– Drôle de bonhomme, le commandant de cette caserne…, avait-il ajouté d'une voix songeuse. Il y a quelques mois, il étouffait une affaire sordide, mon affaire, juste pour soigner l'image de la grande muette[26]… Et aujourd'hui, il s'insurge ouvertement contre les ordres du ministère.

– Il refuse simplement d'abandonner ses harkis, tout comme de nombreux autres officiers. Et contre l'avis des capitaines sous ses ordres, qui font tout de leur côté pour appliquer les consignes ministérielles…

» Du coup, c'est la zizanie dans cette caserne. Personne ne sait sur quel pied danser là-dedans. C'est pour cela que je ne suis arrivé à rien par téléphone. Je verrai bien sur place… »

Monsieur Germain s'était éloigné. Lopez et moi sommes restés un instant empêtrés dans nos silhouettes, qui tanguaient comme des navires immobiles sous le vent de l'orage. Nos regards se sont croisés à plusieurs reprises, s'échappant très vite. Il n'y avait rien à dire. Une accolade, un peu trop appuyée. Un dernier sourire un peu triste, de la couleur de la vie en cette fin d'après-midi. Et nous nous sommes éloignés, chacun de notre côté.

[26] La grande muette : nom donné à l'armée française, soulignant la culture du secret dans cette institution.

J'arrive à la villa Thétis, les première gouttes claquent sur le pare-brise. Le temps de tirer la capote de l'Aston, je suis trempée par l'orage.

L'appartement du premier étage, le peignoir de bouclette jaune, les éclairs sur la mer par-dessus la terrasse. Lopez qui traverse ma tête. Notre accolade, son sourire. Pas l'ombre d'un malaise. Dernier brasillement d'un feu qui n'a plus de bûches, qui a donné toute sa lumière avant de s'éteindre lentement, laissant des cendres tièdes.

Les images de l'enterrement glissent dans ma tête, se mélangent à celles qu'il me reste de Claveline, tellement vivante. Malgré moi, mes yeux tombent sur la pile des numéros de *ELLE*, inertes. Puis ce sont les mots de monsieur Germain qui me reviennent. Sétif. La caserne des chasseurs d'Afrique. Najib.

Najib… Richard. L'enchaînement s'est fait tout seul dans ma tête. Des mois que je n'ai pas reçu une lettre… Mais il y a eu ces nouvelles inattendues arrivées par la bande, ces derniers jours.

Il y a un peu plus d'une semaine. Après plusieurs journées, l'idée m'avait subitement frappée qu'on ne pouvait pas se comporter avec Claveline comme avec une chose. Elle était là, inerte sur le lit, le corps brisé, défigurée, et personne n'avait pensé pouvoir lui parler. Les médecins avaient déclaré qu'elle était plongée dans un coma profond, que rien ne pouvait l'atteindre. Mais qu'est-ce qu'ils en savaient, au fond ?

Le matin même, sa mère m'avait appris, dans un torrent de larmes, qu'une nouvelle lettre de Najib venait d'arriver ; j'avais décidé d'aller à l'hôpital et de la lire pour elle. Ça pourrait toujours servir… à rien. Au moins, aurais-je l'impression de rester proche d'elle, de l'accompagner comme elle m'avait accompagnée depuis mon arrivée à Djidjelli.

Alors que je lisais cette première lettre dans cette chambre silencieuse, une vague d'émotions inattendues m'avait assaillie. Dans les phrases que je prononçais, Najib évoquait Richard à plusieurs reprises. Richard qu'il n'appelait jamais autrement que *le sergent*, mais je savais bien qui se cachait derrière, évidemment.

Au début, lorsque nous avions commencé à nous voir souvent pour notre *Tonkinoise*, nous parlions naturellement de choses et d'autres. Et de nos hommes, évidemment. Elle, de leurs promesses, moi, de mon attente. Nous avions très vite compris qu'ils servaient dans la même section. Les premiers temps, l'idée nous avait enflammées, contribué à nous rapprocher davantage.

Mais par la suite, c'était devenu un supplice. Et Claveline avait vite renoncé à m'annoncer, le cœur joyeux, qu'elle venait de recevoir une nouvelle lettre. Moi, je n'en recevais plus, ou presque. Les rares qui arrivaient encore étaient chaque fois plus laconiques, plus impersonnelles.

Je n'y retrouvais plus mon Richard, le Ricky que je pouvais connaître. Ses deux dernières lettres avaient été un calvaire. Les doigts posés sur les enveloppes minces, j'avais longtemps appréhendé de les ouvrir, d'y découvrir autant de vide. Le vide que la guerre creusait dans son cœur, dans son être.

Et, finalement, ne plus rien recevoir du tout avait été un soulagement.

Claveline avait senti cela. Elle ne m'avait plus jamais parlé des lettres de Najib, qu'elle continuait à recevoir chaque semaine ou presque, comme j'ai pu m'en rendre compte quand je les ai récupérées dans sa coiffeuse pour les amener près d'elle.

Dans la première lettre que j'ai lue à Claveline, j'ai découvert le Richard que je connais, sous ses habits de sergent de la harka 909-04.

Dans les mots de Najib, je retrouvais Richard, les couleurs de son âme, le grain de peau de son être. Tout ce que lui-même n'était plus capable d'écrire, mais qui restait vivant, là-bas, enfoui sous la poussière de la guerre qui asséchait sa plume. Sous le regard de Najib, je découvrais un Richard vivant, debout dans la tempête, tellement humain dans cette furie qui broyait les hommes, tellement lui-même, au fond.

J'avais lu cette première lettre à voix basse dans cette chambre blanche, près de ce lit blanc où la respiration ténue de Claveline laissait parfaitement immobile le drap blanc tendu sur sa poitrine.

Le jour suivant, j'étais revenue lire une autre lettre. Et les jours d'après encore.

J'aimais croire que des échos de ma voix se frayaient un passage au travers de la nuit immobile qui baignait le corps de Claveline.

Et j'aimais retrouver Richard au hasard de ces lignes, entendre ses inflexions, reconnaître ses postures. Retrouver la silhouette incertaine, malmenée, de cet homme qui avait été si proche, de cet homme qui traversait les ténèbres en se tenant bien droit sous les rafales, de cet homme que je trouvais très beau sous les mots de Najib. Dans ces mots que lui-même ne savait plus écrire.

Et je comprenais maintenant pourquoi il ne pouvait pas les écrire.

L'orage balaie la mer, balaie la ville dans des craquements de tonnerre. Blottie dans le peignoir jaune, je contemple les trombes d'eau qui battent la terrasse. Oui, Richard avait disparu de ma vie, et je l'avais laissé disparaître dans cette réalité qu'il n'avait pas choisie.

Aujourd'hui, il me semble retrouver sa silhouette qui se découpe sur l'avenir incertain. La guerre est finie. Il l'a traversée vivant, à travers la mitraille. Un jour prochain, il rentrera en France.

NAJIB

Avril 1962, marché indigène, côté impair de la rue du Général-Sarail, Sétif, département français de Sétif, Algérie.

Le sergent roulait au pas en cherchant le nom des rues sur les plaques quand nous avons repéré la longue allée de platanes au bout de laquelle se cachait la caserne. Il allait s'y engager quand une silhouette qui remontait le trottoir à travers les éventaires d'un marché indigène a accroché mon regard.

J'avais tout de suite reconnu la démarche de monsieur Germain, une main dans la poche de son pantalon, l'autre tenant *Alger Républicain,* qui balançait au rythme lent de ses pas. Mon cœur a sauté dans ma poitrine :

– Ça alors ! C'est monsieur Germain !… Arrête-toi, sergent…

J'ai bondi de Durandal encore en marche pour m'élancer vers lui.

On est restés plantés là, surpris, comme gênés de se retrouver tous les deux face à face au beau milieu de ce marché grouillant, dans cette rue inconnue, sans l'avoir vu venir, à l'improviste. Après une hésitation, il a ouvert ses bras et on s'est donné l'accolade.

– Najib ! Comme tu as changé... Tu es un homme maintenant.

– Oh, j'étais pas pressé, vous savez..., j'ai répondu en souriant. J'aurais pu supporter d'aller un peu moins vite.

Il n'a pas souri à ma plaisanterie. Je le sentais mal à l'aise. Ce n'est pas dans ses habitudes. J'ai pensé que c'était la surprise.

– Je t'offre un verre..., il m'a dit en désignant la terrasse d'un bar proche.

J'ai senti qu'il avait lancé les premiers mots qui lui passaient par la tête, pour chasser sa gêne peut-être. Mon regard a sauté machinalement sur les copains restés dans les véhicules.

– On... on doit rentrer à la caserne, j'ai répondu, empêtré de maladresse.

Déjà, le sergent nous avait rejoints.

– Bonjour monsieur Germain, a-t-il lancé gaiement.

Monsieur Germain a considéré avec surprise cet inconnu qui connaissait son nom, puis il a repéré ses galons :

– Ah !... C'est vous le sergent... Bonjour, sergent.

» Vous savez qui je suis... Eh bien comme ça, nous sommes quittes. Moi aussi, je sais qui vous êtes, Richard. Et je vais vous surprendre... »

La main de Germain a alors plongé dans la poche intérieure de sa veste :

– J'ai une lettre pour vous..., a-t-il ajouté en lui tendant une enveloppe blanche.

Le sergent l'a attrapée, ses yeux se sont perdus dans la belle écriture qui avait tracé son nom à l'encre violette. Monsieur Germain poursuivit :

– Et je peux même vous préciser que la personne qui me l'a remise s'est levée spécialement à six heures du matin pour m'attraper à la gare de Djidjelli, juste avant le départ du train, ce qui ne doit pas être dans ses habitudes, je pense…

J'ai pensé que son ton ne correspondait pas à ce qu'il était en train de dire. C'étaient des paroles légères comme Germain sait les faire, mais sa voix n'était pas enlevée comme elle l'est d'habitude. Il avait laissé un temps imperceptible avant de reprendre :

– Et je sais que vous devez aller à la caserne, sergent… mais… permettez-vous que je vous retarde de quelques minutes ? J'ai… j'ai quelque chose de… de personnel à dire à Najib.

Le sergent tenait cette lettre entre ses mains comme s'il ne savait pas trop qu'en faire. Elle venait de sa Sylvie, pardi. Qui d'autre à Djidjelli pouvait bien lui écrire ? Il l'a enfouie dans la poche de son treillis d'un geste gauche, sans l'ouvrir, et, une fois qu'elle a disparu, il est parvenu à articuler :

– Merci pour la lettre, monsieur Germain…

» Et pas de problème pour voir Najib. On n'est pas vraiment pressés d'arriver à la caserne… »

Monsieur Germain a failli lui poser une question, il me semble, mais il l'a chassée d'un mouvement de tête. Puis il m'a pris par l'épaule pour m'entraîner dans la rue à travers les éventaires du marché indigène qui encombraient les trottoirs.

– Qu'est-ce que vous fabriquez à Sétif, monsieur Germain ? Vous n'êtes quand même pas venu spécialement apporter cette lettre…

– Non… C'est toi que je venais voir, Najib…, il m'a répondu en triturant son journal entre ses mains.

– Alors, on peut dire que c'est une sacrée chance ! j'avais lancé gaiement. C'est la première fois depuis presque un an que j'approche de cette foutue caserne, et…

Germain avait agité négativement la tête. L'air désespéré qui s'était posé sur son visage m'a coupé net dans ma phrase.

Il m'a répondu d'une voix très basse :

– Non, Najib. C'est le contraire d'une chance qui m'amène.

Je me suis arrêté pour regarder son visage. Il était pâle, ses lèvres tremblaient, les mots restaient coincés dans sa gorge. Je ne pouvais plus avoir le moindre doute, même en le voulant très fort. J'ai murmuré :

– Il y a un problème…

Et j'ai enfin réalisé qu'il ne pouvait y avoir qu'une chose pour le mettre dans cet état et j'ai soufflé :

– C'est Claveline…

Il a hoché la tête sans parvenir à décrocher un mot.

– C'est grave ? j'ai demandé, comme si je savais pas déjà.

Il a hoché encore. Une série de contractions a serré ses lèvres, puis il s'est lancé :

– Un attentat. À la boutique. C'est elle qui la tenait, comme tous les jeudis. Elle est restée dans le coma pendant quelques jours, puis elle est partie doucement, sans souffrance. Nous l'avons enterrée hier.

Il avait enchaîné sa réplique d'un seul souffle, sans s'arrêter, comme pour avoir assez d'élan en arrivant à la dernière phrase, qu'il avait prononcée dans un déraillement.

J'ai fermé les yeux.

Je ne sais pas combien de temps je suis resté comme ça, sans rien entendre de l'extérieur, ni la rumeur de la ville, ni les cris du marché tout autour de nous, ni les mots de monsieur Germain qui continuait à parler, là-bas, à l'autre bout du monde.

J'ai vacillé sur mes jambes.

Je ne suis pas tombé. Je ne suis pas mort sur place. Je n'ai pas crié. Je n'ai même pas eu de larmes. La fulgurance qui m'avait traversé avait tout vaporisé, comme un lance-flammes. Tout. Même les larmes.

Et quand elle s'est retirée, elle a laissé un grand calme glacé, plus effroyable encore que l'explosion de souffrance.

La rumeur de la ville s'est glissée à nouveau jusqu'à moi, les cris du marché, le bruit des voitures. J'ai ouvert les yeux. Monsieur Germain était là, tout près de moi. Il me parlait. Je n'avais pas envie d'écouter.

– Qui a fait ça ? je me suis entendu dire d'une voix que je ne connaissais pas.

Il a haussé les épaules. C'étaient les fellaghas, évidemment. Pourquoi est-ce que je demandais ça ?

– Pourquoi le tabac de La Muda ? j'avais continué avec cette voix inconnue. Il y a trente endroits de la ville où j'aurais d'abord posé une bombe, si j'avais été fellagha. Trente magasins tenus par des anti-indépendantistes convaincus, comme le père Corti par exemple. C'est pour ça que son cinéma a été pris pour cible, c'est un secret pour personne…

» Mais que vient faire cette bombe dans le tabac d'une vieille qui a toujours respecté les Arabes ? »

Monsieur Germain me regardait étrangement. L'idée que c'était peut-être parce que j'avais dit pour le première fois « le père Corti » au lieu de « monsieur Corti » m'a traversé la tête. C'était une idée stupide, évidemment. C'est pour une autre raison qu'il me regardait bizarrement.

Il finit par lâcher :

– Personne n'a compris, Najib. Personne…

Et soudain, un éblouissement. Je venais de comprendre, moi. La voix de mon frère résonnait dans ma tête : « Alors, si tu t'en allais, tu ne me laisserais pas le choix. Il faudrait que je te punisse. Ta vie deviendrait un enfer… »

C'était lui. C'était lui qui avait choisi Claveline. Ce n'était pas au tabac de La Muda qu'on s'en était pris, non. Mais juste à Claveline. C'est elle qu'on voulait atteindre.

Mon frère savait tout de moi. Ziad lui avait tout dit. Il lui avait parlé de ma jambe maigre, de ma mémoire effrayante, du patin à roulettes, alors, il lui avait nécessairement parlé de Claveline. C'était la seule prise qu'il puisse avoir sur moi. Je n'ai rien d'autre. Et il savait très bien que le jeudi c'est elle qui tient la boutique, tout Djidjelli le savait.

Un sentiment barbare s'était emparé de moi. Un calme féroce battait dans ma poitrine, m'emportant sans me laisser le choix, avec la puissance d'un fleuve.

Monsieur Germain me regardait étrangement, le visage un peu penché sur le côté. Cette détermination barbare qui débordait de mon cœur, de mon âme, elle devait s'échapper, passer dans mes yeux, dans ma voix. Et Germain voyait devant lui, pour la première fois, un Najib qu'il ne connaissait pas.

Moi non plus, je ne connaissais pas ce fauve qui s'était emparé de moi. Un fauve qui s'était tenu toutes ces années tapi dans un endroit secret au fond de moi, un endroit sauvage peuplé de sentiments féroces dont je n'avais jamais soupçonné l'existence.

Un fauve qui saurait se battre, qui avait tout appris des armes, des bombes, de la guerre. Un fauve qui découvrait que la haine pouvait prendre une forme aussi effroyablement calme. Un fauve dévoré tout entier par la soif de vengeance.

COMMANDANT BAUMASSAC

Juin 1962, caserne des chasseurs d'Afrique, Sétif, ancien département français de Sétif, Algérie.

Je le savais depuis belle lurette. Maintenant, c'est une certitude : ce capitaine sous mes ordres est un vrai mange-merde.

Non seulement il a fait tout ce qu'il a pu pour contrecarrer mes ordres, mais il l'a fait dans mon dos… Et il en a soigneusement conservé la trace, ce faux cul minuscule.

Et ce matin, c'est le pompon, avec cette 909-04. La Durandal, comme l'avait étrangement baptisée ce brillant sergent-chef qui a su lui insuffler une âme. Le fleuron de la harka 909, comme on lit dans les livres. Belle section, soi-disant disparue dans les djebels depuis des semaines…

Car depuis des semaines, à chaque réunion d'état-major de caserne, le capitaine me sert la même rengaine :

– Non, commandant, toujours aucune nouvelle de la 909-04…

Et cet enfoiré qui poussait le vice jusqu'à jouer l'étonné de me voir me soucier encore d'elle, après tout ce temps, de m'entendre poser toujours la même question, chaque semaine.

– Nos appels restent sans réponse, mon commandant. Le doute n'est plus permis maintenant, nous l'avons perdue…

– Bien. Continuez néanmoins à lancer des appels six fois par jour sur leur fréquence.

– À vos ordres, mon commandant.

Et ce matin, la première chose que je vois dans la cour de la caserne, c'est l'automitrailleuse Durandal… On ne la rate pas, celle-là !

J'ai immédiatement rencontré le sergent de la section, et il m'a donné une version tout à fait différente de celle que me sert le capitaine à chaque réunion :

– Il y a cinq semaines, j'ai reçu l'ordre de tenir ma section sur son secteur, m'a affirmé le sergent. J'ai tenu cet ordre dans des difficultés insurmontables, sans aucun soutien. Et depuis, je n'ai reçu aucun autre message, ni du Q.G. ni de personne d'autre. Rien.

» En revanche, j'ai lancé, moi, des dizaines d'appels pour vous tenir informé de notre situation, chaque jour plus difficile. Et le dernier de ces appels, hier matin, celui-là a enfin été suivi d'un ordre du Q.G. Cet ordre était de désarmer et d'abandonner mes hommes, de les rendre à la vie civile. »

J'ai écouté le sergent jusqu'au bout, découvrant dans son récit une succession de détails dont lui-même ne pouvait pas savoir à quel point ils étaient éloquents. Et j'ai immédiatement convoqué le capitaine pour une confrontation, bien décidé à lui laisser les mains libres tout au long de l'affrontement avec le sergent, histoire de voir jusqu'où cette raclure pouvait être fourbe.

Le capitaine a écouté le sergent affirmer que sa section avait été abandonnée, qu'il n'avait reçu aucun des six appels quotidiens que j'avais ordonnés, et qu'il avait lui-même lancé des dizaines de messages que le Q.G. avait laissés sans réponse.

– Foutaises ! claironna le capitaine. Voici les mains courantes de tous les appels entrants et sortants, mon commandant. Aucune trace des délires du sergent. Aucun appel entrant depuis des semaines… Les seuls appels sur cette fréquence sont sortants. Et ce sont les six appels lancés chaque jour selon vos directives…

» Mais… demandez plutôt au sergent de vous montrer la radio avec laquelle sa section a soi-disant émis ses prétendus appels au secours… Elle est restée sur sa Jeep. Et cette Jeep est garée dans la cour. Allez-y… et voyez par vous-même… »

Le capitaine n'était pas parvenu à gommer toutes les nuances de perfidie de sa réplique. Le sergent répondit d'une voix neutre :

– Effectivement, notre radio est… détruite, mon commandant. Mais elle n'est dans cet état que depuis hier matin. Et c'est bien avec cet émetteur que nous avons lancé tous nos messages. Interrogez mon radio. Il vous confirmera. Chacun de mes hommes peut confirmer…

– Bien…, reprit le capitaine. Et maintenant, je vous suggère de demander au sergent *comment* sa radio a été détruite…

– Elle a été détruite par balles, répondit-il sans l'ombre d'une hésitation. Tout un chargeur de Thomson que…

– Des balles de l'ennemi…, je suppose ? coupa le capitaine d'un ton perfide.

Cette fois, le sergent laissa un temps avant de répondre. Son regard las s'échappa un long moment par la fenêtre. Mais avant de poursuivre, il planta ses yeux dans les miens :

– Ces balles, c'étaient les miennes. Je les ai tirées avec ma mitraillette. Je…

Le capitaine l'interrompit à nouveau. Et je laissai encore faire :

– Et pourquoi avez-vous détruit votre émetteur, sergent ? Pouvez-vous nous le dire ?

Le sergent me regardait toujours dans les yeux pour répondre, très calme :

– L'ordre que je venais de recevoir était inacceptable. Aucun militaire digne de ce nom ne peut accepter d'abandonner ses hommes, de les…

Le capitaine le coupa encore, sur un ton ironique cette fois :

– Et que fait un militaire digne de ce nom lorsqu'il reçoit un ordre qui le contrarie, sergent ?

» Eh bien, il détruit sa radio d'une rafale de mitraillette, évidemment. On apprend ça dans toutes les écoles militaires, n'est-ce pas ?…

» Mais où vivez-vous, sergent ? Pour nous servir de telles balivernes ! Les mains courantes ne conservent trace d'aucun appel de la 909-04. Aucune communication entrante depuis des semaines.

» Et même mieux. Il n'y a aucune réponse aux six appels quotidiens que vous m'avez ordonnés de lancer, mon commandant… Les mains courantes le confirment. Voyez par vous-même… »

Le sergent s'approcha du capitaine, planta son regard dans le sien et reprit d'une voix dure :

– J'ai reçu l'ordre d'abandonner mes hommes. Et cet ordre infâme, c'est vous-même qui me l'avez donné, capitaine. Vous aviez vous-même le micro en main à ce moment. La voix n'était plus celle de votre opérateur radio, j'en suis certain.

» Ce que j'ai à dire est simple, mon commandant : je sais que j'ai passé ces messages, et qu'ils sont restés sans réponse. Comme je sais que j'ai reçu cet ordre indigne. Et si les mains courantes du capitaine n'en portent pas la trace, alors, c'est qu'elles sont fausses. »

J'en avais assez entendu. Les tentatives du capitaine pour décrédibiliser la parole du sergent étaient pitoyables. Mais il semblait assez sûr de lui. Avec ses fameuses mains courantes, il pensait manifestement tenir une preuve indiscutable qui le gonflait de confiance.

J'ai demandé au sergent de sortir et d'attendre devant la porte.

Lorsque la porte fut refermée derrière le sergent, j'interrogeai le capitaine :

– Alors, que me suggérez-vous pour ce jeune sergent ?

Le capitaine eut une moue sceptique. Puis, il prit un ton grand seigneur pour dire, le regard perdu sur le plancher :

– Pour ma part, je suis prêt à passer l'éponge sur l'outrage caractérisé dont je viens d'être l'objet, avec le flot de mensonges que nous venons d'entendre. Les états de service du sergent sont assez bons dans l'ensemble, et je ne veux pas accabler cet homme…

Visiblement assez fier de son entrée en matière magnanime, il s'assura, d'un regard en coin, que je mesurais bien la grandeur d'âme dont il faisait preuve.

Puis il continua, sur le ton de celui qui réfléchit à voix haute :

– Mais il reste que son comportement des dernières semaines tombe sous le coup de plusieurs articles du Code de justice militaire…

» Je dirais, de mémoire… l'article 447 concernant la désobéissance, l'article L322-6 pour destruction de matériel militaire, et peut-être l'article L321-12 et suivants sur la désertion à bande armée.

» Mais, par ailleurs, ce sergent a l'air habile, habile et plutôt bon comédien, il me semble… Peut-être parviendra-t-il à s'attirer la clémence du tribunal militaire. Si c'est le cas, sans doute s'en tirera-t-il avec… trois ou quatre années de réclusion militaire…

» En tout état de cause, mon opinion est qu'il convient de le mettre aux arrêts de rigueur le plus rapidement possible. »

L'aplomb du capitaine dans ses manœuvres répugnantes en disait long sur l'homme.

– Je vous remercie, capitaine. En sortant, demandez donc au sergent de me rejoindre.

Le capitaine me salua, s'avança vers la sortie d'un pas confiant. Il pensait avoir gagné la bataille.

Au moment où il allait ouvrir la porte, je lui lançai :

– Capitaine ! Ne trouvez-vous pas étrange que l'ordre *imaginaire* qu'a inventé ce sergent corresponde exactement à celui que vous auriez tant aimé pouvoir donner si vous aviez eu les mains libres ?

L'homme s'était figé, la main sur la poignée de la porte. Il se retourna lentement pour me faire face :

– Mon naturel me pousserait effectivement à respecter les ordres, et tout particulièrement ceux qui tombent du ministère…

» Mais j'ai le sens de la hiérarchie, mon commandant… Et puisque vous avez vous-même choisi de passer outre les consignes du ministère pour transmettre à vos subordonnés des ordres contraires, j'applique au pied de la lettre les consignes de mon supérieur hiérarchique.

– Vous affirmez que vous n'avez jamais transmis au sergent l'ordre d'abandonner les supplétifs ?

– Je l'affirme.

– Et quelle est votre théorie, capitaine, pour expliquer que ce sergent a précisément utilisé la formule officielle qu'il est censé ne jamais avoir entendue, selon vous, « rendre à la vie civile ». On n'invente pas une telle formule quand on n'est pas bureaucrate. Et s'il ne l'a pas inventée, c'est qu'il l'a entendue. S'il l'a entendue, c'est qu'il a reçu l'ordre. S'il l'a reçu, c'est que vous l'avez passé, en reprenant précisément les termes du ministère. C.Q.F.D.

» Mais peut-être avez-vous d'autres explications, capitaine ? Je vous écoute. »

Il ne trouva rien à répondre. Mais je n'en avais pas terminé :

– L'explication, je la connais. Elle est simple.

» C'est que vous êtes une minuscule petite crevure pourrie d'ambition, capitaine. Et que cette ambition vous fait perdre jusqu'à la plus infime parcelle de l'honneur militaire.

» Voulez-vous que je vous dise ce qui s'est passé dans votre caboche méprisable ?

» Lorsque vous avez constaté que j'avais décidé de passer outre l'ordre du ministère d'abandonner les hommes de nos harkas, vous y avez vu aussitôt une bonne occasion de faire briller vos états de service et de vous faire remarquer par votre fidélité à la rue Saint-Dominique[27].

[27] Siège du ministère de la Défense.

» Le commandant d'une caserne refuse d'appliquer les ordres du ministère ? Qu'à cela ne tienne, le capitaine veillera au grain, lui.

» Lui, il appliquera les consignes. C'est ce que vous avez fait. Dans mon dos. En me faisant risette par-devant lors des réunions d'état-major de caserne.

» Et vous espériez ardemment que je serais démis le plus vite possible pour insubordination, ou même pour trahison. Et qu'il ne vous resterait plus qu'à sortir les preuves de votre obéissance aux ordres du ministère, pour prendre ma place quand je serais jeté aux chiens.

» Parce que je suis sûr que je vais trouver ces vraies mains courantes, quelque part dans vos affaires. J'en suis certain, vous brûliez de pouvoir les ressortir un jour pour les produire devant les huiles du ministère. Celles où figure la transcription de vos ordres déshonorants, celles où figurent les appels de la 909-04 que vous avez honteusement laissés sans réponse. Celles où figure la vérité sur vos manigances méprisables.

» Vous comptiez sur ces mains courantes pour gagner du galon, et à cause de cela je suis certain que vous les avez conservées. Joli fait de bravoure, capitaine !

» Voilà ce qui s'est passé dans votre pauvre caboche de triste sire.

» Quant aux mains courantes que vous avez apportées ce matin, je sais bien qu'elles sont fausses. Ce sont les registres que vous avez fait rédiger en double écriture pour donner à croire que vous respectiez mes consignes. Et vous les conservez tout aussi soigneusement que les autres, mais comme preuve de votre loyauté à votre commandant, cette fois, pour vous couvrir dans le cas où je resterais en place. »

Je me dirigeai vers la porte et fis entrer le sergent qui attendait dans le couloir.

Il pénétra dans la pièce, incertain du tour qu'avaient pris les choses. Je lui lançai :

– Sergent… En écoutant le capitaine, je viens de prendre une décision. Une décision qui me semble la réponse la plus juste à cette triste affaire qui empeste le déshonneur et le mensonge…

Dans son coin, le capitaine se tenait coi, impénétrable. Le sergent leva vers moi un regard partagé entre l'espoir et la crainte. Je m'avançais vers lui et repris, avec un peu trop de solennité sans doute :

– Sergent, je viens de décider de proposer la section 909-04 Durandal à une citation collective pour actes de bravoure. Pour l'ensemble de son comportement depuis que vous en avez pris la tête.

Le sergent resta pétrifié, incrédule. Je lui tendis la main. Il la saisit d'une poigne ferme.

– Oui, vous avez bien entendu, sergent. Une citation pour actes de bravoure. Et ne restez pas planté là comme un piquet. Occupez-vous plutôt du capitaine…

Les deux hommes me regardèrent sans comprendre, et je fis sans doute languir ma réponse un peu plus que nécessaire, il est humain de déguster certaines choses :

– Vous êtes aux arrêts de rigueur, capitaine. La sanction prend effet sur l'heure. Le sergent va vous conduire au quartier de détention.

Un instant abasourdi, le sergent tangua d'un pied sur l'autre. Puis il s'ébroua comme au sortir d'un songe. Il se redressa soudain, claqua ses talons et il m'adressa le salut militaire le plus approximatif de toute ma carrière. Mais aussi, les yeux dans les yeux, le plus poignant, sans doute.

MICHEL

Juin 1962, à bord du porte-avions Lafayette, *appareillant du port d'Alger (République algérienne) à destination de la zone militaire du port de Marseille (département des Bouches-du-Rhône, France).*

On est arrivés à la bourre, évidemment. On a même failli rater l'embarquement sur le porte-avions *Lafayette*. Putain de rafiot, celui-là, vachement balèze.

Le soir commençait à tomber et les gars de l'équipage remontaient les grandes portes des soutes quand on a déboulé sur le quai à toute allure.

Le type à la manœuvre voulait pas les rabaisser, ces putains de portes d'embarquement, il voulait pas qu'on rentre. Les copains des autres harkas étaient au bastingage, tout là-haut, sur le pont. Ils nous faisaient des signes de la main et gueulaient tout ce qu'ils pouvaient pour qu'on nous laisse embarquer.

Et tout à coup, les portes ont arrêté de remonter vers la coque. Après une courte pause, elles se sont mises à redescendre vers le quai, où elles ont claqué dans un grand bruit de ferraille quand elle se sont posées sur le ciment du sol.

On a sauté dans les véhicules, et, Durandal en tête, on a grimpé la rampe d'embarquement et on s'est enquillés dans les soutes, où il restait pile-poil la place pour notre automitrailleuse, le camion Simca et les deux Jeep de la troupe.

Le commandant de la caserne avait eu le temps de descendre jusque-là. Il nous attendait, adossé à un half-track, dans l'ombre, le sourire aux lèvres :

– Alors, les gars, on a traîné en route ? Encore cinq minutes et je ne pouvais plus rien pour vous. Ce n'est plus moi qui commande, sur ce rafiot…

Tu parles si on avait traîné en route… Je me suis même démerdé pour me ramasser une bastos en pleine poitrine.

Bon, enfin, faut pas exagérer quand même. Pas vraiment en pleine poitrine, un peu plus haut. Dans le gras de l'épaule, disons. N'empêche, c'est pas si loin de la poitrine. Le pruneau est entré par derrière, un peu au-dessous de l'omoplate droite, et il est ressorti par-devant, presque sous l'aisselle. Sur la route, Najib a désinfecté les deux blessures, il a collé deux compresses dessus, une devant et une derrière, et il m'a bourré de sulfamides pour pas que ça s'infecte.

– Vous êtes blessé, soldat ? m'a lancé le commandant, que je n'avais pas vu approcher de moi.

J'ai regardé l'endroit où ses yeux s'étaient posés sur ma chemise. Une tache de sang avait traversé la compresse. J'ai rigolé :

– Ah, non, ça, c'est juste une égratignure ! En me rasant, commandant, j'ai pas fait gaffe.

Il a regardé mon sourire en agitant la tête dans un geste un peu désespéré je crois, puis il a marmonné en s'en allant :

– Je préfère pas savoir ce que vous avez trafiqué depuis que vous avez quitté la caserne pour rejoindre Maison-Carrée par la route. Plus de vingt heures pour un trajet qui en prend tout juste six, en principe… Et vous arrivez éclopés, juste pour l'embarquement, sans même avoir le temps d'effectuer les formalités les plus élémentaires.

» Non, vraiment, je préfère ne pas savoir… »

Ce qu'on a trafiqué…

C'est un peu de ma faute, faut dire. Enfin, d'une certaine manière. C'est moi qui ai eu l'idée, et le sergent s'est laissé faire. Mais on pouvait pas laisser tomber Najib, de toute manière.

Najib, c'était plus le même depuis qu'on était arrivés à la caserne de Sétif. Ou plutôt depuis qu'il avait appris la mort de sa Claveline, ce qui revient au même.

Avant, il était toujours en train de plaisanter, de m'asticoter et de rire. Ça avait bien changé.

Il était devenu triste. Bon, c'est normal d'être triste quand une tuile pareille vous tombe sur la tête. D'ailleurs, moi aussi, j'étais triste pour lui, comme le sergent, je pense.

Mais il n'y avait pas que sa tristesse, non. Tout avait changé chez Najib. Il se tenait plus de la même manière, toujours raide maintenant, avec des gestes brusques. Toujours un œil noir, où luisait une étincelle féroce. Toujours à ruminer sa vengeance. Il n'avait que ça dans la tête. Et dès qu'on avait une permission, il nous plantait là, et il filait tout seul à ses affaires.

Bref, le soir de notre départ de la caserne, on devait rejoindre le secteur de rassemblement G3 de Maison-Carrée, près du port d'Alger d'où on allait embarquer pour la France.

On venait de partir, on roulait tranquille, à la sortie de Sétif. Le camion et les Jeep suivaient derrière, tout était peinard, quand Najib a lâché :

– Arrête-toi, s'il te plaît, sergent. Je viens pas avec vous à Maison-Carrée. Je viens pas en France.

Ça nous a scié les pattes. Le sergent s'est arrêté sur le bord de la route. Pas pour que Najib descende, non. Au contraire. Pour essayer de le retenir.

Au début, il voulait rien entendre, Najib. Et il voulait rien nous dire non plus. Il voulait juste partir. Buté comme une mule.

Puis on l'a tellement tarabusté qu'il a fini par nous expliquer ce qu'il avait dans le crâne. Toujours ses histoires de vengeance. Plus d'un mois qu'on était à Sétif, et il n'avait toujours que ça en tête.

Il nous a expliqué qu'il s'était renseigné pendant les permissions, qu'il avait fouiné un peu partout, lu les entrefilets des journaux, parlé avec des gens... Et qu'il avait fini par retrouver la trace de son frère.

Il était devenu lieutenant-colonel, installé à Constantine, dans un bâtiment officiel de l'A.L.N., en attendant que l'armée française libère une caserne. Le frangin avait ses bureaux et ses appartements regroupés dans le même immeuble, dans un quartier résidentiel de la ville.

Najib était lancé, maintenant. Il a même sorti le petit carnet où il avait écrit tous ces renseignements, les adresses, les itinéraires et tout le reste.

– J'aurai besoin de quelques kilos de plastic et d'un détonateur, sergent, tu me laisses les prendre ?

– 'Tain, t'es con Najib ! j'avais dit en colère, sans laisser Richard lui répondre.

» Si tu viens pas avec nous, tu pourras plus aller en France. Le commandant s'est démerdé pour que les gars de ses harkas puissent embarquer sur ce putain de rafiot, demain soir, mais c'est la dernière chance. Si tu la rates, t'es marron, mon collègue. Tu resteras planté ici, et un jour ou l'autre, les fells te régleront ton compte. Surtout si tu leur dézingues un colonel et tout un immeuble, mon pote !… »

Mais que dalle, Najib voulait rien entendre. Il s'en branlait de rester coincé dans son putain de pays, et d'y bouffer les pissenlits par la racine. Il voulait la peau de son demi-frère, un point c'est tout.

On est restés encore un moment en silence dans Durandal. Puis Najib a sauté sur le bord de la route.

– Je peux prendre ce que j'ai demandé, dans le camion ?

Le sergent a mis du temps à lui répondre. Il avait l'air complètement sonné par le tour qu'avaient pris les choses.

– Tu fais chier, Najib, j'ai lâché complètement dégoûté.

Et là, d'un seul coup, ça a fait tilt dans ma tête :

– Eh… Najib ! Tu pars pas ! On reste ensemble…

» Voilà ce qu'on va faire : un, on prend Durandal tous les trois avec le sergent ; deux, on file à Constantine ; trois, on fait péter l'immeuble et tout ce que tu voudras là-bas ; quatre, on rejoint Maison-Carrée à fond de cale ; cinq, on embarque tous pour la France… »

J'étais assez content de moi pour cette solution parfaite : Najib était vengé, et il venait avec nous, en France…

Mais Najib et Ricky me regardaient comme si je tombais de la lune.

– Eh, les gars… Réveillez-vous, j'ai raison ! C'est la seule solution possible. On en a fait péter combien, des bicoques ? On n'est plus à une près, non ? On torche tout ça dans la nuit, puis on file rejoindre les gars qui vont nous attendre par ici, dans un coin, avec le camion et les Jeep.

Et demain, on est à Maison-Carrée, on embarque et voilà.

Le sergent s'est un peu fait tirer l'oreille. Il a calculé un moment en regardant les cartes. J'ai insisté. Najib disait pas non…

C'est comme ça qu'on s'est retrouvés dans un quartier résidentiel de Constantine, au milieu de la nuit. On avait planqué Durandal dans un coin sombre, et on avançait à pied, dans l'ombre des murs et des arbres.

L'immeuble n'avait pas une surveillance du tonnerre. On a laissé Najib aller poser les charges. Il est parti comme un fantôme avec les deux musettes croisées sur sa poitrine et le rouleau de câble dans sa main. Deux sentinelles étaient postées devant l'immeuble. Najib les a contournées par le jardin mal entretenu, par-derrière.

Un peu plus tard, il est réapparu, tirant le rouleau de fil qui se déroulait derrière lui. Dès qu'il nous a rejoints, il s'est assis par terre pour brancher les fils au détonateur, et il nous a dit d'aller l'attendre dans Durandal.

Dans l'automitrailleuse, avec le sergent, on était prêts à décamper à toute allure quand il arriverait. On a attendu. Le temps passait, et aucune explosion à l'horizon. Cinq minutes, dix minutes. Un quart d'heure. Le sergent commençait à devenir nerveux. Najib avait tout préparé, on avait vérifié. Tout était nickel, en place. Il n'avait qu'à appuyer sur le levier pour déclencher les charges.

Il avait dû y avoir un problème. J'ai filé là-bas voir ce qui déconnait.

Je devais être à cent mètres de l'immeuble peut-être quand j'ai reconnu la silhouette de Najib qui avançait dans l'ombre en revenant vers l'auto. Je suis allé vers lui :

– Y a un os ? j'ai demandé.

– Non, pas de problème. On y va…, il m'a répondu en me prenant par le bras pour que je le suive.

– Quoi, on y va ? Tu déconnes ? Ça a pas pété…

– C'est normal, Michel. Ça pétera pas. Changement de programme. Allez, vite, faut qu'on file…

– Mais t'es con, ou quoi ? Tu nous casses les couilles avec tes conneries, et quand tout est en place, tu…

Je n'ai pas pu finir ma phrase. Je m'étais foutu en rogne et mes éclats de voix avaient porté jusqu'aux sentinelles. Déjà, elles beuglaient les sommations en arabe.

– Merde, chuis con…, j'ai lâché.

Quand on s'est mis à courir à toute pompe, les sentinelles ont ouvert le feu dans notre direction.

Les balles ricochaient sur la route autour de nous en arrachant des étincelles au bitume. On courait à toute allure, le cœur à cent à l'heure. On approchait de Durandal, les gars s'étaient arrêtés de tirer. Mais il y avait plusieurs types qui criaient par là-bas maintenant.

J'allais sauter dans l'automitrailleuse quand les coups de feu ont recommencé, plus nourris cette fois. Ils étaient nombreux à canarder maintenant.

Des balles ont feulé dans les feuillages, d'autres ont ricoché sur Durandal, et l'une d'elles m'a traversé l'épaule. Je suis tombé à terre sous l'impact, sonné.

Najib m'a aidé à me relever, à m'enfourner dans l'automitrailleuse. Le sergent a démarré en trombe et on s'est éloignés dans le vacarme du moteur emballé et des balles qui s'écrasaient contre le blindage.

Ma blessure pissait pas des masses, mais elle me faisait un mal de chien, maintenant. Quand on a été assez loin, Najib a commencé à me soigner pendant que le sergent roulait à fond de cale dans la nuit pour rejoindre le reste de la troupe, resté dans un chemin creux près de Sétif, avant de filer avec eux à Maison-Carré.

Pendant que Najib me soignait, toute cette connerie me tournait dans la tête. J'ai grogné :

– 'Tain, Najib, t'es chié quand même. Nous, on se casse le bol comme c'est pas permis pour aller faire péter la putain de baraque de ton con de frère, et, quand tout est en place, quand on s'est bien mis dans la merde, tu laisses tout tomber…

– Ouais, Michel, j'ai laissé tomber. J'ai pas abaissé le levier du détonateur. Tout était prêt… Et j'ai laissé tomber.

J'ai allumé une cigarette. L'allumette a éclairé le visage de Najib.

Mazette. Incroyable ! Je retrouvais l'image du Najib que je connaissais d'avant. Tout d'un coup, dans ses yeux, il n'y avait plus cette étincelle féroce. Je pouvais pas détacher mes yeux de ce visage retrouvé. Et quand j'ai bramé en agitant ma main parce que l'allumette m'avait cramé les doigts, son rire a résonné dans Durandal, et je suis sûr qu'un éclair de malice a traversé ses yeux. Putain, j'étais content. Je lui ai envoyé une baffe.

Il avait retrouvé sa voix. Son débit, ses attitudes. Je jubilais. Et il s'est mis à nous raconter que, quand il avait eu les deux mains posées sur le détonateur, prêt à l'enfoncer, il était resté de longues minutes le geste suspendu, la cervelle qui tournait à fond de cale.

Puis, d'un seul coup, sa rage était tombée. Il avait débranché les fils. C'était fini.

– Quoi, c'était fini ?... Tu voulais plus te venger ? je lui ai dit. Tu sais pas ce que tu veux, mon pote...

– Mais je suis vengé, Michel. Je suis vengé ! Tout était en place. Je n'avais plus qu'à abaisser la manette. J'aurais pu le faire, c'était si facile, je l'ai fait si souvent. J'aurais pu le faire... Et je ne l'ai pas fait. C'est ça, ma meilleure vengeance.

– Alors là, faut que tu m'expliques... T'as pris un pet sur le casque ?

Il se marre. Je crois que je pourrais dire des conneries toute la nuit juste pour entendre encore ce rire.

– Si j'avais abaissé ce levier, Michel, j'aurais plongé dans la même folie que mon frère. Dans sa logique de haine. De haine et de bêtise.

» C'est cette haine, cette bêtise qui ont tué Claveline, qui ont brisé la vie de ma mère...

» Et moi, j'aurais continué à les faire vivre ? À les faire vivre avec mon sang, avec mes tripes ? Avec mes mains qui auraient fait sauter l'immeuble ?

» Non, Michel... Tu vois, si j'avais abaissé le levier du détonateur, mon frère serait mort, oui. Il serait mort, mais il aurait gagné. C'est sa logique qui aurait gagné, si je m'étais laissé porter par la haine.

» Alors qu'en ce moment il vit encore... Il est vivant, mais il a perdu. Je ne me suis pas laissé entraîner dans la barbarie.

» J'ai griffonné tout ça sur une page arrachée à mon carnet, et je l'ai laissée accrochée au détonateur prêt à déclencher les charges.

» Il a perdu. Je suis vengé. Claveline est vengée. Ma mère est vengée. L'enchaînement de la haine est brisé. Je vaux mieux que ça. Claveline vaut mieux que ça. Je sais qu'elle serait fière de ce que j'ai fait ce soir. Elle n'aurait jamais voulu que je sombre dans la haine.

» Oui, Michel, mon frère a perdu. J'ai brisé son engrenage de haine et de bêtise. Et il le sait maintenant. Ses hommes ont dû trouver les charges, lui apporter mon billet. »

Le sergent et moi, on avait écouté tout ça sans rien dire. 'Tain, c'que c'était chouette. Comme dans un film. Drôlement balèze, notre pote Najib. C'était beau ce qu'il a dit. C'était grand. J'étais drôlement fier d'être son pote. On a roulé un peu en silence. Le jour se levait. Le soleil éclairait la route qui filait droit devant nous, fendant la caillasse. Au loin, Sétif, inondé par la lumière de l'aube. On allait retrouver les copains de la section.

– N'empêche, j'ai lancé sur mon ton buté, t'aurais quand même pu en profiter pour lui faire péter la tronche à ce sale con…

Le sergent et Najib se sont regardés. Ils ont éclaté de rire.

Qu'est-ce que j'aurais pas dit comme connerie pour l'entendre encore, ce rire…

RICHARD

Juin 1962, à bord du porte-avions Lafayette, *en provenance d'Alger (République algérienne) et en vue du port de Marseille (département des Bouches-du-Rhône, France).*

Quel effet ça va me faire d'enfiler des fringues civiles, des chaussures de ville ? De poser mes fesses dans une bagnole qui ne soit pas kaki, de marcher sur des trottoirs sans craindre d'être pris pour cible, sans mitraillette qui bat le ventre à chaque pas ?

Là-bas, Marseille se découpe sur l'horizon. La Bonne Mère. Les falaises des Calanques. Marseille. C'est con, j'aurais presque la trouille.

Je vais revoir des gens que je connaissais. Des gens qui n'ont jamais touché une arme.

Ils auront été à la fac, se seront attardés aux terrasses des cafés, ils auront connu des filles, des amours, des ruptures. Ils auront passé le concours des postes ou de l'école normale. Ils auront écouté du rock'n'roll dans les surprises-parties dans le vent. Dansé le twist sur la place des Lices.

Qu'est-ce que je vais leur dire ?

Là-bas ?…

Comment c'était, là-bas ?

Chaud. Très chaud, avec des nuits assez froides.

Dans ma poche, la lettre de Sylvie. La dernière, celle que Germain m'a remise à Sétif. Dans l'enveloppe, une carte postale de Djidjelli.

Je la ressors pour la millième fois de cette poche où mes doigts la caressent depuis des semaines. Je regarde l'image, longtemps, comme à chaque fois. Puis, je retourne la carte, relis encore la fine écriture à l'encre mauve :

Monsieur le sergent,

Vous ressemblez beaucoup à un homme que j'ai aimé, tellement.

Il jouait de la musique, il était beau, il était drôle, il me rendait folle.

La guerre l'a emporté dans un tourbillon de poussière.

Rejoignez-moi donc un de ces jours dans ma maisonnette d'Aubagne.

Je n'y espère que vous pour oublier cette histoire ancienne.

Et, si le cœur vous en dit, essayer d'en écrire une nouvelle.

Sylvie, qui vous attend avec impatience.

ANNEXES

LA GUERRE D'ALGÉRIE : UN INCENDIE QUI COUVAIT SOUS LA CENDRE DEPUIS LE DÉBUT DE LA CONQUÊTE FRANÇAISE

L'Algérie avant la conquête française

Du corsaire Barberousse qui devint roi… au corail des renégats du Bastion de France

Comme c'est le cas pour la plupart des pays d'Afrique, les frontières actuelles de la République algérienne démocratique et populaire (R.A.D.P.) sont directement héritées de l'époque de la colonisation européenne.

Avant la conquête française, le territoire de l'actuelle Algérie est morcelé, les frontières y sont floues, fluctuantes. L'identité algérienne n'existe pas. Ces territoires ont été le théâtre d'une succession de vagues d'immigration : Juifs, Berbères, Arabes, Turcs, Espagnols, Italiens et Français, enfin.

La bande littorale est l'objet de diverses annexions de pays méditerranéens, qui ne s'aventurent guère à l'intérieur des terres, fief de tribus arabes et berbères parfois puissantes.

La région d'Alger et sa bande littorale forment un État autonome de l'Empire ottoman, la Régence d'Alger, fondé en 1515 par Arudj Barberousse (Baba-Oruç), un ancien pirate au destin singulier.

Ayant renoncé à la piraterie et étant devenu corsaire au service de l'Empire ottoman, en 1510, il cingle vers l'Algérie à la tête de mille mercenaires embarqués sur douze galiotes. Dans sa tentative de conquête, il subit plusieurs défaites cuisantes, perdant même un bras, emporté par un boulet de canon dans la déroute de l'attaque du port de Bougie. Sa flotte défaite, il doit se réfugier dans les montagnes de Kabylie. Peu de temps après, il fut accueilli par les habitants de Gigelli (Djidjelli, actuelle Jijel), qui firent de lui leur roi, avant qu'il ne se proclame lui-même, enfin, roi de Tlemcen, en 1516.

Parallèlement, les Espagnols établissent de nombreuses colonies dans la région d'Oran, de Bougie notamment.

À peu près à la même époque, au début du XVIe siècle, des renégats issus d'une famille venant du cap Corse établissent un comptoir à l'est de l'actuelle Algérie, le Bastion de France. Forte d'une concession de pêche de corail, accordée par le gouverneur ottoman de la Régence d'Alger, la petite colonie prospèrera rapidement du commerce de cette richesse très appréciée en joaillerie. (Aujourd'hui encore, l'Algérie détient les plus grandes réserves mondiales de corail rouge.) Il ne subsiste de ce Bastion de France, qui compta jusqu'à plusieurs centaines de pêcheurs de corail, que les vestiges d'une tour de guet.

Les dettes de Napoléon Ier et « l'affaire du coup d'éventail » : le point de départ de la conquête française

Lors de sa campagne d'Égypte, en 1801, Napoléon contracte envers un marchand algérois une dette de plusieurs millions de francs pour l'achat de cargaisons de blé, destinées au ravitaillement de ses troupes.

Au cours d'une altercation diplomatique, vingt-six ans plus tard, en 1827, cette dette demeurée impayée vaudra au consul de France à Alger un méprisant coup d'éventail, porté par le gouverneur de la Régence d'Alger, qui avait avancé l'argent à l'Empire français.

À Paris, le roi Charles X, qui a déjà des griefs contre la Régence d'Alger – piratage et enlèvements de chrétiens vendus comme esclaves –, saute sur cet incident diplomatique pour décréter le blocus maritime d'Alger.

C'est le point de départ de la conquête française de l'Algérie, qui va imposer aux populations de ces territoires cinquante années d'une guerre sans merci.

Après avoir pris les terres de la Régence ottomane de haute lutte (bataille d'Alger et campagne du littoral), le reste du territoire est conquis sur les indigènes, organisés en tribus, au prix de combats meurtriers, région par région, village par village, ville par ville.

Lella Fathma N'Soumer : une adolescente révoltée devenue héroïne de la résistance kabyle

Les armées de la conquête française butent sur la résistance acharnée de nombreux chefs indigènes.

Parmi eux, une toute jeune fille va s'illustrer par des faits de guerre hors du commun. En quelques années, elle va devenir l'héroïne de la résistance kabyle ; sa mémoire reste aujourd'hui encore un symbole de la fierté des peuples de Kabylie et une figure de proue du combat pour l'émancipation des femmes.

L'adolescence de Fathma N'Soumer est marquée par la révolte. Elle refuse les contraintes imposées, les règles injustes, ce qui la mène à l'enfermement d'abord, puis au ban de la société, lorsque, vers seize ans, elle refuse de se soumettre à un mariage forcé.

Rejetée de sa communauté, elle parvient néanmoins à se construire une éducation spirituelle et une instruction qui lui permettront de mettre en valeur des capacités naturelles flamboyantes.

Ainsi, après plusieurs prédictions qui s'avèrent – elle prédit notamment que des troupes nombreuses d'envahisseurs vont déferler sur les terres kabyles –, elle devient une combattante redoutée de ses ennemis.

La jeune fille, pourvue d'une véritable aura de guide spirituel, galvanise ses troupes à un point tel que l'historien Louis Massignon fera d'elle la « Jeanne d'Arc du Djurdjura ».

La jeune fille tiendra en échec plusieurs années durant les déferlements de l'armée française lancée à l'assaut de la Kabylie, sous le commandement d'illustres militaires comme le général Mac-Mahon par exemple, ou le maréchal Randon.

L'acharnement et la clairvoyance de Lella Fathma N'Soumer, alors âgée de vingt-trois ans, infligent au maréchal Randon, malgré l'écrasante supériorité numérique et matérielle de ses troupes, une série de défaites qui acculent le militaire à réclamer un cessez-le-feu.

La réputation de la jeune femme dépasse alors les frontières de la Kabylie et, de la Tunisie aux confins du Maroc, les chants et les louanges portent loin son héroïsme, qui devient aussitôt légendaire.

Cependant, durant ce cessez-le-feu, le maréchal Randon regroupe plus de trente-cinq mille hommes et constitue des *goums*, troupes de soldats indigènes sous le commandement d'officiers de l'armée française.

Fort de ces atouts décisifs, il rompt brusquement le cessez-le-feu et attaque par surprise les troupes de Lella Fathma N'Soumer et de ses alliés kabyles.

Les batailles qui s'en suivent sont féroces. Lors de ces combats sanglants, les chefs Si Hadj Amar, Si Seddik Ben Arab, Si El-Djoudi et Sidi Tahar, ralliés à l'héroïne, tombent tour à tour sous le nombre et doivent finalement accepter de déposer les armes pour sauver leurs peuples du massacre.

Nous sommes alors au début des années 1850 et, en Kabylie, c'est la victoire militaire des troupes françaises et des goums alliés.

Lella Fathma N'Soumer est finalement arrêtée par les militaires français en 1857. Elle est alors âgée de vingt-sept ans.

Lorsqu'elle meurt quelques années plus tard suite à son incarcération, l'armée française détruit sa grande bibliothèque, regroupant nombre d'ouvrages rares.

Mais, malgré la défaite militaire des tribus kabyles, des foyers de révolte contre l'occupant couvent sous les cendres et éclatent régulièrement.

Une longue période de « pacification » va s'engager, parallèlement à la poursuite de la conquête des territoires du Sahara – qui ne sera effective que cinquante années plus tard, vers 1902.

La « pacification » des territoires : « anéantir tout ce qui ne rampera pas à nos pieds comme des chiens » (Colonel de Montagnac[1])

Par « pacification », il faut comprendre l'éradication de tout foyer de résistance par des opérations militaires, comme l'exprime si délicatement le colonel de Montagnac.

La domination française est imposée par la violence. La « paix » relative repose sur la terreur.

[1] Cité par Marc Ferro, *Le Livre noir du colonialisme*, 2003.

Ces campagnes de « pacification » feront plusieurs centaines de milliers de morts arabo-berbères. La plus importante partie de ces victimes découle de raids de représailles et d'intimidation sur les populations civiles, mais aussi de famines organisées par les autorités militaires pour soumettre les zones rebelles.

Alexis de Tocqueville, venu enquêter sur place, justifiera la guerre dans son *Travail sur l'Algérie* (1841), tout en regrettant la manière dont elle est menée : *J'ai rapporté d'Afrique la notion affligeante qu'en ce moment, nous faisions la guerre de façon beaucoup plus barbare que les Arabes eux-mêmes. C'est, quant à présent, de leur côté que se situe la civilisation*. En 1847, il complètera : *Autour de nous, les lumières se sont éteintes. Nous avons rendu la société musulmane beaucoup plus misérable, plus désordonnée, plus ignorante et plus barbare qu'elle ne l'était avant de nous connaître.*

Pour fuir les massacres, des tribus entières d'indigènes sont acculées à l'exil dans les pays voisins et jusqu'en Syrie, alors que d'autres, jugées particulièrement dangereuses, sont déportées à l'autre bout du monde par les autorités françaises, en Nouvelle-Calédonie par exemple.

Le bilan de ces campagnes de « pacification » en pertes humaines arabes et berbères est difficile à établir avec précision (pas d'état civil), mais sur les quelque 4 millions d'habitants estimés de ces régions en 1830, il n'en reste plus que 2,1 millions en 1871. (Kamel Kateb, *Européens, « Indigènes » et Juifs en Algérie (1830-1962)*, 2001.)

Les populations arabo-berbères sont saignées à blanc par les massacres, les famines organisées et les épidémies qui s'en suivent. Les massacres ont tellement affaibli les populations qu'à la fin du XIXe siècle une étude du gouvernement de l'Algérie française prévoit tout bonnement, sans état d'âme, « une lente mais inéluctable disparition » des peuples indigènes. (Étude du docteur René Ricoux, *La Démographie figurée de l'Algérie*, 1880).

Mais, dans le même temps, une partie des indigènes acceptent de collaborer avec l'État français. Comme ce fut le cas dès l'origine de la conquête (avec les goums), des corps armés d'indigènes ralliés aux forces françaises sont formés et affectés au contrôle du territoire (armée, gendarmerie).

La valeur militaire de ces corps, leur connaissance de la culture et des territoires locaux en font des alliés décisifs dans les campagnes de « pacification » et la coercition des populations indigènes.

Par ailleurs, ces corps armés prendront une part active aux différents conflits où la France sera engagée, même bien loin du sol algérien, notamment lors des deux guerres mondiales où les bataillons d'Afrique vont s'illustrer par leur bravoure.

Il faut aussi souligner que ces mêmes corps d'armée et de gendarmerie prendront une part active à la guerre d'Algérie aux côtés de l'armée française (harkis, mokhaznis, G.A.D., G.M.P.R.).

Officiellement terminée en 1871, la « pacification » des territoires ne sera jamais totale.

Jusqu'au début de la guerre d'Algérie (1954), de nombreuses révoltes contre l'occupant vont éclater en pays kabyle et ailleurs, occasionnant un cycle régulier de conflits meurtriers et de répressions sanglantes.

« L'Algérie française » : une suite ininterrompue de révoltes indigènes

Malgré la violence des efforts de « pacification », les révoltes arabo-berbères contre l'occupant français se succèdent sans répit :

– Dès la fin du XIXe siècle, on peut citer la révolte des Henanchas en 1870, puis celle des Mokranis en 1871, où sont déjà présentes les revendications d'indépendance.

– Quelques années plus tard (1879-1880), c'est la révolte des Aurès où les tribus n'ont jamais réellement renoncé à leur « lutte contre toute forme d'occupation ».

– Au début du XXe siècle, c'est l'émir Khaled[2] qui incarne l'émergence du nationalisme algérien. Après la fin de la Première Guerre mondiale, il rappelle à la France ses promesses d'égalité consenties suite à l'implication massive des indigènes algériens en première ligne, aux côtés de l'armée française (26 000 tirailleurs et spahis algériens morts au combat dans les tranchées, ainsi que 22 000 Européens d'Algérie).

On doit remarquer que ce nouveau nationalisme algérien est lui-même un pur produit du colonialisme.

Avant la conquête française, la notion d'Algérie telle qu'on la considère au début du XXe siècle (et aujourd'hui encore) n'existait pas. Son territoire était un patchwork assez flou, défini par différentes vagues d'immigration.

C'est la conquête française et le partage de l'Afrique par les nations européennes qui ont fabriqué ce pays, comme ses frontières.

Et ce sont les griefs communs contre l'occupant des différentes ethnies dont les territoires ont été

[2] Petit-fils de Abd el-Kader, philosophe, poète et combattant, qui a tenu en échec l'armée française pendant plus de quinze ans lors de la conquête, aujourd'hui considéré par beaucoup d'Algériens comme le précurseur, voire le fondateur de l'idée de nation algérienne moderne.

colonisés qui vont fonder la nouvelle identité algérienne. Ces griefs communs sont principalement la colonisation, l'attitude méprisante de l'État français pour les indigènes, la répartition agraire injuste, l'inégalité sociale fondée sur des bases ethniques, l'assimilation toujours promise et jamais réalisée.

Par la suite, le développement de cette identité nationale toute neuve sera largement favorisé par le soutien impérialiste de l'Égypte, comme par celui de l'U.R.S.S.

– L'année 1926 voit la création de l'Étoile nord-africaine, première association portant ouvertement les valeurs indépendantistes (proche du parti communiste).

– Dès 1927, Messali Hadj prononce un discours où il dénonce « l'odieux code de l'indigénat » et revendique pour la première fois « l'indépendance totale de l'Algérie » ainsi que le « retrait complet des troupes d'occupation ».

– En 1945, ce sont les massacres de Sétif et Guelma. L'armée française tire sur des manifestants brandissant le drapeau algérien et tue plusieurs dizaines de personnes. En représailles, les indépendantistes mènent des raids qui vont faire une trentaine de victimes chez les Européens.

– En 1954, un attentat contre un autocar, médiatisé sous le nom de « Toussaint rouge », marque le début du conflit qui deviendra la guerre d'Algérie, et qui ne prendra fin qu'avec la proclamation de l'indépendance de la République algérienne populaire et démocratique, en 1962.

Le contexte de la guerre d'Algérie (1954-1962)

En France métropolitaine, les souffrances de la Seconde Guerre mondiale ont été balayées par l'optimisme que souffle le nouvel essor économique.

Le cœur battant des « trente glorieuses[3] » porte toute la nation : le plein-emploi, l'apparition des loisirs et des technologies modernes. Les Français découvrent les joies de l'automobile, du transistor, du tourne-disque. Leurs maisons se modernisent et « l'ascenseur social » fonctionne à plein régime.

Le twist enflamme une jeunesse qui dévore les images de la nouvelle vague, où des idoles naissent chaque mois et traversent les ondes comme des météores, pilotant des décapotables, les pieds nus et cheveux au vent : Saint-Tropez, la place des Lices, Françoise Sagan, Jean-Paul Belmondo, Les Chaussettes noires, Dick Rivers, les juke-box, les flippers, les scooters Lambretta, les blousons noirs, les bas Nylon et le vernis à ongle, les 45 tours et les Scopitone forment un kaléidoscope où l'insouciance le dispute à la rébellion contre la morale des vieilles barbes.

Pourtant, dans cette ambiance de fête, des centaines de milliers de jeunes Français vont être appelés pour le service militaire et être envoyés en Algérie, où les « événements » prennent une tournure de plus en plus sanglante.

Les « événements d'Algérie »

« Les événements d'Algérie » est l'appellation officielle imposée par l'État français, à l'époque, pour parler des tensions politiques et militaires dans cette colonie. La France mettra plusieurs décennies à recon-

[3] Nom donné aux années 1950, 1960 et 1970 en raison de leur prospérité économique.

naître officiellement qu'en réalité elle était engagée dans une véritable guerre anti-indépendantiste.

Pourtant, tous les ingrédients d'une vraie guerre sont bien présents dès l'origine du conflit : les escarmouches, les attentats, les massacres, le terrorisme, la sale guerre et la torture, mais aussi les tractations politiques et l'engagement international. Et dès le début des événements, tous les acteurs de terrain, à commencer par les militaires des deux camps, ont parfaitement conscience d'être embarqués dans une guerre déclinant de manière particulièrement imaginative toutes les nuances des drames humains, des horreurs, des trahisons, des déchirements intimes et de la barbarie.

Au-delà des habitudes de la langue de bois ordinaire, le choix des autorités françaises d'imposer l'appellation « événements d'Algérie » repose sans doute sur le fait que, tout au long du siècle que dura l'occupation française, les révoltes indigènes indépendantistes furent à peu près constantes, et qu'elles furent constamment minimisées aux yeux de l'opinion publique française, y compris les Français d'Algérie.

Sans doute, au début du conflit, cette flambée de violence n'a-t-elle été perçue par le gouvernement de la France que comme un « soubresaut » de plus, un « événement » parmi d'autres dans la longue liste de révoltes réprimées depuis 1870.

Quoi qu'il en soit, le bilan de ces « événements d'Algérie » est terrible. La guerre d'Algérie a provoqué la mort de 25 000 militaires du côté français, appelés du contingent et militaires d'active[4]. Il faut rajouter à ce chiffre les civils victimes d'attentats aveugles (chiffre officiel : 2 788 morts).

[4] 1 350 000 jeunes Français appelés en Algérie, 13 000 morts au combat parmi eux, autant chez les militaires d'active, et autour de 80 000 blessés.

Du côté algérien, pour la seule période 1954-1962, le F.L.N. dénombre 1,5 million de morts (chiffre officiel établi en 1965), pour la plupart des civils, et la destruction pure et simple de plus de 8 000 villages et hameaux.

Par ailleurs, à la suite de la guerre, plus de 800 000 Français nés en Algérie, les pieds-noirs, connurent l'exode et se sont réfugiés en France, abandonnant leur mémoire et leurs biens dans un traumatisme qui n'est toujours pas cicatrisé des décennies plus tard. Les Français, abreuvés de propagande idéologique, leur réservèrent un accueil indigne.

Dans le même temps, une partie des harkis qui avaient servi aux côtés de l'armée française fut aussi rapatriée en métropole. 80 000 harkis et leurs familles, soit environ 200 000 personnes au total, connurent ainsi l'exil en France, dans des conditions d'accueil inhumaines, bien plus indignes encore que celle des pieds-noirs.

Par ailleurs, des dizaines de milliers de harkis furent abandonnés à la vengeance du F.L.N. sur le sol algérien, où 70 000 d'entre eux périrent massacrés à la fin du conflit.

Notons enfin un fait peu médiatisé et oublié par les mythologies partisanes : à la fin des hostilités, 200 000 pieds-noirs, refusant l'exil, ont décidé de rester vivre sur leur terre natale[5] dans le nouvel État algérien. Parmi eux, 1 736 perdirent la vie dans des opérations de représailles du F.L.N[6].

[5] *Le Monde diplomatique*, mai 2008, « Sans valise ni cercueil, les pieds-noirs restés en Algérie », par Aurel et Pierre Daum.

[6] Chiffre officiel de la déclaration de Broglie (24/11/1964), confirmé par la lettre Santini (9/11/1994).

BONUS

LOPEZ

Novembre 1962, boulodrome de jeu de lyonnaise, Jijel (ex-Djidjelli), wilaya de Jijel, République algérienne démocratique et populaire (R.A.D.P.).

– On se marche plus sur les pieds dans ce boulodrome…

– Non, c'est fini la bousculade. Et quand vous serez parti, je pourrai ranger les boules à la cave. Aucun de ceux qui restent ne joue à ce jeu…

» Mais, tiens, inspecteur, marquez le but pendant que vous êtes encore là ! »

Je souris. Il est mal barré, Germain. Il vient d'envoyer deux saucisses et j'ai toujours le point. Il lui reste une boule pour annuler la mène en tirant le cochonnet, mais s'il le rate, il est cuit, la partie est pliée.

Je le regarde partir vers le trait en remuant la tête, dans l'ombre maigre des mûriers déplumés.

C'est peut-être sa dernière partie de boules. Je suis sûr qu'il y pense. Son dernier tir, s'il manque le but. Ce n'est pas bon d'avoir ce genre de pensées en tête en allant tirer une annulation à quinze mètres…

Il reste ici, lui, à Djidjelli. Il va continuer à faire l'instituteur, pour d'autres élèves, continuer à pêcher la langouste, à lire son « Petit Mendiant »[1] à la terrasse des cafés. À boire de l'anisette avec ceux qui restent.

Il est en place, au fond du cadre. Les yeux sur le cochonnet, il se concentre en soupesant sa boule de bronze, puis il s'élance. Trois pas de course, deux balanciers de bras... La boule s'envole. Bien partie...

Elle s'abat sur le but qu'elle pince violemment. La grosse bille de buis gicle comme une balle de fusil, très loin par-dessus les balustrades.

Il rigole. Je lance :

– Alors vous, on peut dire que vous avez du ventre[2]...

– Je vous propose d'arrêter là, inspecteur... On sera mieux à prendre l'apéritif qu'à courir après ce but jusqu'au bout du monde, non ?

– Vous vous en sortez bien ! J'espère au moins que vous allez payer la tournée...

On range les boules en silence. Demain, je pars à Oran. Juste le temps de retrouver maman, puis ce sera le départ pour la France. Un poste au commissariat de Sète. Maman a des amies oranaises qui sont parties là-bas, en juillet. Elles se sont écrit. Du coup, l'idée de quitter le quartier du Plateau lui semble moins terrible.

– Vous partez de bonne heure, demain ? me demande Germain.

– Vers dix heures, j'ai déjà préparé ma valise. Ça a été vite fait...

– Une main devant, une main derrière, comme ils disent, c'est comme ça que vous allez partir en France...

[1] Le Petit Mendiant : surnom donné à *Alger Républicain*, en raison des incessants problèmes financiers qui empêchent régulièrement sa parution.

[2] Avoir du ventre : avoir du sang-froid, de la maîtrise dans les moments intenses (argot bouliste).

– Bah, moi, j'ai une main devant, une main derrière depuis que je suis né, ça me changera pas beaucoup de ce côté-là. Mais le reste…

Je fais un signe qui embrasse la mer, le ciel, la ville, l'air qu'on respire en Algérie.

Germain hoche la tête. Il sait. C'est bien pour tout ça qu'il reste, lui.

Alors qu'on arrive près de la terrasse du bistrot, Germain retrouve le cochonnet qui a roulé jusqu'à un caniveau où il repose parmi les feuilles mortes. Il en manque tout un quartier.

– Tenez, inspecteur, me lance-t-il en présentant l'objet dans sa paume. Un souvenir de Djidjelli…

Je souris, saisis la bille de buis. Puis, alors qu'il tire sa chaise de sous la table, il s'interrompt soudain, frappé par une question cruciale. Il me dévisage, sérieux comme un pape :

– Au fait, en France, ils ont de l'anisette ?

Les Noces vermeilles, Béatrice Égémar
Gulf Stream Éditeur, janvier 2011

PARIS, 1572. Le lundi 18 août, devant la cathédrale Notre-Dame de Paris, Henri de Navarre s'apprête à prendre pour épouse la princesse Marguerite de Valois, sœur du roi de France. Dans la foule, c'est la consternation : le roi va-t-il vraiment donner sa sœur à un huguenot, un hérétique ? Parmi les demoiselles d'honneur, Louise de Laval observe la mariée, mais elle a bien d'autres choses en tête. Une jeune fille est morte au Louvre dans des circonstances mystérieuses ; Louise est convaincue qu'il s'agit d'un assassinat, un crime qui serait lié à un sombre complot, ourdi dans les couloirs mêmes du château. Aidée par son jeune valet Perdicault, Louise va tenter de démasquer l'assassin. Que veut réellement la reine mère, Catherine de Médicis ? René, son parfumeur, est-il un empoisonneur ? Qui souhaite se débarrasser de l'amiral de Coligny, l'un des chefs huguenots ? Autant de questions auxquelles Louise va tenter de répondre, mais quand elle approchera du but, elle sera rattrapée par l'histoire. Une nuit, les cloches de Paris sonnent à toute volée. On est à l'aube du 24 août, et Paris s'apprête à fêter la Saint-Barthélemy...

Princesses des os, Charlotte Bousquet
Gulf Stream Éditeur, octobre 2010

ROME, an 120 de notre ère, à l'aube du règne d'Hadrien. Des enfants disparaissent, parfois en plein jour, sans que les mystérieux ravisseurs soient inquiétés par les autorités de la ville. Cette série d'enlèvements pourrait bien être orchestrée par un marchand d'esclaves. À moins qu'elle ne soit l'œuvre d'un fou… Nul ne s'en soucie, jusqu'à ce que Titus Clarus, héritier d'une famille patricienne, soit à son tour enlevé. Chargé de l'enquête, le centurion Buculus trouve une piste : le champ de courses. Une piste qui mène à Sextus de la faction des Bleus, l'étoile montante des auriges. Révoltées par l'incompétence de Buculus, Lucretia Clara Severa, cousine de Titus, et son esclave, Dîn, décident de mener leur propre enquête. Les voici entraînées dans les bas-fonds de Vélabre où sévissent les pires voleurs, trafiquants et assassins. Mais à Rome, rien n'est simple et de noirs complots peuvent en cacher de plus terribles encore.

L'Étoile noire, Lilian Bathelot
Gulf Stream Éditeur, mai 2010

BARCELONE, 1936. En cette fin juillet, Esteban et sa mère quittent leur village pour Barcelone à cinq cents kilomètres de chez eux. Après une journée d'un voyage long et chaotique, le train à vapeur fait halte à Reus. C'est la guerre. Pas celle qu'imaginent les voyageurs en croisant des militaires, mais la guerre civile qui vient juste d'éclater entre nationalistes et républicains. Dans la confusion qui règne sur le quai, Esteban est blessé par le sabot d'un cheval. Lorsque l'adolescent parvient à rejoindre le train, c'est pour constater que sa mère a disparu. Il se résout à poursuivre son voyage. Sa mère finira bien par rejoindre elle aussi la capitale de la Catalogne… Dans Barcelone, secouée par la guerre civile puis une révolution libertaire, Esteban est soudain confronté à l'ampleur et à la violence d'un monde immense. Après dix jours, il commence à écrire de longues lettres à Telma, sa sœur aînée restée au village. C'est par la correspondance entre Esteban et Telma que l'enquête sur la disparition de leur mère progresse, au gré de rencontres généreuses ou terribles et d'événements tragiques. Une histoire noire où l'amour reste plus fort que les bombes.

Ami, entends-tu…, Béatrice Nicodème
Gulf Stream Éditeur, mars 2008

NANTES, 1943. Au plus fort de l'occupation allemande, Félix, treize ans, ne rêve que de rejoindre un réseau de résistance. Au lycée Clemenceau, Jacky, de deux ans son aîné, n'a peur de rien et semble bien être l'un de ces héros de l'ombre. Pour l'approcher et rejoindre les rangs de l'armée secrète, Félix est prêt à tout. Une sombre histoire de corbeau dénonçant des Nantais aux Allemands va lui permettre de faire la preuve de son courage et de sa détermination. Doutant de tout et de tous, Félix se lance à corps perdu dans une enquête difficile et âpre qui l'amènera à regarder d'un autre œil tous ses proches. Et sous les bombardements des forteresses volantes, des hommes et des masques vont tomber…

Reproduit et achevé d'imprimer en décembre 2011
par Papergraf (Italie),
pour le compte de Gulf Stream Éditeur,
Impasse du Forgeron - CP 910, 44806 Saint-Herblain cedex
www.gulfstream.fr
Dépôt légal 1re édition : février 2012